臺南青少年文學讀本

兒童文學卷

許玉蘭◎主編

童詩選

散文選

童話選

少年短篇小說選

《臺南青少年文學讀本》局長序

藝文輝光無不照，文學花果正豐茂

提升生活品質，乃是人類社會無止境的追求，其動力則來自文化的陶冶。而文學正是文化陶冶的重要途徑之一，也是表現文化內涵的精髓和根本之所在。福樓拜曾說：「文學就像爐中的火一樣，我們從人家那裡借得火來，把自己點燃，然後再傳給別人，以致為大家所用。」現在，我們所推動的青少年文學讀本編選工作，正是追隨文學先賢的步履，點燃文學薪火，再一代一代傳遞下去。

有些書只須淺嚐低品，有些書可以囫圇吞下，有些書則值得咀嚼細品。這些值得咀嚼細品的書，就是本局出書所懸的標準，也是本局所欲達到的目標和臻至的境地。對青少年而言，最值得咀嚼細品的書，自然非文學書莫屬了。因此，我們秉持著「植根臺灣鄉土，擷取臺南文學」的原則，編輯了這套適合青少年閱讀鑒賞的叢書——《臺南青少年文學讀本》。此書一套凡六冊，主要目的是讓文學及文學教育能「向下札根，向上開花」，最終開創「藝文輝光無不照，文學花果正豐茂」的境界。

追本溯源，文學乃起源於我們對人間生命的熱愛，對幽微人性的探索，對廣大社會的關注，對鄉土情懷的摯愛，因而加深了文學悠遠的意境、雋永的哲思和智慧的火花，也加深了文學的感動力、感召力和感染力。文學，由於注入了活生生的生命和感情，因而使文學具有「將抽象事理化為具象敘述，將平實文字變成波瀾文章」的魅力。但每一種文類創作時，卻又有自身的特質和要求。如以本套書文類為例，短篇小說卷重在生動故事的敘述，散文卷重在聞見思感的描寫，現代詩卷和臺語詩卷重在文采節奏的抒情，兒童文學卷重在童稚語言的表現，地方傳說卷重在口頭傳聞的紀錄。以上所述，即見出文類寫作的不同旨趣。

為了透過文學讀本積極落實國民教育的語文學習工程，讓青少年認識本地的作家作品，再透過作品了解自己的土地。一〇五年三月陳益源教授在臺南市文學推動小組會議中提案，編輯《臺南青少年文學讀本》，由陳昌明任召集人，各卷主編人如下：

・小說卷　李若鶯主編
・散文卷　王建國主編
・現代詩卷　吳東晟主編
・臺語詩卷　施俊州主編
・兒童文學卷　許玉蘭主編
・民間故事卷　林培雅主編

文學讀本選文時，凡本籍、出生地為臺南，或長期居住臺南者，均視為臺南籍的作家。我們選文重點之一，特別重視時代性，此即「文章合為時而著，詩歌合為事而作」。從日治時代以至當代為止的作家作品，尤其注重從年輕一輩新創作家挖掘，以更符合這個時代年輕人閱讀的作品。這些作品經過時間的選汰、淘洗、精煉，自然而然就成為我們社會共同的記憶和資源。所選作品基本上以符合青少年的閱讀為主旨，並不只以臺南名家作品為依歸。作品如有不適合青少年閱讀者，則加以調整，儘量選擇能表現或彰顯臺南地理環境、歷史源流、民情風土、文化底蘊、人文風貌的作品。本套書體例是每篇選文包括「文選」、「作家小傳」、「作品導讀」三部分。

每一時代與土地，都有屬於斯土斯民心靈上的「原鄉」，這個原鄉有如藏寶盒，珍藏了屬於那個時代與土地的情感印記、生活記憶和吉光片羽，這是留給後人最美好的資源。將此資源記錄下來，然後再彙編成冊，這就成了美麗動人的文學篇章。如此代代傳承下去，或成為懷舊的故事，或成為經典的作品，永遠給人們帶來無可取代的感動。也正是這些感動，生發出世世代代美不勝收的人文風景。此情此景，何嘗不是我們的目標和憧憬呢！

臺南市政府文化局局長　葉澤山

《臺南青少年文學讀本》顧問序

陳益源

臺灣以縣市為單位的區域文學讀本，稍早有《苗栗文學讀本》（六冊，苗栗縣文化局，一九九七）、《臺中縣國民中小學臺灣文學讀本》（七冊，臺中縣文化局，二〇〇一）、《彰化縣國民中小學臺灣文學讀本》（九冊，彰化縣文化局，二〇〇四）、《高雄縣國民中小學臺灣文學讀本》（五冊，高雄縣文化局，二〇〇九）等。

二〇一六年四月，《雲林縣青少年臺灣文學讀本》（五冊）又由雲林縣政府文化處出版，本人忝為該項計畫的主持人，當時正被文化部借調國立臺灣文學館擔任館長，因此特別在五月十四日於臺文館安排了一場新書發表會暨各縣市青少年臺灣文學讀本的編纂理念說明會，邀請《雲林縣青少年臺灣文學讀本》的顧問（吳晟、路寒袖）、各分卷主編和學者專家、各縣市文化局代表齊聚一堂，進行經驗分享與意見交流。

「了解是關懷的基礎」，詩人吳晟當天在接受民視新聞訪問時說：「你對我們自己所賴以安身立命的地方不了解，那你要從何去培養你的關心？」所以他不斷大聲疾呼應該編纂在地文學讀本，落實文學教育；又因「臺灣各縣市的人文、地理、產物……，各有不同的特色、不同的動人故事，因而孕育了多樣的文學現象」，所以各縣市的文學讀本都可以有適合當地文學現象的彈性編法。我們一致希望能推動更多縣市編纂自己的青少年臺灣文學讀本，讓各縣市子弟從小就有機會接觸自己家鄉的作家，了解自己家鄉的文學，進而真正關懷自己的家鄉。

這樣的理念，很快得到了一些迴響，二〇一七年三月，屏東縣政府與國立屏東大學合作出版了《屏東文學青少年讀本》的新詩卷、小說卷、散文卷三冊。於此同時，臺南市政府文化局葉澤山局長亦已委託陳昌明教授召集《臺南青少年文學讀本》編輯會議。經過了近一年的精挑細選，《臺南青少年文學讀本》現代詩卷、臺語詩卷、兒童文學卷、民間故事卷、散文卷、小說卷即將於二〇一八年七月問世。

臺南市政府文化局積極打造府城為文學之都，每年盛大的臺南文學季活動內容精彩，同時也有計畫地要讓府城文學走向世界（例如文學大老葉石濤短篇小說的越南文譯本，二〇一七年十二月他老人家逝世九周年前夕要在河內隆重推出），現在又有了《臺南青少年文學讀本》的在地向下扎根，我們相信此舉必能讓府城子弟透過在地文學的閱讀而更加了解臺南、肯定自我，並且可望再為府城文學開更多的花，結出更多的果來。特撰此文，以申賀忱。

二〇一七年十一月於成大中文系

《臺南青少年文學讀本》召集人序

陳昌明

點燃閱讀的樂趣

臺灣文學近二十年來，在研究、整理、出版上都有豐碩的成果，但在青少年文學讀物的領域，卻是長期的匱乏。這是因為國小進入中學以後，升學壓力日重，學生無暇顧及課外讀物，而家長重視子弟課業，也不鼓勵小孩閱讀課本以外的書籍。於是我們的教育，長期陷入閱讀貧乏的窘境，學生只能注視課本裡的作者、題解、注釋，長期記憶背誦為考試而讀書，終讓閱讀成為學子的畏途。所以我們的學生閱讀興趣低落，閱讀素養不足，離開學校以後，再也不閱讀。

因此，臺灣青少年文學缺乏市場，本土青少年讀物嚴重不足，已經形成嚴重的閱讀危機。青少年找不到閱讀樂趣，影響的是終身的品味。編選優良的青少年讀物，固然有助於推動青少年的閱讀，但如何在家庭與校園產生影響，才是推動閱讀成敗的決定性因素。

近年來從高中到大學的學測，逐漸重視「素養」，不再以課本語文教材為範圍，正是新一波推動閱讀的契機。如果家長與教師能體認此新趨勢，讓青少年的閱讀擴大眼界與範圍，那麼此時編選臺灣青少年讀本，正得其時。葉澤山局長去年提出編選臺南市青少年文學讀本的構想，我與陳益源即著手規劃此套叢書的架構，以及選擇各冊適當的主編。我們邀請了林佛兒、王建國、吳東晟、施俊州、許玉蘭、林培雅擔任編選委員，分別負責主編短篇小說、散文、現代詩、臺語詩、兒童文學、民間故事等各卷工作，各卷內容大抵從日治時期新文學興起，以至當代青年文學家的作品。此套書並特別規劃了臺語文學與府城地方傳說，突顯臺南文學的特色。系列作品不僅可讓學子們同時觀賞臺南文學的優雅、清新、華麗、通俗等各種風格，更讓讀者初探臺南文學的歷時性發展，是一套豐富可讀，有其深度的作品集。去年林佛兒老師意外仙逝，文壇咸感悲痛，林老師短篇小說卷原已初編完成，後續工作則感謝其夫人李若鶯教授接手。

府城作為臺灣文化的發源地，《臺南青少年文學讀本》的出版，不僅供臺南市青少年可以閱讀，也適宜做為臺灣青少年文學的共同讀本。所以本套叢書在選材上，有幾個條件：

一、選文具代表性，難易程度適合青少年閱讀。

二、內容具教育意義，文學特性讓讀者有潛移涵養的功能。

三、選文能讓讀者了解臺灣歷史社會背景，充實相關文化知識。

各卷主編在選文過程，都投入相當多時間與精力，每篇選文之後，都加上適度的解說，對於讀者有基本的導讀功能。希望這套經過各冊主編精心編選的讀本，能夠啟迪讀者，重新點燃青少年的閱讀樂趣。

主編序　閱讀一座色彩繽紛的文學花園

許玉蘭

其實大家都有感閱讀的重要，但不見得人人都有閱讀的習慣。在這個資訊豐富的時代，自行透過閱讀，可以獲得資訊，拓展視野，更可以透過閱讀，加深、加廣專長與興趣的領域內涵。所以閱讀這件事，其實就是我們挖掘更深、更廣泛的資源的最便利管道。腦神經專家時常提醒我們，人在閱讀的過程當中，大腦神經元網絡會去抓取舊經驗並連結新資訊，進而產生新知識。而神經元連結的刺激，在閱讀的狀況之下活動力最強。另外，神經元連結所抓取的舊經驗必須要在生活當中不斷的累積，當我們持續閱讀，不但能累積舊經驗，還能刺激大腦神經元的連結更為綿密，思考也就越靈活敏捷。所以聰明的爸媽一定注重閱讀這件事，讓孩子在成長中慢慢體會閱讀的樂趣和閱讀的重要性，並建立獨立閱讀的能力與習慣。現在閱讀文本取得容易，坊間文本的出版也很蓬勃，想閱讀不怕沒有書。但是不同的編輯初衷，就有不同的文化價值內涵。當聽到臺南市文化局擬編一套屬於臺南青少年的讀本時，內心感到欣喜若狂。非常感謝官方政府如此重視孩子們的閱讀，而且在新詩、臺語詩、散文、小說、地方故事外，還加上兒童文學這個文類。兒童文學的讀者或許屬於小眾，一但受到重視，頭上就亮起一道開心的光。而青少年讀兒童文學，似乎也會讓人產生一點疑惑，但事實上，因為兒童文學包含兒童詩、散文、小說、童話等分支，閱讀的年齡層涵蓋在十五歲以內，所以如果我們能夠選擇適合青少年閱讀的作品，依然可以選入青少年的文本中，並對青少年產生影響，受到他們的喜愛。

這次擔任兒童文學專輯的主編工作，必須先尋找、確認臺南籍的作家，再向他們邀稿。在尋找對象時，才發現臺南籍的兒童文學作家真多。在一一邀稿的過程中，也有多位作家提到：心裡早覺得臺南應該做這件事，現在終於開始進行了，除了開心，當然一定要參與。就是因為大家都有這樣的心態，所以雖然稿費薄少，大家還是都熱心共襄盛舉，所以邀稿工作非常的順利。而我又擔心因個人認知有限，對象會有遺漏，甚至還在網路平台請朋友們共同推薦，盡量不要有遺珠之憾。經過努力，這次總共網羅了二十七位作家，深感臺灣的兒童文學界，臺南佔有好大的一片天。

也因為篇幅限制，作品的收錄原則為，每一位作者其作品最多收錄兩種文類，每種文類最多收錄二篇，並盡可能做到一位作者以兩篇文章為限。這樣作家多元，文章寫作風格多樣，取材面向也豐富。這本選輯的文章涵蓋兒童文學各項文類，所以讀者可以藉此品嘗各種文類的風味。文章數量共三十九篇，內容豐富。其中有資深兒童文學作家，如林佛兒、周梅春、林仙龍、張清榮；也有目前紅極一時的當紅作家，如廖炳焜、王淑芬、陳榕笙、許榮哲、李光福；也有初試啼聲的新銳作家。

對於讀者而言，本選輯的每篇文章後面都有主編所提供的賞析，期待透過賞析導引，增進青少年讀者對文章的了解，並提供不同面向的思維。而對於兒童文學研究者而言，這本選輯或許也可以提供大家認識臺南兒童文學作家在寫作上面的發展記錄，應該對未來的學術研究也有一些價值吧！

在文類部分，選擇的童詩，有充滿想像力的、可愛的小詩，像曾吉郎的〈熨斗〉、〈海的孩子〉；有從自然界發想生命的廖炳焜的〈燕子回來的時候〉和謝振宗的〈苦楝開花〉；有陳義男從生活感懷出發的〈開與關〉，有陳正恩寫年節氣氛的〈年景組曲〉，有謝安通關懷環境議題的〈森林浩劫〉，也有表達抒情意涵，像林仙龍的〈牛車；牛車不走了〉與許玉蘭的〈母親的愛〉；也特別選入黃文博二首以臺語文書寫的〈渡鳥戀歌〉，提供給讀者多樣的閱讀經驗。

散文部分，則涵蓋了顏福南二則說理散文：〈沒有永遠的春天〉和〈小輸一盤〉及張清榮的〈橋〉；以敘述展現濃情的是許榮哲的〈神明的孩子×海盜的女兒〉；〈名字，重複一輩子的愛〉則是描繪作者與女兒的故事；還有王淑芬的〈我的童年，我的小小腳兒〉，描述自己的過往；屬於睹物思情的懷舊文風有陳肇宜的〈那個光影交錯的夜晚〉和林仙龍的〈站在父親耕耘的土地上〉；描繪細膩的抒情文是林美琴的〈遇見春天〉。題材不同，筆法各異，且都充滿文采。

構成童話的主要條件有：兒童、趣味、幻想、故事。所以童話善用擬人的技巧，來表現故事情節，有時是誇張的，有時是有趣的，有時是超乎想像的。童話的趣味就在於虛和實可以融合在一起，所有的想像都可以非常巧妙的運用在童話裡，讓他變成真實。所選十二篇童話故事，篇幅長短不一，各篇都具有童話特色。充滿驚奇、變化、想像的寫作方式，展現作者書寫的筆力。這些大部分都是得獎之作，可說是一時之選，值得細細品味。

短篇小說的七篇作品之中，就有五篇是文學獎的首獎作品，而〈清菊〉和〈獻給母親的全壘打〉，是兩位寫作前輩以過去的年代為背景所書寫的故事，可以讓讀者對應寫作年代不同，筆觸的差異。尤其林佛兒老師寫的〈獻給母親的全壘打〉是本書最後選錄的作品，沒想到專輯還未刊印出來，林老師就告別了大家。這也是他為這本書所做的最後貢獻，讓我們以閱讀來懷念他！

總之，這麼豐富而美好的文學內涵，即將集結成冊，翻開此書，想必如同閱讀一座色彩繽紛的文學花園。這將是一趟充滿驚喜的文學旅，在此邀請您一起體驗！

童詩選

【作者簡介】廖炳焜（1961-）

生於臺南後壁，臺東大學兒童文學研究所畢業。得過一些兒童文學創作獎，自認不是作家，只是一個「愛說故事的人」。出版過《聖劍阿飛與我》、《大野狼與小飛俠》、《我們一班都是鬼》、《我的阿嬤16歲》、《神犬奇兵》、《小猴王愛耍帥》、《帥啊！波麗士》、《億載金城之暗夜迷蹤》、《老鷹與我》、《板凳奇兵》、《來自古井的小神童》、《火燒厝》等書。曾獲得年度好書獎，入圍第三十四屆金鼎獎。目前除了寫作，還到處和老師、家長們分享親子共讀以及閱讀寫作的經驗。

燕子回來的時候

廖炳焜　作

燕子回來的時候
帶了一把利剪
剪一段藍絨
貼在窗前
剪幾朵白雲
披在山巔
剪一塊綠毯子
鋪在草原
剪一條七彩項鍊
掛在天邊
她說：我回來的時候
就是春天

【導讀】

燕子是人類的益鳥。當秋風蕭瑟、樹葉飄零時，燕子成群向南方飛去。到了第二年，春暖花開、柳枝發芽的時候，他們又會飛回原來生活的地方。所以看到燕子，就彷彿嗅到春天的味道。

透過詩人的敏銳想像，把燕子的尾巴想成是銳利的剪刀，剪出如藍絲絨般的天空，綴上山巔的白雲，草原上的綠毯，天邊的彩虹，這些元素集結起來，盎然的春意就被鋪展在每個人的面前了！

真的！當燕子歸來的時候，她們到處飛翔又飛翔，就把春天大把大把灑開來，期待你一邊閱讀，一邊感受。

【作品出處】

本詩發表於二〇〇三年文建會兒歌一百專輯。

【作者簡介】謝安通（1948-）

生於臺南市永康區，長年住在臺南市麻豆區，國立臺灣師範大學畢業後任教多年。著有《叫做臺灣的搖籃》、《黑面琵鷺來作客》等書，高雄市教育局出版童謠有聲教材專輯《狗蟻搬山》。作品《叫做臺灣的搖籃》獲得一九九三年「詠讚臺灣詞曲徵選」的特優獎，於隔年編入康和版的國中音樂課本。作品〈叫做臺灣的搖籃〉、〈猴猻子食西瓜〉等詞由張炫文及張清郎譜曲後被選為全國音樂比賽合唱歌曲之指定曲。作品〈狗蟻搬山〉，由文化部兒童文化館製作成動畫。

森林浩劫

謝安通　作

眾樹不再能以強固的根盤吸住山土
他們死於無情的人心的鋸齒
山的翡翠衣裳已被整件撕裂
裂痕鐫刻在遊山者垂淚的眼湄

偉大的森林如是死於小人的算計
母親濃密的髮茨已經光禿
自然的綠色和平大纛不再飄揚
風中只聞到戴奧辛　不再有芬多精

眾樹不再歌唱的年代
眾鳥不再棲止的年代
靈秀的人性森林已被摧殘

山洪暴發終將淹沒我們的家園

【導讀】

這是一首環保議題的詩。然而詩句一點都不詩情畫意，反倒充滿著如血腥般的畫面，樹死於鋸齒、人心的無情，山也被撕裂，森林景象已不復如初。每行詩句都表達了沉重的控訴，讀來令人心情為之戚惻。

作者對於大自然被破壞的景象，用沉重的句子來為這些靈魂悲泣，我們應該在這些泣訴聲中，喚起良知，不要等到大自然反撲才來哭泣，那時就太晚了。閱讀過後該有實際行動，那麼詩的震撼就得到了回應。

【作品出處】

《南瀛作家作品集．叫做臺灣的搖籃》詩集。

【作者簡介】陳正恩（1960-）

屏東縣林邊鄉人，但長年居住在臺南。畢業於省立屏東師專、國立臺南大學國民教育研究所。歷任國小教師、主任、校長等職。致力於語文教育研究、閱讀推廣與文學創作。文學作品曾榮獲屏師文學獎、臺灣省兒童文學創作獎、府城文學獎。文學著作有《紅眼——陳正恩短篇小說集》、《尋找無名氏》、《水鴨南渡大隊》和《鴿子與靶機》等。

年景組曲

陳正恩 作

春聯
貼上春聯
春天就是文學家了
把春聯貼在全世界都看得見的地方
失蹤兒童就能找到路
回家
傷心的人
不再哭
貼上春聯
就能
　春滿乾坤福滿門
　天增歲月人增壽

壓歲錢
新年哪！
不要用壓歲錢
壓住了「歲」
我還小，
要快快長大。
可是，
我真愛壓歲錢哪！
可以把他們叫做紅包嗎？
不然，
把「壓歲」送給媽媽吧！
讓她永遠年輕。
錢——
我就留下了。
可以嗎？

可以？

踩高蹺

要

踩好高 好高的高蹺

像冬天說再見

踩好高 好高的高蹺

迎接春神回來

在高高的高蹺上

拿糖果當作小星星

年糕是甜的月亮

用小小的手

擦乾淨

黑黑的天空

天空就藍藍的笑了

掛一只燈籠
指引迷途的候鳥
並且悄悄的告訴牠們
哪裡有陷阱

舞龍舞獅
請看看，
誰在舞龍哪？
請看看，
誰在舞獅哇？
唉！
只愛看電視，
請年獸把電視機吃了！
求你看看嘛，
那個舞龍頭的人是誰呢？

那個躲在獅尾的人是誰？
唉！唉！
撲克牌真那麼好玩嗎？
請年獸把撲克牌吃了！
看電視的媽媽呀！
玩撲克牌的爸爸呀！
看見了嗎？
那個汗水流到下巴的小小孩
只要幾個掌聲；
或一個親吻，
就能快樂
一整年！

【導讀】

你喜歡過年嗎？過去物質缺乏的年代，孩子們都很喜歡過年，因為只有過年的時候才能穿新衣、戴新帽，才有壓歲錢可以拿，才有時間去廟埕看舞獅舞龍或其他民俗技藝表演活動。

現在的你們，對過年的印象又是什麼呢？仔細觀察會發現過年最大的象徵：貼春聯、發壓歲錢、看踩高蹺和舞獅舞龍這些民俗活動，這些都是爸爸媽媽童年時期印象最深刻的事。時至今日，這樣的過年氣氛明顯變得比較薄弱。但是詩人把年的味道，透過詩句，以文學的溫度，放入情意，讓年的視野更寬廣，角度更多元，充滿暖心的溫度，不知你是否感受到了！

【作品出處】

發表於一九九七年二月六日《國語日報．兒童版》。

【作者簡介】 陳義男（1954-）

出生於臺南七股，筆名羊我。曾任教師、主任、校長等職。曾獲全國臺灣區國語文競賽國小教師組作文第一名、第四屆南瀛文學新人獎、全國第一屆鄭福田生態文學獎臺語詩組優選等獎項。重要著作有《兒童詩的欣賞與創作》、《想念的季節》、《愛的推銷員》、《牆與橋》等。

春天怎麼來的？

陳義男 作

春天是鑽出來的。
你沒有看見
一根根的小草鑽啊鑽地
鑽出了一個嫩綠的春天？

春天是開出來的。
你沒有看見
一朵朵的紅花、白花、黃花……
開啊開地
開出了一個美麗的春天？

春天是飛出來的。
你沒有看見

陳義男

一隻隻的蜜蜂、蝴蝶、小鳥……
飛啊飛地
飛出了一個熱鬧的春天？

【導讀】

詩的美，美在詩句中有畫面，所謂「詩中有畫，畫中有詩」。這樣可以讓讀者更渲染到詩中的意境。

所以春天到底是怎麼來的呢？作者用「鑽」、「開」、「飛」這些動詞讓寫出了春天的律動感，充滿畫意。至於更春天的元素如花呀！草呀！蝴蝶啊！蜜蜂啊！都更加強了動感的樣態。

另外作者用「你沒看見？」的問語來進行介紹，其實也是一種自問自答的方式，呼喚春天的精靈，妝點活潑又熱鬧的春天世界。

【作品出處】

發表於一九八二年二月十三日《國語日報・兒童版》。

開與關

陳義男 作

把家中的門窗關上
這個小天地就是我的
任我歡樂嬉戲
可是新鮮的空氣進不來
涼爽的和風被擋在外面
連太陽也無法進來拜訪
整個家中陰暗悶熱得好難受

把心裡的門窗關上
心中的小天地完全屬於我
沒有人會來打擾
可是
珍貴的友誼進不來

溫馨的關懷被擋駕
連親情也無法進入
整個心中孤獨冷清得好難過

把家中的門窗打開吧
讓新鮮的空氣進來
讓涼爽的和風進來
讓溫暖的陽光進來
陰暗、悶熱的感覺將一掃而空
涼爽、溫暖、舒適的感覺
將源源而來

把心中的門窗打開吧
讓珍貴的友誼進來
讓溫馨的關懷進來

讓甜蜜的親情進來
孤獨、冷清的感覺將一掃而空
溫馨、甜蜜的感覺
將源源而來

【導讀】

好詩的內涵要兼具物象和心象。物象是具象，心象是抽象，帶讀者從實到虛，由看見到感受，這就是詩的味道。

家中的門窗及心中的門窗，是從具象到抽象。在開與關之間，是因為有不同的需求。關上之後，獲得獨立空間，完全自由，但有得必有失的同時，如何去調整，的確是開與關的智慧。

【作品出處】

一九九五年十一月發表於《中華民國教材研究發展學會兒童語文教材創作徵選》。

【作者簡介】曾吉郎（1958-）

筆名白聆，臺南北門人。專職寫作，是詩人、作詞人、音樂製作人。曾任：財團法人中華民國無障礙環境推廣協會常務理事、中華民國藝術品賞學會監事、臺視「歡樂寶貝」節目「兒歌天地」主持人、國立嘉義大學鄉土語文種子教師研習班講師、國立屏東師範學院鄉土語文種子教師研習班講師、九年一貫教育鄉土教語文民間本教材編審、行政院文建會臺灣二〇〇一年兒歌一百甄選評審。現任「小白鷺No。空間工作室」召集人。

熨斗

曾吉郎 作

儘管
道路崎嶇
命運坎坷
都能
滿腔熱忱
坦然面對
一路
勇往直前
打抱不平

【導讀】

寫詩需要很多想像，美麗的想像，正向的想像，趣味的想像。詩人把燙衣

曾吉郎

服的熨斗想像成一個勇往直衝的勇者，充滿熱誠（「插電生熱」）的面對崎嶇道路（「皺巴巴的衣物」）。一路勇往直前，打抱不平的詩字，似乎就看到了被握著的手把來回不斷的在衣物上工作——讓衣物平整。詩人的句子很直白，不拐彎抹角，也像熨斗努力要燙平衣服的直率。

寫詩，想像是開始，接續是連結，學會把看見的物件去想像的連結，然後透過比喻的方式把它表述出來，你也可以入門寫詩喔！

【作品出處】

發表於一九九二年九月《兒童日報》。

海的孩子

釣竿敲落了夕陽
漁船回來了
媽媽又在叫喊了
我也該回家去了

海媽媽溫柔的懷裡
擁抱滿天活潑眨眼的小星星
哼唱著那支古老的催眠曲
慈愛的手
一遍又一遍地
拍撫　搖著　哄著
直到
太陽出來了

曾吉郎　作

頑皮的星星小孩
才靜靜地入夢

你看你看
趴臥在平坦沙灘床上
那光彩亮麗的小貝殼
就是
正在熟睡中的小星星

【導讀】

夕陽是被釣竿敲落的，第一句就感受到特別的震撼吧！超動態的！詩裡頭的時間軸順序是直敘法，從傍晚到夜晚到隔天清晨。而場景從海邊到海面又回到沙灘，角色則有夕陽，海水和小貝殼。最棒的是夜裡的海天一色：天是黑的，海是黑的，天上的星星如同海的孩子被包覆在海媽媽的懷抱裡。所以海的孩子是小星星，隔天天亮的沙灘小貝殼，正是熟睡中的小星星，這樣的轉借技巧很值得學習。

再仔細咀嚼，我覺得作者就是海的孩子，在海的撫慰下有了詩意。讀完這首詩，你看有到一幅畫面嗎？你有勾勒出詩人詩意裡的畫面嗎？

【作品出處】

發表於一九九三年一月二十二日《民衆日報‧副刊》。

【作者簡介】林仙龍（1949-）

臺南將軍人。鹽分地帶詩人，筆名林大龍、沈出、林聲、桑無。寫詩，並從事散文、兒童文學創作，現為高雄市文藝協會理事長、高雄市兒童文學學會常務監事。曾獲全國優秀青年詩人獎、雲嘉南文學獎新詩首獎、高雄市文藝獎、國軍文藝金像獎等各類獎項三十餘種。著有散文集《心境》、《背後的腳印》，新詩集《每一棵樹都長高》，童詩集《風箏要回家》等九書。

牛車，牛車不走了

林仙龍作

老主人走了
老牛不見了
老牛車不能走了
古厝的陽光在紅瓦片上
滑落

牆腳邊旋起一陣風
一條黑狗做過的暗記
還有尿騷味
還有一堵廢棄的牆
那是舊有的豬圈
一截蛻化的蛇皮
掛在車輪上

雞隻鴨隻很聒噪。只是
記不起。不記得
還有一條牛車路
還有炊煙和草堆
那些年，一部牛車來去運送稻穀
有人說，稻穀換肥料
有人說，肥料換稻穀
新穀新米都交給農會放在穀倉裡
牛車滿載帶回來的地瓜晒成番薯籤
留給全家人
天天吃

阡陌間還有一抹綠意
還在奔跑
還在風中搖顫。回過頭

看幾家農舍在歲月中
倒退
歲月；退得很遠很遠
只有一部牛車守著
古老的厝；守著
一個不再回來的老主人
一頭不再回來的老水牛

【導讀】

老農夫不在了，水牛也不在了，只留下老牛車，當然它也不走了。過去，不會再回來。曾經的歲月，只能是回憶，牛車的年代是一種記憶，隨著老農及老牛的退場，牛車也就沒有作用了。但牛車也有自己的璀璨歲月。詩人用有點悲愴、有點懷舊的詩語，看著農村景物與牛車的互動。雞、鴨、狗、豬、牛，炊煙、稻穀、草堆、蕃薯籤、肥料一一浮現，鄉村元素一應俱全，可見詩人的觀察極為入微，且充滿情感。

想像用童稚的語音唸著：〈牛車；牛車不走了！〉，一個幼兒看見老牛車的模樣，再佐以鄉村背景，一個純真畫面躍於紙上。

【作品出處】

刊載於《新新聞報第六屆海峽兩岸詩會特刊》。

【作者簡介】許玉蘭（1962-）

生於臺南下營區，嘉義師專、高師大國文系、臺東大學兒童文學研究所。三十年教育生涯，從臺南市下營國小校長退休。著有《心的翅膀》、《我是魔術師》、《教育漫話》、《領航教育的明燈》、《閱讀小達人》（十冊）、《愛的風鈴響不停》、《到白河遊學》、《伯公是明星》、《雨愛唱歌》、《愛哭的女中豪傑》等書。曾獲高雄兒童文學創作柔蘭獎兒童詩歌組第一名，劇本組第一名，兒童小說組第一名；臺灣省兒童文學獎劇本第三名；南部七縣市社教館生命教育徵文第一名。

母親的愛

許玉蘭 作

母親的愛
柔柔的
柔柔的愛
像手中的蒲公英
撮個口
向他吹去
便千朵萬朵
無處不飛的
飄起
飄
起

許玉蘭

【導讀】

你看過蒲公英嗎？這種植物的頂端生一頭狀花序。花為亮白色，由很多細花瓣組成。果實成熟之後，那形狀像一朵白色絨球，孩子都說那是圓的蒲公英傘，被風吹過時，會分為帶著一粒種子的小白傘。

愛，看不見，但能感受，媽媽的愛更是無時不在。

詩人把蒲公英的花被吹起、輕輕飄起的情景，比喻成媽媽的愛，是那樣優雅、寬廣，無處不在的飛舞著，就像我們縈繞在母親無私的愛裡一樣。蒲公英的花傘很輕很輕，日常媽媽的愛也很輕很輕，用心體會，那愛，隨時都在。

【作品出處】

刊登於《海流》第三集：《臺灣日本兒童詩對譯選集》。

【作者簡介】黃文博（1956-）

臺南市鹽分地帶北門人。國小校長退休，致力民俗研究，堪稱臺灣民俗達人。曾獲聯合報報導文學獎、南瀛文學獎、鄭福田生態文學獎臺語詩組首獎等。著有臺灣民俗、信仰及臺語詩等領域著作八十冊。

渡鳥戀歌（二帖）

黃文博 作

之一〈討食〉

阮做鳥仔，攏嘛知鳥命
顧腹肚，就愛佮魚仔走輸贏
做人客，阮愛留予人探聽
細窟的囥叨[1]，大窟的毋通行
點心看溝仔跤，正頓佇水埕
冬尾洘窟[2]，就會親像食餐廳
鹽鄉大地予阮食免驚
阮會佇遮，一日比一日較勇健
嘛會佇遮交朋友、結親情[3]

之二〈歸鄉〉

黃文博 作

轉一个年，到春天
南風吹軟麻黃仔枝
北國的雪，已經化做數念[4]的水
若毋是傳宗接代愛轉去
阮嘛無想欲離開
新烏衫[5]，
予阮精神飽滇[6]
一批一批，揮別潟湖的

1 叨（lo）：佇水中揣食的。
2 洘窟（khó-khut）：魚窟的水抽焦，做最後的收成。
3 親情（tshin-tsiânn）：華語叫「親戚」。
4 數念（siàu-liām）：思念。
5 新烏衫（sin oo-sann）：烏肚烏仔欲轉去的時，規身軀的毛攏轉烏。
6 飽滇（pá-tīnn）：滿滿。

飛過濁水溪，飛過淡水河邊
越頭看鹽鄉，心頭酸甘甜
戀歌陪阮一路思想枝

【導讀】

鹽鄉是指臺南北門鹽份地帶。每當寒季一到，很多候鳥都會來到這裡避冬，這些候鳥就是作者所說的渡鳥，像黑面琵鷺、黑腹燕鷗等都是。作者化作這些渡鳥，說出他們討食和歸鄉的心聲。

用臺語寫詩，很有在地味道。作者用的字對不常接觸臺語文的人可能不容易讀，建議讀者配合附註慢慢咀嚼，感受作者與鳥之間的融合與渡鳥的心思。如果想要進一步了解牠們的生態和心態，也可以親自到北門鹽鄉去賞鳥，看看這些渡鳥討食生活的模樣，也去見識他們群飛的壯麗。

【作品出處】

發表於《綴你飛》詩集，二〇一七年出版。

【作者簡介】謝振宗（1956-）

臺南市學甲區人。高師大化學系畢業，現任臺南市立土城高中校長。詩作曾獲第三屆南瀛文學新人獎。二〇〇七年被收錄臺灣作家作品目錄。入選二〇一六臺南詩展——詩星璀璨耀南瀛。作品在南瀛文學新人獎評定：善用形象化的語言，抒情性強，在強調知性的詩壇中，有一股清新的氣息，文字技巧極佳，以禪的精神來闡釋人生，是其特色。著有詩集《覺有情》、《自在微觀》、《望春風》、《無盡意》、《上善若水》、《與竹有約》、《如是我聞》、《菩提深處》等。

苦楝開花

謝振宗 作

苦楝若開花，淡紫色的
花蕊便細細地撒落在
阿母佈滿魚尾紋的臉頰

當天牛敏銳的觸角，輕輕
劃過穹蒼，臍帶斷裂前
草綠溫馨的鄉韻，帶來迎風
招搖，如種核破殼之驚喜
讓長滿蒹葭的河堤
沿著水湄
伸
展

謝振宗

無所謂花落該歸何處？
阿爸憨厚的目屎
每每在深夜，攀附
青嫩葉緣上，晶瑩剔透
含羞欲滴的露珠
無怨無悔地
凝結成苦澀甘甜
的花籽

【導讀】

苦楝樹在每年的三、四月左右開花，淡紫色的花朵不甚起眼，香味若有若無。可是因為數量龐大，樹冠滿是紫花的情景很是壯觀。

掉在地上的小紫花別有詩意，作者連結那細碎的小花撒落在阿母佈滿魚尾紋的臉頰，意味著紫花如歲月的痕跡刻在阿母臉上，也暗指阿母的慈容祥和芳香——花顏就是媽媽的芳顏。

從阿母想到生命的起源，如翠綠的草原，和風吹拂，春意盎然如新生，生命力旺盛。充滿畫面的文字意象溫婉而有力。

第三聯是轉折，從花開到花落便是一個生命。開花後結果是一個多麼自然的現象，但是璀璨活過，留下花仔，讓生命傳承，猶如阿爸的艱辛歲月，無怨無悔。詩裡有畫，也有話，頗富哲趣，值得玩味。

【作品出處】

錄自《南瀛作家作品集53．無盡意》（臺南縣文化局，二〇〇〇年十二月）。

散文選

【作者簡介】顏福南（1968-）

生於臺南市下營區，筆名南彥。臺中市東勢區中科國小校長。著有《殘餘的晚霞》、《小河兒童文學選集》（上下冊）、《大觀園裡妙童詩》、《詩和圖畫的婚禮》、《小小作文高手》、《大家來說繞口令》、《作文魔法書》、《智慧語文好好玩》、《創意寫作有高招》、《引導作文起跑線》、《作文頂呱呱》、《童詩頂呱呱》、《學校沒有教的作文技巧》、《基測作文通》等十五冊。曾在國語日報、自由時報、國語週刊、青年日報、小牛頓作文雜誌、人間福報撰寫過三十餘個作文教學及散文專欄。全國巡迴演講三百餘場，推廣兒童文學與作文教學。

沒有永遠的春天

顏福南　作

八〇年代還沒有智慧型手機，照相都要底片，柯達公司出產的底片品質優良，為照片技術以及傳統相機的先鋒廠商，同時在一九七五年發明第一臺數位相機，可惜沒有持續深耕，其他廠牌快速發展數位相機和智慧手機，柯達公司錯過先機，慢慢失去領先優勢。幾年後終究敵不過數位化浪潮，在二〇一二年宣布破產。

諾基亞公司成立於一八六五年，最初以伐木、造紙為主，後來轉入手機研發，推出防水手機，聲名大噪，自一九九六年起，連續數年佔據市場經營額第一，成為手機市場龍頭。可惜好景不常，二〇〇七年蘋果手機推出智慧型手機，諾基亞公司未跟上潮流，逐漸走下坡，二〇一三年微軟宣布併購諾基亞公司，諾基亞公司退出手機市場。

世界變化急遽，商場似乎沒有永遠的春天，沒有永遠的第一，人生也是如此，眼看他起高樓，眼看他宴賓客，眼看他樓塌了，榮華富貴轉眼雲煙散去。多少歷史名人，曾經叱吒風雲，最後英雄白頭，形單影隻，留下的只有墳上一坏土，無語望蒼天。

人生沒有永遠的春天，生命沒有永遠的贏家，在漫長的生命旅途中我們都是過客，不必在乎短暫的挫折與傷感，再大的難關幾年後都成為小事，不必憂傷成績不如人，不必傷感自己的出身清寒，每個人都有自己的優勢與缺失，不可能事事圓滿，總有缺口磨練我們的心志，想開、放下就是好風光。

人生沒有永遠的春天，不要為短暫的失敗發火，不要為失去的友誼或遺失的事物焦急，生氣或急躁只會讓事情變得更糟，儘管外面風吹雨打，我們理性平和面對逆境，坐看雲卷雲舒，理出頭緒，思考處理的方向，才能智慧的抉擇，自己的身心不會隨外在起舞，這就是自在隨緣，活在當下。

人生沒有永遠的春天，不要因一時成功驕傲，就像柯達公司和諾基亞手機曾經稱霸市場，卻沒有掌握轉型先機，先後消失倒閉。勝於人處勿自傲，當念人外有人，只有謙卑低下，廣結善緣，才是生命的真諦。大海之所以壯闊，是因為位置低下，百川匯集，才能成就大海的深遠，人也是一樣，謙虛待人，才是圓滿的人生。成功的定義不在於賺取多少錢，而在於贏得別人的敬重。

人生是由許多悲傷與歡喜的畫面交織而成，有得有失，你羨慕我的自由，我羨慕你的約束，每個人都有自己的榮耀與失落。不要在短暫的成功中高興過頭，不要在一時的挫折裡失去自我，成功失敗都是轉眼間：順境時持續努力，跌倒時勇敢爬起來，明日的太陽永遠朗朗的照耀我們，等待我們微笑的面對每一天。

【導讀】

春天代表著開始，也代表著希望。所以春天一來，生命開始了，希望啟動了。但春天不會永遠都在，所以作者說沒有永遠的春天。

作者舉了柯達的起落，諾基亞的興衰，證明花開花落總有時，更說明了事業榮景沒有永遠的春天，世界、萬物、人生亦是如此。人的一生若分為四季，那麼年少就是春天，既然知道春天不會永遠在，那春天在時要珍惜。人的生命榮景如同雲霧，時來時往；猶如海浪，起落不定；宛若日月，交替推移。所以珍惜擁有、懂得分享、把握機會、創造美好……這種生命的體會，要越早越好，才能把握當下，面對枯榮也才能不悲不愴。作者在文詞中所要表現的是如此的正向和陽光，願大家都有感悟。

【作品出處】

發表於二〇一五年十月二十九日《人間福報》。

小輸一盤

顏福南 作

我有時喜歡和朋友下象棋，其中有個棋友令我印象深刻。他玩象棋神情專注，從不悔棋，卻容許對方偶爾重來，起落棋子很有自信，棋盤似乎掌握在他的胸壑中。

每一次和他下棋，總要絞盡腦汁，楚河漢界攻防來往，只要聽得他一聲「入局」，縱然努力經營，依然落得將帥出降，高掛白旗，他說的「入局」，就是已經殘局成譜，無力挽回。像他這樣的背譜下棋，深入研究棋局，一般人要有勝算，幾乎少有。

正因為棋逢高手，找他下棋格外有感，每一次與他下棋我都思慮再三，盤算各種可能，雖然小心翼翼，可是輸贏早已判定，我只能安慰自己至少二負一勝，與高手相對，小輸一盤略遜一籌，還差強人意。每次都有一盤勝出，表示自己棋藝尚可，我這樣勉勵自己。

慢慢的，我發現他和每個人下棋，總是二勝一負，懂得棋道的人告訴我，他功力深不可測，輸棋都是謙讓的；他不想對方全盤皆墨，故意輸棋，保留對方顏面。我恍然大悟，原來眼前的朋友很有修養，棋藝高深卻願意屈低身子，給人尊嚴，這已經不是「棋」中高手，而是人生哲學的最高修煉了。

我們難免會看見少數能力強者仗勢欺人，步步進逼，以職位逞能，以勢力凌人，對人毫不客氣，眼看他起樓了，幾年後又看他樓塌了，樓起樓塌，不是能力而是態度，沒有謙讓的態度，自視甚高，終究沒有朋友，遇見困難，孤掌難鳴，只能落得失敗的地步。歷史名將項羽就是最好的例子，他整軍經武，調度有方，能力不在話下，可惜高傲不聽旁人勸諫，雖然獲得一時勝利，最後不免落得自刎的下場。

我們也常常看見待人謙讓者，為人溫和有禮，對屬下關心備至，不因人而異，待人如己出，雖然能力不若前者，但是遇有困難朋友相挺，齊力一致，終於度過難關，走出自己的一片天。漢朝開國皇帝劉邦雖然初期勢力不如項羽，但是謙讓態度贏得張良、韓信、蕭何等人的協助，終於翻轉逆勢，開啟了漢朝的豐功偉業。

謙讓者，人恆讓之，我對眼前這個棋友很佩服，他為我上了謙讓的一課，我雖然不是他的對手，卻為我找到台階，讓我知道與人相處不要全贏，小輸一盤贏得友誼，才是真正的勝利。

【導讀】

這篇文章會讓人想到左宗棠的故事。

相傳，晚清重臣左宗棠很喜歡下棋，是棋界高手。有一次他帶兵出征，看見路邊茅舍的橫樑上掛著一幅匾額，上面書寫六個大字：「天下第一棋手」。左宗棠好勝心起，就想與茅舍主人一較高下。

誰知連弈三盤，主人皆輸，左宗棠笑說：「你連輸我三盤，何來的天下第一棋手，看來你門前那匾額可以卸下了！」隨後，左宗棠自信滿滿，揚長而去。

過沒多久，左宗棠班師回朝路過此處，又來到茅舍，見「天下第一棋手」之匾仍未拆下。他想邀主人下三盤祺，趁此機會再羞辱他一番。然而這次左宗棠竟然三盤皆輸，主人輕而易舉獲得全勝。

左宗棠大感驚訝，忙問茅舍主人何以至此？主人回答：「上回您要率兵打仗，我不能挫您的銳氣。現在，您得勝歸來，我自然是當仁不讓啦！」左宗棠愕然，心中自愧不如，於是嘆道：「如此看來，您門楣上的這塊牌匾怕是難有人能將它摘下了！」

本文所述，正如茅舍主人一樣，世間真正的高手，能勝，但不一定要勝；可贏，卻不一定要贏。他們的勝處，就在於看淡輸贏的灑脫心境還有好謙讓、知人情的寬闊胸襟。

君子坦蕩蕩，小人長戚戚。「坦蕩」二字說起來容易，做起來困難。真正淡泊的心境與謙和的為人姿態，來自人內心的自信、安定與強大。要想成為生活中常勝的高手，需要謹記：能者常長於力，智者常強於心。

【作品出處】

發表於二〇一四年三月十三日《人間福報》。

【作者簡介】許榮哲（1974-）

臺南下營人，曾任《聯合文學》雜誌主編、四也出版公司總編輯，現任「走電人」電影公司負責人。曾入選「20位40歲以下最受期待的華文小說家」。曾獲時報、聯合報、新聞局優良劇本、金鼎獎雜誌最佳編輯等獎項。影視作品有公視「誰來晚餐」等。代表作《小說課》風行兩岸，掀起書寫故事的狂潮，被盛讚為「最適合中國人的故事入門教練」。

神明的孩子×海盜的女兒

許榮哲 作

有很長一段時間，我們遺忘了最重要的事。

成長的過程中，學校教會了我們許多事，但卻忘了教我們最重要的事，於是我們長成奇怪的大人——熟識耶穌，卻不認得田頭田尾的土地公；熟讀美國史，卻不知道自己的爺爺奶奶從哪裡來……

有很長一段時間，我們把最重要的事情搞混了。

一九九二年，我十八歲，最渴望的事是考上大學，好讓我可以離家去看一看這個遼闊的世界。

考上大學，離家之後，在某個程度上，我也永遠離開了下營。

然後展開了臺中（中興大學水土保持系）－臺北（台大農業工程研究所）－花蓮（東華大學創作與英語文學研究所）的環島求學旅程。

最後，我落腳在臺北縣的新店，結束了漂泊的旅程，結婚生子，開始了向下紮根，向上開枝茂葉的下一階段人生。

那一天，我和妻子推著嬰兒車，帶著當時只有三、四個月大的女兒到新店後山散步，途中經過一間土地公廟，本想坐下來休息一下，不料卻意外發現牆上貼了一張公告：

自設立告示牌起，民眾勿再任意將神尊棄置本祠，否則本委員會將視其為「一般廢棄物」清除，其罪孽由棄置者自行承擔。

「這也太扯了。」我說。

「還有更扯的。」

公告底下居然就是一尊棄置的神像，如果公告玩真的，那麼再過不久，眼前的落難神仙就要變成垃圾了。

「我們得救救這位神仙大哥。」我說。

「你什麼時候這麼有正義感了？」妻子揶揄。

「因為我是……玄天上帝的義子，搞不好祂就是玄天上帝，我的乾爹。」

妻子不信，於是我打電話給南部的母親。

「媽，幫我把『銀牌』寄上來。」

「什麼銀牌？」

「就是那個……小時候阿嬤帶我去拜拜，求玄天上帝收我為義子，最後還打了一面銀牌，作為證明的那個。」

母親愣了一下，笑著罵我：「什麼玄天上帝，是地藏王菩薩啦，你連乾爹都認錯人了。」

尷尬地掛上電話，我回想起小時候的事。

小時候，我住臺南下營，當地最有名的就是玄天上帝廟，因為體弱多病，阿嬤時常背著我到處上香、擲筊，求各路神明收我為義子。這尊神明不應允，就換另一尊，一旦神明答應了，還得再擇一吉日，準備十二項禮，請人幫忙寫拜契書……

「所以玄天上帝拒絕了你？」妻子問。

我完全不記得了，我唯一記得的是奶奶向神明禱告時，不時憂心轉頭看著我的那個眼神。說也奇怪，自從當了神明的義子之後，病痛紛紛離我遠去，我一路平安長大。

「等女兒再大一點，我們就求神明收她為義女。」我說。

「為什麼？別故意轉移焦點。」妻子說。

我搖搖頭說，有一次我到新竹演講，意外發現當地沒有一個孩子是神明的義子，我本以為時代不同了。後來，經老師解釋，才知道這是一所臨近科學園區的新學校，孩子的父母都是年輕的外來者，他們甚至連家附近有什麼廟都不知道。

「他們跟腳下的土地還沒建立感情。」老師說。

其實我和妻子跟那群孩子的父母沒有兩樣，我們跟腳下的土地也不熟，否則怎麼可能六年之後，才發現家後面有一間土地公廟。

「人與神明的關係，就是人與土地的關係。就這麼決定了！」我說。

「決定什麼？」

「我們不能讓女兒跟我們一樣，她必須從小就認識這塊土地。」

有些東西忘了，身上的包袱就輕了。有些東西忘了，從此無家可回。

如今，女兒已經五歲了，我常常跟她說「土地」的故事。

「爸爸的故鄉是殺人縣．會贏鄉．贏錢村。」我故作神祕。

（臺南縣．下營鄉．營前村）

「騙人，這是海盜住的地方吧？」女兒不相信。

我賊笑兮兮地說：「沒錯，我們的祖先是海盜。」

「那我不就是海盜的後代，怎麼可能？」女兒一邊驚呼，一邊研究我的長相，最後拿起鏡子照了照自己。「不像，一點都不像。」

我拿起地圖，指著下營周遭的鄉鎮，柳營、林鳳營、中營、新營……說：「這些名字裡帶有『營』的鄉鎮，是明朝鄭成功來台開墾的地方。」

「鄭成功又不是海盜。」

「沒錯，但他的爸爸鄭芝龍，是海盜。」

鄭成功的故事，女兒從故事書裡看過了。但鄭芝龍對她而言，還是一個陌生的名字，我趁機告訴女兒，鄭成功的父親，鄭芝龍的故事。

一半商人一半海盜的鄭芝龍，後來投降明朝，明朝滅了之後，被接續的政權清朝誘降。清朝利用鄭芝龍與鄭成功之間的父子關係，想藉此叫鄭成功投降，但鄭成功一直不從……

「然後，然後呢？」

「最後，鄭芝龍被清朝殺了。」

「喔，我懂了。」

「你懂什麼？」

「以後如果有人用爸爸的生命威脅我，我一定……」

「你一定怎樣？」

「啊，不能說，說了你會難過。」

「你不說我更難過……」

「不說、不說，除非……我們明天就回殺人縣．會贏鄉．贏錢村。」

「這個……明天我有工作耶，除非你給我……一個好理由。」

我還是想知道女兒的答案，以免日後死得不明不白。

「理由很簡單，因為你是神明的孩子，而我從今天開始，是……海盜的女兒。」女兒對自己創造出來的身分，感到滿意極了。

下營是我的故鄉，我從那裡來。

現在，我用故事把女兒召喚回去，回去那個白日老是被我遺忘，但從不記恨的憨厚家鄉。它會在夜裡，躡著腳，帶著我的童年友伴，帶著我的小學暗戀，帶著我的中學糗事，一遍又一遍地回來找我。

【導讀】

你聽過你的故鄉嗎？故鄉裡大小事，你願意花時間聽你的家人親友叨叨絮絮的對你陳述嗎？

作者說，「我們常忘了最重要的事」，這就是最重要的事，也就是家鄉的風土，家鄉的民俗，家鄉的生活習性。我們踏在家鄉的土地上成長，怎能不關心這塊土地上所發生的故事呢？

作者用這種方式向大家介紹他的故鄉——下營，為了身體的健康變成下營上帝廟神明的孩子。下營的玄天上帝廟裡面有玄天上帝、地藏王菩薩、觀世音菩薩等神明。作者成了地藏王菩薩的義子，對於下營地藏王菩薩多了一個連結，所以他是下營的孩子，是神明的孩子。那作者的孩子照理說應該是神明的孫子，但是他卻在一次對話中，變成了海盜的女兒。這個海盜的女兒，對於作者的故鄉下營印象有限，因此作者透過〈神明的兒子×海盜的女兒〉這篇文章來敘述。×這個符號，對於女兒的意義，個人覺得是一種傳承，用傳承的精神讓孩子知道父親長大的地方。

透過這個傳承，讓女兒沒有在爸爸生長的地方長大，但依然有故事的支撐，連結父女，藉此了解作者父親的故鄉。

【作品出處】

發表於二〇一六年一月九日《中華日報·副刊》。

名字，重複一輩子的愛

許榮哲 作

我的女兒，名叫「三三」，一二三的「三」。

朋友知道我為女兒取名為三三時，大多不以為然，他們認為不能因為自己的喜好，而造成孩子一輩子的困擾，因為三三這個名字太特別了，肯定會招來關注的眼神，每個老師都想叫她起來說幾句話，或回答幾個問題。

我笑著說，這正是我的目的，我希望女兒從小就知道自己是特別的，所以她必須隨時做好上台的準備，因為她無法躲在其他名字裡，混水摸魚，得過且過。女兒必須時時刻刻意識到，自己是個一眼就會被看到，並且永遠記下來的女孩。

但這只是其中一個原因，另一個原因和我父親有關。

我是從自己的父親身上，學會當爸爸的。我從父親那兒學到的是沉默的力量。

我的父親是個農夫，求學過程中，每年兩次，開學前夕，他就會突然消失。直到稍稍長大，才從姑姑口中得知，他又去借錢了。

我們家三個孩子都讀私立中學，但家裡務農，根本付不起學費。所以父親每年固定兩次，一個人騎著腳踏車，偷偷到開電器行的姑姑家借錢，等到當期稻作收成之後，再把錢還給姑姑。

足足超過十年的時光，我們兄妹三人，就是在父親低下頭來借錢，和彎下腰來種稻，來來回回交錯之下，才得以完成學業。

所以每次考試時，我們三兄妹都戰戰兢兢，因為我們知道，我們正在超支父親的能力。父親供我們上學的學費，不只是用汗水換來的，它還包含了……屈辱。我們可以浪費汗水，但絕不能辜負屈辱。

好幾次，我們考壞了，合理認為父親一定會責罵我們，因為沒有人比他更有資格，但他連一次叨唸，諸如「爸爸這麼辛苦，而你們居然……」之類的話也沒說出口。正因為如此，我們更自責了。

十年如一日，父親的沉默開始慢慢變成力量。

自己當了父親之後，我希望自己也能像父親一樣，沉默地努力工作、沉默地不誇一次口、沉默地不把責任轉嫁到兒女身上，但我知道這實在太難了，我永遠做不到。

最後，我想到了「名字」，一個不用說話，就可以說話的好方法。

中國字裡，重複的字出現三遍，大都有「多」或「大」的意思。如三個人，众，眾立也。如三輛車，轟，巨大的聲響。但「三」這個帶有多數，或多次意涵的字，卻只有簡單三劃，因為希望自己的女兒既豐富，又單純，於是取名「三三」──人生豐富的三，個性單純的三。

三三，這是作家父親，所能送給女兒最好，也最長久的禮物。她是帶著父親的愛，降生到這個世界的。

三三，我每叫一次女兒的名字，就提醒自己一遍，那個最初的願望。日後有一天，我不在女兒身邊了，她依然會一而再，再而三地想起父親想對她說的話。

三三，人生豐富的三，個性單純的三。像我的父親一樣，他一輩子沒有說出口的話，卻成了我對他最深的回憶。叨叨絮絮，卻又沉默異常，重要的是……充滿了力量。

【導讀】

近來有一句流行語叫做：「因為很重要，所以說三遍。」三，代表多，引伸出重要的意義。

作者把女兒的名字命名三三，的確非常的特別。他在文中用說故事的方式把取名字的由來，說得非常清楚，相當富有人生哲理。三原本代表多，但因為筆畫容易，代表的是簡單。既要豐富又要簡單，這在人生的實踐上是非常不容易的，但也代表了身為一個父親對女兒的祝福和期許。

從孩子出生命名，就是父母親對孩子的希望。名叫三三，作者說得很清楚，是希望這個女兒，因為特別而容易被記住，被看見，也讓女兒知道自己，就是要去面對這份凸顯。孩子可能會感謝這個名字很好寫，因為筆畫簡單；但是也可能會抱怨這個名字很奇怪，因為太特別。

其實最重要的是，會取名三三，是來自於作者父親沉默的、具有力量的愛。作者娓娓道來，從自己的期許，到父親沉默的愛的複製。作者從自己父親簡單的愛裡面，感受到作為一個父親深層的能量，他要把這份簡單的愛傳承下去，所以用三三兩字重複性的疊字詞，代表重複的愛，也代表簡單又豐富的沉默的愛，是家族要延續下去的愛。

這篇散文，慢慢咀嚼，你會發現充滿了感動。

【作品出處】

發表於二〇一四年二月七日《國語日報・家庭版》。

【作者簡介】王淑芬（1961-）

生於臺南市。國立臺灣師範大學畢業。曾任國小主任、美術教師。曾任公視與大愛電視文學節目顧問與主持人。常至海內外各地推廣閱讀與教作手工書。已出版「君偉上小學」系列、《我是白癡》、《地圖女孩．鯨魚男孩》、《怪咖教室》、《一張紙做一本書》等童書與手工書教學書五十餘冊。

我的童年，我的小小腳兒

王淑芬 作

我看著我的腳，彎下腰來撫觸它粗糙的厚繭；我真愛我的腳啊，童年時，它曾結結實實陪我走過那麼多崎嶇小路，帶我看過無數難忘景觀。一雙腳，能走多遠？答案是：從愚騃走到蛻變。我和我的腳，在童年裡跋涉過惡山惡水，也攀爬過最麗緻的花園。我的整部童年史，「行走」無疑的佔了許多篇幅。

出生成長的鄉野小鎮，落實不了父母「望女成鳳」的願望，因之，小小年紀——約莫是五歲吧，我便被送到遠離小鎮的一所舞稻社，成了寄宿生，學習各類舞技，舉凡芭蕾舞、民族舞、現代舞，都是必修課程。

我的腳，被規定以奇怪扭曲的姿勢，懸掛在舞蹈室偌大鏡子前的木欄干上，我心疼的摸著它，感覺它小聲的喊著：「痛。」

下課了，我帶著寂寞的腳走出寂寞的練舞房，看陌生街道來往著陌生的車流。我走著走著，緩一緩剛才練舞肌肉的緊張痛楚。這一刻，我的腳是我最親密同志，甘苦與共。

王淑芬

我走到街口，聞到煮玉米的香氣，想念媽媽的情緒一下子翻攪成止瀉不住的眼淚；一片水汪模糊中，跌跌撞撞走回舞蹈社，美麗的小李老師倚在門邊，一把將我摟進懷裡，輕聲安慰：「別哭，我們去吃飯。我差點兒去報警呢。」

我的腳漸漸習慣了跳躍、劈腿，這些折磨人的功課，在鏡子前，卻化為不可思議的柔美舞姿，彷彿我成了下凡仙子、奇幻精靈。當披上舞衣，在閃爍著五彩燈光的舞臺上，我的腳更像是翅膀，如此驕傲的在每首舞曲的節奏中輕快飛躍。

但是，我還是思念寧靜小鎮裡的荒僻小徑，那才是我的腳最佳棲息地。我花了大半的幼年時光，行走在家與雞舍或果園之間。有幕鏡頭至今難忘，說不定到老時更鮮活：六歲那年春節，晨起向父母拜過年，我穿上繡滿金線的新衣，一身流麗的走到長滿咸豐草、車前草的雞舍去餵食；錦衣玉袖，給誰看？嘈雜爭食的雞群看也不看。

如此金碧輝煌如此華美的一襲金縷衣，竟走在充溢惡臭的雞舍路上。我的腳不慎跌了一跤，腳尖踢到石塊，滲出血來。我捏住腳尖，不敢哭，怕壞了一年的好兆頭。我的金縷衣，沾上一片塵泥，像一則帶著啟示的寓言故事。

這個鏡頭令我印象深刻的原因，除了亮眼色調，恐怕還是與腳的初次叛變有關。鄉下孩子，哪個不是專業的走路者，誰會在平坦地上跌跤呢？後來，我歸咎於腳上那天穿著的皮鞋。

我不可理喻的討厭起皮鞋來。之後很長時間，我喜歡光著腳丫在家附近奔來跑去。只有親吻過土地的腳，才會一往情深的愛上走路。

我真喜歡光腳走過草地，以腳尖頑皮的碰觸含羞草，看它們急急收斂外衣。我也喜歡走過芒果樹下，努力尋找掉落的小小青芒果。有時，我跑到屋子後的土芭樂樹旁，試試枝椏力道，然後攀爬起較牢固的枝幹，險阻橫生的摘取一顆醜醜的澀果子。

曾有一次，我搭車睡過頭，驚醒時，急忙下車，奇怪的竟無什麼恐懼感。我知道我是太信任腳了，以為天底下沒有什麼走不到的路。

我順任自己在陌生街道走著，想著：反正走累了，休息一會兒，繼續上路便是。那時，年幼的我，從未思考關於綁架、挾持或被歹徒騙走的經歷，甚至連「迷路」這種基本恐慌都沒有。

我怎麼會如此天真，打算就這樣一直走、一直走，然後就回到甜蜜的家呢？

當然我是不可能成功的。走沒多遠，一部摩托車呼嘯過，又迅速折回。是鄰家的大哥哥眼尖瞧見我，於是我被平安載回家。

父母被我的「零安全意識」嚇壞了；那以後，走路機會少了，到哪裡，都是爸爸載我。我就這樣和我的腳，搭乘文明列車，離開了童年。

【導讀】

這篇文章用淡淡悠悠的筆調，輕慢的描繪童年時光腳丫子的故事，很有情趣。若能用腳踏在自己成長的土地上，那土地才有真感情。無憂歲月，最該是童年的時光，畢竟在童年最無牽無掛。這個時光若能用腳紮紮實實的在自己的家園，走走、跑跑、跳跳，用腳感受土地的親密和土地的愛，這樣的童年能累積一輩子幸福的能量。

腳用來走路，也可用來跳舞。但是並不是每個人都有跳舞的一雙腳，也不是每個人都有跳舞的機會。作者的小小腳兒，日常生活除了走在家園的鄉間小路和自家的雞舍，那小小腳兒也有機會去學舞，當然那是艱苦的過程，卻也有甜美的成就，想必也是很多小女孩的羨慕的一種學習。作者寫來如行雲流水，恍若昨日。

作者的小小腳兒，想來矯健，所以喜歡到處趴趴走，樂此不疲也快樂有趣，因此走在陌生的小徑上也沒有恐懼感。這或許是當時鄉村純樸的社會風氣，讓人沒有畏懼感，也有可能作者本身就具有天生的樂觀純真。父母深愛的自己的孩子，會想盡辦法來呵護他們。但也因為父親呵護的接送，所以他和他的小小腳兒就結束了童年的無拘無束。最後這一句有一點感傷，卻也是一種成長軌跡，巧妙地點出了主題。

【作品出處】

刊登於《中國時報．開卷版》。

【作者簡介】陳肇宜（1955-）

生於臺南佳里區佳里興，淡江大學畢業。曾獲洪建全兒童文學獎，東方少年小說獎，教育部文藝創作獎，教育廳兒童文學獎，自立報系童詩獎，九歌少年小說獎，文建會臺灣文學獎，臺北縣文學獎。主要著作有《跑道》、《阿嬤的滷味》、《真相拼圖》、《春風少女心》、《肉腳少棒機車兄》、《開心天使》、《少年推理小說系列》（一～四）等二十餘本。作品類型包括長短篇小說、中短篇少年小說、童話、詩以及語文論述等。

那個光影交錯的夜晚

陳肇宜 作

一輛裝設輔助輪的幼童腳踏車，被棄置在樓梯間已經有好些時日了。看起來七八成新的車身，瑟縮在陰暗的角落裡，顯得格外淒涼與落寞；從上面一層厚厚的灰塵，和滿布蜘蛛網的情況來判斷，「失寵」的命運已是無法挽回的事實。

每次上下樓梯，我總會忍不住瞄一眼它孤零零的身影，耳朵似乎聽到它發出哀怨的嘆息，就像古代失寵的妃子，被狠心的帝王打入冷宮後，面對自己默默老去的年華，發出無言的控訴。

車子的主人想必是隔壁已上幼稚園的那對姊弟吧。還那麼新又那麼好的車子，怎麼不騎呢？是父母太忙碌，沒時間帶他們到公園馳騁？還是有更新奇更好玩的玩具，取代了它的地位？還是……

我常情不自禁地替童車的失寵設想各種可能，雖然明知答案無解，但總會在我低徊的情緒中，輕輕打開記憶的窗扉，將我拉回六歲那年，一個混雜著憤怒、口角、哭鬧和歡笑聲的夜晚……

陳肇宜

那是個彩霞滿天的夏日黃昏，父親打了一整天的麻將，騎著鐵馬回到賃居的三合院。大概手氣不差，贏了點小錢吧，他才將鐵馬停妥，立刻面帶喜色地對正在屋簷下忙著烹煮晚餐的母親說：

「市場邊那個賣童車的老闆妳認識吧。他今天也去打牌，一聽說我們有五個小孩，就極力推銷，要我買輛三輪車給小孩。我當時想，這附近已經有兩三戶人家給小孩買三輪車了，我們似乎也該買一輛才對，不然孩子總是看著別人快樂地騎車，未免太可憐了。於是隨口就答應下來。牌局結束後，我仔細一想，還是先回來問問妳的意見。妳認為怎麼樣？同意的話，我這就去買一輛回來，既然要買，錢當然要給熟識的人賺，妳說是不是？」

額頭掛滿汗珠的母親，一面出聲安撫背上哭鬧不休的小弟，一面手中拿著鍋鏟快速翻炒青菜，早就忙得不可開交了，好不容易盼到父親回來，想不到一開口竟然要向牌友消費套交情，頓時怒火中燒，回起話來也就帶骨又帶刺了。

「你命真好，一放假就出去打牌，丟下五個小孩讓我照顧，從早上忙到現在，不但要洗衣買菜，還要燒飯洗碗，加上小的黏得緊，非要我背著不可。嚄！你倒很有良心，回到家也不問我忙不忙，累不累，反而開口要我花錢向你的狐群狗黨示好。哼！我沒那麼大的度量。一句話，不買啦！」

「欸！我是尊重妳才回來問妳呢，妳怎麼這樣不講理？」父親大概沒料到母親回應的口氣竟然如此尖酸刻薄，一時肝火也上來了。

「尊重我？哼！說得這麼好聽……」母親手中的鍋鏟敲得鐵鍋鏗鏘作響。「那我問你，你一大早就出門去打牌，有沒有事先問過我？你把家事和小孩全丟給我一個人，又何嘗經過我的同意？你一向只顧自己享樂，什麼時候尊重過我？」

一來一往只不過兩個回合，父親昂揚的興致就結實地碰了兩根釘子。然而，他心裡縱使有百般的不快，在自知理虧的情況下，也只能怏怏地壓抑不滿的情緒，閃到一邊涼快去。

我們幾個小孩眼睜睜地看著夢寐以求的三輪車，在短短的口角過後，彷彿洗三溫暖般從有到無，怎不失望難過？尤其就讀小一的大哥，早就對鄰居小孩的三輪車欣羨不已，還曾好幾次央求母親購買卻始終未能如願呢。於今看到父親這麼輕易就退縮讓步，心裡既著急又委屈，一時忍不住竟嚎啕大哭起來，而且邊哭邊跺腳，嘴裡還念念有詞：「嗚……我要買三輪車……嗚……我要買三輪車……嗚……」

鄉下地方，夜幕低垂前的寧靜，使大哥的哭聲顯得格外刺耳，偌大的三合院頓時被一聲接一聲的嚎啕所淹沒。左鄰右舍開始有人從門縫或窗口探出頭來，用好奇的眼光往我們這邊猛瞧；好幾個鄰居小孩，乾脆走出房門，蹲在院子裡，興味盎然地看起熱鬧來。

我和大姊、小妹畏縮在一旁，內心一邊期待大哥的舉動能使情勢逆轉，換來一輛三輪車，一邊又誠惶誠恐，怕他越來越激烈的哭鬧會適得其反，使剛熄滅的火花死灰復燃，引起父母再度口角，甚至大吵大鬧起來。

大哥顯然已經吃了秤坨鐵了心，不到黃河心不死；他不但加大音量，而且一聲比一聲急促，尤其在抑揚頓挫間，口中斷斷續續的念詞更是盡力拉長尾音，幾乎要「牽絲」了。

還在揮汗忙碌中的母親，終於被大哥驚天地泣鬼神的哭聲惹火了，再度出口罵人更是有如機關槍掃射，而且是小孩和大人都不放過。父親大概怕夫妻公然吵架的場面有失他老師的身分吧，於是識時務為俊傑，在連番勸慰大哥無效後，乾脆不發一語地坐在板凳上吞雲吐霧，紓解胸中的煩悶與壘塊。

天色漸漸暗了，前來看熱鬧的小孩也陸陸續續被父母叫回去吃晚飯，三合院的左鄰右舍彷彿互相約好似地，很有默契地紛紛摁亮燈泡，讓柔和中帶著黃暈的光線透過門縫和窗櫺，把鋪設紅磚的院落斜射出片片交錯的光和影。

熱騰騰的飯菜早已上桌，全家大小卻好像一起生悶氣似地，沒人去動碗筷。而大哥的哭功也逐漸進入忘我的境界，抑揚頓挫又綿綿不絕的音波穿過層層夜幕，不斷往四面八方播送，最後連住在另一個三合院的秀子老師也受不了「魔音傳腦」的威力，纖瘦的身影從陰暗的屋角踏入光影交錯的院落，慢慢地走了過來。

秀子老師比父親年長幾歲，不但和父親有同事之誼，還是大哥的導師呢。她的突然出現，頓時讓父母親尷尬得手足無措起來。

「你怎麼啦？怎麼哭得這麼傷心？」秀子老師拉起大哥的手，慈祥地問道。

「嗚……我要買三輪車……嗚……爸爸說要買三輪車……嗚……媽媽說不買……嗚……」大哥邊哭邊回答。

「買三輪車？」秀子老師愣了一下，先看看父親臉上尷尬的笑容，再瞧瞧努力壓抑怒火的母親，心中有些明白了。「買三輪車是好事呀，何況買一輛車，幾個小孩都有得玩，經濟又實惠，該買啦！我家隔壁的賴桑，家裡只有兩個小孩，也早就買了。小孩子嘛，看到別人有車子騎，心裡總是會羨慕的。難怪他會哭得這麼傷心。」

秀子老師才說完，父親就趁機找台階下，趕緊說道：「我本來就打算要買的，只是……只是……」

看到父親吞吞吐吐，一副欲言又止的模樣，秀子老師更加明白了。她走到母親身邊，輕聲細語地說：「我們做女人的，天生就是油麻菜籽命，但是只要兒女能平安健康，快快樂樂地長大，吃再多的苦也是值得的。古人說過，忍一時風平浪靜，退一步海闊天空。妳說是不是？」

「我也不是捨不得花錢買三輪車，只是他……」母親的表情雖然還帶著幾分怒氣，說起話來卻溫和許多。「秀子老師應該知道，他每逢假日就出去打牌，而且一去就是一整天，把家事和小孩全丟給我一個人。這還不打緊，偏偏他一回來就搶著當好人，討孩子的歡心，這才讓我越想越生氣。」

「我了解妳的心情。」秀子老師輕拍母親的肩膀，柔聲說：「可是，儘管大人有再大的過錯，小孩總是無辜的呀！何況讓他這樣繼續哭鬧下去，是會給別人看笑話的。妳不要再生氣了，就答應他買三輪車吧。」

母親一向很尊重秀子老師，加上她前後當過大姊和大哥的導師，怎好意思不給面子。於是怒眼瞪著父親，卻大聲說給大哥聽：「這次是看在秀子老師的面子，我才答應的喔。不要哭了，趕快去洗手，早點吃完飯才能早點去買車。」

母親的話就像皇帝頒布的聖旨，大哥的哭聲戛然而止，只繼續抽噎幾下，就急急忙忙洗手去了。

一場夾雜憤怒、哭鬧、口角與不安的家庭風暴，就這樣在瞬間化為無形。看著秀子老師走向屋角的背影，我的心雀躍不已，差點就忍不住大聲歡呼起來。

晚飯後，父親立刻騎鐵馬出門，只一會兒的功夫，一輛簇新又有載人後座的幼童三輪車，就擺在我們眼前了。

貢獻最多也最賣力的大哥，理所當然是執行「試車大典」的不二人選。在父親「大家輪流玩」的指示下，大哥喜孜孜地跨上坐墊，雙手緊緊握住把手，四歲的小妹則坐上後座充當乘客。

只見大哥右手拇指摁一下把手上的車鈴，接著右腳一踩左腳一蹬，車子開始緩慢滑動，旋即快速地在庭院裡繞起圈子來。而隨著車輪越滾越快，「叮噹叮噹」響的鈴聲夾雜著「咯咯呵呵」的歡笑聲，響徹三合院的夜空，連天上的星星都被逗得眨眼笑了。

我拉著大姊的手，興奮地站在屋簷下等待下一輪的到來。轉頭看看身邊，只見光影交錯的屋簷下，父親閒適地坐在椅子上抽菸，臉上帶著滿足的微笑；坐在他身旁的母親，懷裡抱著小弟，笑吟吟地看大哥飆車，還不忘連連提醒：「騎慢一點……騎慢一點……」

那輛小三輪車，陪伴我們兄弟姊妹度過歡樂的童年，直到小弟也長大了，才結束它勞苦功高的一生。我還清楚記得，當收破銅爛鐵與舊書鴨毛的歐巴桑，把敗壞腐朽的三輪車放進她挑著的大籮筐時，剛好我騎鐵馬回到三合院。看著它隨著歐巴桑的腳步漸去漸遠，依依不捨的心情與童年不再的失落感充塞我的胸臆，讓我一時熱濕了眼眶，激動的情緒久久無法平復。

匆匆幾十年過去了，於今國內經濟快速起飛，不但家家豐衣足食，大型百貨公司的專櫃或街上到處可見的玩具店裡，各種新奇有趣的玩樂器材更是不斷推陳出新，可說已到令人目不暇給的地步了；相較之下，一輛被棄置在樓梯間毫不起眼的童車算什麼？

然而每次上下樓梯時，我還是會忍不住瞄它一眼。雖然心中難免有些感慨，但耳膜總是交響著清脆的車鈴聲和天真爛漫的歡笑聲，腦海裡也浮現父親閒適抽菸的滿足笑容，以及母親笑吟吟柔聲叮嚀的熟悉身影。

因為那個夜晚，我做了有生以來最甜美的夢，一個光影交錯又充滿歡樂旋律的夢。

【導讀】

這是一篇睹物思情的懷舊抒情文。從樓梯間一輛失寵的童車，懷想起自己童年時，大哥好不容易才哭到的三輪腳踏車。

作者描述家裡父母相處的模式，有著過去男尊女卑，家務由女人一肩扛起的時代感嘆，也有物資缺乏，凡物皆得來不易的感情抒發。作者將幼年生活的點滴娓娓道來，記憶深刻，那是藏在心中抹滅不去的音符，是感傷的曲調，也是傳統的樂音。

是那個光影交錯的夜晚，有吵架的夫妻，有哭鬧的孩子，有看熱鬧的鄰居，也有來勸導的老師。

是那個光影交錯的夜晚，對孩子而言，從興沖沖，到悻悻然，到憤憤然，最後還好有老師的出現，又破涕為笑，達到目的。

是那個光影交錯的夜晚，雖然物質缺乏，經濟環境不好，但父母的愛不管濃烈還是含蓄，都還是希望自己的孩子不要比別人差，不想讓孩子在別人面前抬不起頭來，再苦再累再窮，都會想辦法滿足孩子。

是那個光影交錯的夜晚，一輛腳踏車讓家庭的問題凸顯，也讓親情的表現讓孩子感受一輩子的愛。

作者寫作的方式是由眼前的物（腳踏車）牽引出過去的事（買車的經過），

再拉回對現今環境的看法。時間的軸線由今拉到古，再回到今，也有倒敘筆法，睹今物思舊情，筆觸幽然而細膩，充滿感情。

【作者簡介】林美琴（1966-）

生於宜蘭縣羅東鎮，長年定居臺南市。臺灣師範大學國文系學士，美國南加州大學東亞語言與文化研究所碩士。曾任中學及大學教職，現專事寫作、讀寫教學研究及培訓講師。曾獲臺灣教育部文藝創作獎、府城文學獎，著作包括《我們共同擁有》、《情人果》，繪本《有什麼了不起》、《一個人的寫作教室》等十餘種。

遇見春天

林美琴 作

當春陽穿過迷濛陰翳，迸射溫暖的光束，春風輕輕柔柔的把年輪打個轉，天書翻個頁，天地就開始新的起步了。農夫下田起耕，準備將黑黝黝的田水插滿秧苗，一片嫩綠欣然向陽，日子就生機洋溢了。

我住的小鎮街市也熱鬧起來了，一處處鮮豔的彩色帳幕錯落交織著一攤攤五顏六色的春天蔬果，青翠的菜蔬還帶著泥土的鮮氣，彷彿還在喘著氣；嬌滴滴的各式水果也已晨妝梳洗完畢，清新討喜，吸引絡繹不絕的人潮。在擁擠喧嘩的菜攤人潮中，許多主婦大聲問著各式菜蔬售價若干，小販不停地回應著，又忙著從圍裙找錢、綑菜，還不忘依客人採購的菜蔬中搭幾根蔥、薑、韭菜什麼的，不出差錯也不遺漏，調配著春天各式鮮甜的滋味，這是我記憶中熟悉的菜市場印象。

一個大地回暖的春天早晨，媽媽拿出被子出來曬太陽，也帶著因濕冷蟄伏已久的我和姐姐、弟弟出來晾一晾。市場人聲鼎沸，媽媽走走停停，沿路寒暄問好不斷。這一天，賣潤餅皮的攤位前大排長龍，攤前的阿姨左手耍的麵糰在鐵盤上不斷彈性跳動著，再輕輕一抹，虯結的麵球遂化為平坦柔軟而韌性十足的圓形薄餅皮，弟弟看得目瞪口呆，驚嘆這神奇的技法，於是阿姨邀他也來試一試，弟弟懷著出生之犢不畏虎的豪氣，小手拿著厚重麵球，向鐵盤打去，卻是麵粉黏了滿手，再用力一擊，整個麵糰竟咚咚的摔在鐵盤上，成了個黑疙瘩，引起圍觀者大笑，賣餅皮的阿姨輕聲說：「不是那麼簡單啦！好歹也要苦練個兩三月才能出師，你還小，有時間慢慢練喔！」

在時間的淬煉中，不會的逐漸會了，會了逐漸熟練了，這就是成長的意義嗎？我這樣輕聲問自己，而時光中的生命，也如這團麵糰，在各種熾熱的考驗中，從糾結百折熨燙的遒勁、柔和而圓融，這是我期待的長大心情啊！

市場的另一角落也有另一種春天的心情在沸騰，攤位上擺滿了一枝枝四、五個李子、小番茄串在一起的竹籤，爐上的鮮紅液體沸沸揚揚，一串串果子串兜轉一圈後，著上紅豔豔的喜衣，就披上一團光彩，在暖暖春陽中顯得神采奕奕，隨著小販糖葫蘆的叫賣聲，吸引著貪吃的小孩迫不及待想嚐一口。

喔！鮮豔欲滴的甜甜表皮下，有著果子本身酸酸的滋味，年輕的心也如同這樣的果子，有許多「如果」的夢：如果能夠快快長大，擁有糖葫蘆一樣甜甜亮麗的世界……。但「如果」若真的是一種果子，它應該也是這樣甜中帶酸吧！當單純果子在歲月中逐漸由青澀到甘甜，於是果子理所當然成為果子。

回家後，媽媽在買回來的潤餅皮上，鋪了鮮脆豆芽、胡蘿蔔、翠綠青菜、嫩白豆腐，還有甜甜的花生粉，做成了春捲，將新鮮、綠意輕輕捲起來，裹住整個春天。

啊！大地飲盡春光，燦燦地陶陶然，我也飽嘗這片春天的豐盈，兜著輕柔的微風時雨，迎向每個新鮮的日子。

【導讀】

你可曾遇見春天？你用什麼樣的方式遇見春天？

春天來了百花開，大家都常說，但你確定感受到它的到來嗎？它用什麼姿勢向你打招呼？是盛開的百花？翠嫩的枝葉？還是和煦的微風？或是走出巷口看到大家身上的衣服變輕薄了，小朋友的嬉笑聲更爽朗了？抑或是輕輕深呼吸，聞到一絲沁涼的春意？

其實季節一到，春天來臨，它就藏在日常生活當中，每個人感受深度都不一樣，只需要用心去觀察。作者用溫婉、雅緻、具象的文字，描繪出他看到的、感受到的、經歷到的春天景象。其實春天就躲在日常生活家人的互動當中，大街小巷人們的舉手投足裡，只要細細凝望，點滴都可清楚看到春天的來臨。

春天降臨的意境，作者有深刻的描繪。不論是捲春捲皮的場景，還是蕃茄糖葫蘆的誘惑，文中都有入木三分觀察與敘述，展現作者筆力之深，值得讀者仔細玩味，更值得放聲朗讀。

感受春意，你會遇見屬於自己的春天。

【作品出處】

原載散文集《我們共同擁有》，曾獲臺灣省政府新聞處優良文藝作品獎。

【作者簡介】張清榮（1951-）

生於雲林縣褒忠鄉，定居臺南市東區三十六年。國立高雄師範大學國文系博士，任職國立臺南大學兒童文學課程二十五年。創作獲獎無數，包括洪建全兒童文學獎，教育部中小學教師兒童文學獎，教育部文藝創作獎，中國語文學會中國語文獎章，文建會兒歌歌詞創作獎等。

橋

張清榮 作

一、西螺大橋

有時候，我覺得老師最會吹牛了，說什麼「不是蓋的，老師過的橋比你們走的路還要長。」

就在「蓋」我們，偏說「不蓋」，真叫人不服氣！「老」師根本就是專門倚「老」賣「老」。

「老師，少蓋！橋怎麼會比路長？」老師看見小朋友們嘴巴翹得可以掛帽子，頭歪到肩膀上，才費力解釋了一番，這樣我們才「有一點」相信「他的橋」比「我們的路」還要長：老師在初中時代，天天騎著腳踏車從濁水溪南的西螺鎮到溪北的溪州鄉讀書，一天最少要經過「西螺大橋」兩次；而「西螺大橋」全長一九三五公尺，難怪老師過的「橋」比我們走的「路」還要長。

張清榮

二、路上的橋

六歲時，第一次到高雄外婆家，為了貪玩，自個兒去逛街。

有一種橋最奇怪了，他「蹲」在「灰黑色的大河」上，河裡有七彩大小不一的「鐵甲魚」，一條一條拚命往前衝！我想到「對岸」的百貨公司去，一走到河裡，「鐵甲魚」就「游」到身旁，張開嘴巴，很不高興的「ㄅㄚ」一聲，嚇得我跳回岸上。這是一條「烏龜魚」；「烏龜」懷抱中的人很客氣的要我走「陸橋」，以免發生危險。

對了，老師說過「跨在路上的橋就是『陸橋』。」他是最好心的橋，他會讓我們通過陸地上「灰黑色的大河」。

三、搖籃橋

明天要遠足，興奮得合不起眼睛，剛一閉上就夢見青山綠水向我招手；路旁的小野花灑了一身的香水；蝴蝶小姐、蜜蜂姑娘在頭上飛的飛，舞的舞；我只覺得自己的腳步好輕好輕，嘴巴正唱著歌。

隔天一大早，一「衝」出校門，我們一步也沒停，數著路旁的小野花，吃著香甜可口的點心，來到一座很長很長的「搖籃橋」。慈祥的青山伯伯，一人抓住橋的一端，輕輕的，搖啊搖，搖啊搖，輕得不能再輕；活像媽媽的手，慈祥的推動搖籃，哄騙小小眼睛的弟弟入睡。

我和大樹伯家的安福哥唱著「搖籃曲」；老師若有所思的說：「這是吊橋。」

才不呢！明明是抓在青山伯伯手中的「搖籃橋」嘛！

四、我倆的橋

印象最深刻的，該數那兩節「睡」在河溝上的孟宗竹了：懶洋洋的，從不翻過身來，一年到頭都是背部曬太陽，它的肚子浸得烏黑，我們走上去，它居然「吱吱」的唱著歌。

我和安福哥過「橋」時，總愛搭著背，兩腳踩在竹竿上滑行。安福吃得多，長得胖又高。我是「瘦皮猴」一隻。他當「火車母」，我扮「火車子」，「ㄑㄧ ㄘㄚ！ㄑㄧ ㄘㄚ！」開著上學、回家，覺得學校生活真有趣，家裡最溫暖。

一天下午，風颳掉我們的帽子，老天爺嚇得臉發黑，河岸的竹子彎著腰避風。老師說是：「葛樂禮」小姐來了，學校提早放學，安福和我跑步回家。他先跨上竹橋，我跟著到，忽聽「啪！」一聲，安福哥右腳踩空，整個身子像一截樹幹平倒在河面上。浪花濺濕我的臉，我卻顧不得擦掉水珠，趕忙跳下水去，抓住書包背帶拖他上岸。安福哥嘔出一大口髒水，而我也嚇得全身發抖。

兩隻「落湯雞」回到村裡，爸爸和大樹伯知道我跟安福哥都撿回了一條小命，立刻發動募捐，在大河溝上造一座水泥橋，以我倆的名字取名為「榮安橋」。

現在每天上學都很安全，我和安福可以大踏步走上「我倆的橋」，只可惜再也不能「開火車」了。

五、蜈蚣橋

三年級上學期和爸爸坐火車到臺北，我還發現一種橋，那就是一身鋼筋鐵骨，像是百足蜈蚣的「蜈蚣橋」，任由火車吞食牠。

火車吞食「蜈蚣橋」的聲音可真奇特，邊吃邊嚷：「蜈蚣真好吃！蜈蚣真好吃！」嚇得橋下的水牛躲進水裡，用一雙驚慌的「銅鈴眼睛」直瞪著我。

六、心橋

上作文課最有意思，因為老師常誇獎我是「小作家」。我想：「作家」一定很神氣，否則就沒人要當了。管他什麼「家」，作文是最好玩不過的事——一枝筆，一張紙，把腦袋瓜「想」的，龍眼核「看」的，木耳「聽」的，桃子心「感」的，一五一十的「落」在紙上；不要有錯別字，不要抄別人，用心去寫就是「好文章」了。作文可以表達我的心意，讓我了解自己，也使別人了解我。

安福最喜歡欣賞我的文章；他說得真好：「文章是感情交流的橋樑。」我嫌這段話跟他的身子一般「胖」，因此要他切記：「文章就是『心橋』。」

一點也錯不了，文章就是「心橋」，它可以使我的心到你那邊去；當然，你的心也可以到我心裡來玩。

七、彩帶橋

河上有橋，路上有橋，心裡有橋，澎湖更有「跨海大橋」。空中有沒有橋呢？當然有啊！否則就太不公平了。

空中的橋最愛漂亮也很害羞，常躲著不見人。我已經好久沒見她的「芳蹤」了，可是我想像得出她一出現，就羞得滿臉「紅、橙、黃、綠、青、藍、紫」的色彩；也許她發覺地上的人都仰頭看她而不好意思吧！

大人們管她叫「彩虹」，我倒覺得是織女小姐遺落的彩帶所彎成的「彩帶橋」。白雲、飛機都爭著飛上去欣賞，因為他們唯恐織女小姐一想起就會立刻收回去。

小朋友，「彩帶橋」在早上時出現在西邊，傍晚時分就擺在東邊天空，你知道為什麼嗎？

八、盧溝橋

老師在社會課上說過，世界上最叫人動心的、最悲壯的橋該屬「盧溝橋」了，對日抗戰就在「盧溝橋」畔爆發；這座大石橋因而舉世聞名，更令人「著迷」的是橋上大大小小的獅子共有三百多隻，從沒有人數得清楚。橋上還有乾隆皇帝親題的「盧溝曉月」。但願不久的將來，我能到「盧溝橋」上欣賞早晨的月亮，數數那些頑皮可愛的獅子。

九、拱橋

畢業典禮後，小朋友們紛紛請求老師幫我們留下美好的回憶。

「怡園」裡有紅牆綠瓦，宮殿式建築的涼亭；有終年常穿綠衣的韓國草；有爭著請太陽先生審美的花姑娘；有巧奪天工的小橋流水；有活潑、靈巧，整天在小河中洗澡的金魚，我真捨不得離開這些美景。

我站上了小小的「拱橋」，扶著橋欄杆，專注的餵食那條神氣的大鯉魚，讓老師拍下一幀最富感情的生活照，使瞬間的動作變成永恆的懷念。

「怡園」的拱橋可通往回家的路上，此刻，我再一次放眼欣賞「怡園」的美，以及感受老師的愛、同學的真情，緩緩步出校門，居然有種「長大」的感覺：老師不再扶持我了，在父母照應不到的地方，我必須昂首挺胸去走自己走出來的路，去過自己該通過的橋。

也許要走萬里路，也許得過千座橋，但我一步也不能退縮，我得充實自己，學習橋的沉默堅忍、勇敢耐勞，為千千萬萬的同胞擔起「溝通感情」的任務——修建一座寫文章的「心橋」。

【導讀】

在這篇文章中出現各式各樣的橋，真實的橋，無形的橋，比喻的橋，想像的橋，透過作者饒富情趣的文筆，趣味的、巧妙的、睿智的表現出來，只要細細品味，就能讀出每一段裡的橋所代表的意義。

西螺大橋不只是西螺大橋，是成長的軌跡。所以長輩會說：我過的橋比你走的路多。

馬路上為什麼會有橋？如果將馬路比喻成河流，那麼陸橋就真的是路上的橋。你若從上走過川流不息如虎口的馬路，猶如游泳渡河，如此狀況就需要一條橋，這條橋自然就是陸橋，這是很普遍常識嘛，但作者能把它連結起來，就是神來之筆。

作者的搖籃橋，不是兒時媽媽唱的搖籃橋，而是掛在兩座山中間的那條吊橋。搖啊搖，譬喻成搖籃橋，不也非常貼切嗎？

真的有榮安橋這座橋，但卻是因為作者和哥哥兩個人的因素所建造的橋，所以叫「你我的橋」。我想作者和哥哥走在這座橋上，一定天天唱著：我倆的橋，我倆的橋，生活的情趣橫生，多可愛啊。

像這樣去閱讀後面的蜈蚣橋、心橋、彩帶橋、盧溝橋、拱橋、心橋，你就知道作者的筆法和所代表的意境，相當富有哲理。作者所運用的譬喻與想像，更是充滿童趣，寫法具有特色，值得學習。

【作品出處】

本文榮獲一九七八年教育部中小學教師兒童文學創作獎。

【作者簡介】林仙龍（1949-）

臺南將軍人。鹽分地帶詩人，筆名林大龍、沈出、林聲、桑無。寫詩，並從事散文、兒童文學創作，現為高雄市文藝協會理事長、高雄市兒童文學學會常務監事。曾獲全國優秀青年詩人獎、雲嘉南文學獎新詩首獎、高雄市文藝獎、國軍文藝金像獎等各類獎項三十餘種。著有散文集《心境》、《背後的腳印》，新詩集《每一棵樹都長高》，童詩集《風箏要回家》等九書。

站在父親耕耘的土地上

林仙龍 作

仰望澄澈清靜的天空，
生命的晶瑩在閃爍，
慢慢凝聚，
父親黧黑的臉譜，
父親瘦弱的身影，
清晰的呈現了。

父親似乎仍沿著他生前走過的田埂，回到開拓的土地，細心的播下一顆顆生命的種籽，默默的等待成長的訊息。

站在空曠的野地上，我可以感受風在背後推動的力量，那麼堅定，那麼熾熱，那麼熟稔的，彷彿有一雙乾癟的手，執意的推開萬重雲霧，真切而有力的撫動著，催促著我，推動著我。在不停的奔動中，向前，向前奔跑；聽，聽那流盪在大地的一聲一聲召喚。

林仙龍

回來了，回來，沿著細長的田埂，父親拖著單薄孱弱的身影回來了，在模糊的光影中，淺淺的在眼前挪動；一步一步，挪動著艱難的步子，回到他親手開拓的土地。我忍不住的淚水，在悲涼的風中淌落。

這一塊父親生前用苦汗和辛酸掙來的土地，他的墳頭靜靜的座落在田園的一角，淒風苦雨、酷熱乾旱，交織著晨霧暮靄，交織著蟲鳴鳥叫，度過一個又一個夜暗晨昏。他在這裡得到了慰藉，也找到了安息，每一次前來，我便被一種肅穆龐大的心靈包圍著、牽繫著。這一塊堆疊著父親無數腳印的土地，滿佈歲月的殘痕，在冷寂的時光中，仍暗藏著他一顆焦慮的心，很粗糙，很蒼老，很笨重，像一塊塊大小不一裸露的泥塊，在我心頭上滑動著，構成一道一道生命的紋路，也形成一股鞭策的力量。我領悟父親的心意，那來自冥冥中的意志，像一縷幽幽的笛音，在心頭上迴繞，我憂傷的淚隱藏在心中，他給了我不能被擊倒的信心。

父親說，不要輕易的哭泣，哭泣會把福氣送走。父親有他嚴厲的一面，他不能容許孩子們偷懶、丟臉、不爭氣，做錯了，不要逃避它，想辦法給自己作收拾。這是告誡，也是他的堅持。童年時，一旦犯了錯被責打，沒有藉口，也不必溝通，我要拭去眼淚，一個人默默的去清理豬圈、牛欄，或者挽著竹籃子，走到田溝、土堤間，在野地裡割草，把空空的籃子填滿，帶回家餵給牛吃。這能夠懲治自己的無知與錯誤，也讓我更懂得擔待，懂得自己對自己負責。及至後來，我雖未成為一個道地的農人，但是，我深切相信，這一段不可磨滅的記憶已烙印在身上，它是我生命不能割捨的一部份。

父親樂天知命，能刻苦，能耐勞，逆來順受；他熟習農事，也能瞭解田間作物的種種，一切盡在不言中。他彎腰在水田中插植秧苗，他看綠綠的稻禾起伏成浪，他看金色的稻穗在秋風中翻湧，他知道，收割的時間近了，他知道，繳交稻穀的時間到了。為什麼要把辛苦種植的稻米大量送去繳公呢？父親一知半解，從來不會爭論。在形同剝削，在肥料統購配給的年代，他去農會領回幾包肥料，他只知道，他要還公家的債，他要把收割回來的稻米曬乾，曬熟曬透，一袋一袋裝在麻袋裡，然後安放在牛車上，一路運到農會繳交公庫，用來繳交水租、地租，同時折抵肥料。剩下少許的，像寶一樣留下來，用來孩子們上學帶便當，用來初一、十五拜謝神明，用來摻地瓜供全家食用。父親也跟著村人一樣，他們種甘蔗，每年冬季前後，長高長大的甘蔗，會把偌大的村子團團包圍，這些甘蔗收成了，小火車會送去給會社（糖廠）磅，數量多寡，沒有人料得準，只有天知道。村中的農人，每個都忠實善良，每個都純樸憨厚，他們習於這樣的機制和模式，在耕耘與收穫之間，努力的栽培與付出，他們只求一口飯糊口。

一畦畦田畝，是農人養家活口的憑藉，也是代代相傳、延續香火的希望。田地的良窳，面積的多寡，是農人財富的表徵，也是一生最大的心願。做為農人，父親念念不忘的，便是如何讓自己的兒女，擁有屬於自己的土地，也讓孩子們繼續傳承，成為十足的農人。父親認為，一個莊稼漢沒有自己的土地，一輩子很難翻身，註定終其一生，窮困潦倒。

貧窮有如一地枯敗的稻禾，生機渺茫，讓人氣餒。貧窮？那畢竟是一個經濟蕭條、生活拮据的年代。祖父早歲過世，父親與叔伯們分家，得自於祖母，僅僅是一幢半頹古舊的茅屋，以及幾塊土地磽薄貧瘠，種作不易、看天吃飯的鹽分地，他們分別承繼下來，土地頓然成為他生活唯一的重心。他種甘蔗和稻米，他種地瓜和雜糧，依著時序，他從來不會錯過任何一個下種的季節，像孩子般呵護著，從田頭巡到田尾，灌溉、除草、施肥、培土，他給出了全部的心血和汗水，敬天謝地，從來與土地保持一份深長的默契。

父親似乎沒有閒暇娛樂，他省吃儉用，兼而養豬、養雞、養鴨，一心一意，只為改善家中的生計。而當有限的收成，不足以維持家人最起碼的溫飽時，他憑著一頭老邁的水牛，以及一輛破舊的牛車，用廉價的勞力，四處打工，幫人犁田耕作，足跡遍及村外偌大一片田園。殘破的茅草屋，一磚一瓦翻成了紅瓦房，穀倉有了存糧，有了存錢便購地，田地也一分一分的增加。他給貧苦的家引出一線生機，讓他的家人遠離貧窮，遠離了匱乏。晚年，直到腳趾間罹患了癌，行動不便無法工作，終其一生，他是田園的守護者，他給了田地一份生機，也給了一個貧困的家庭有了翻轉的機會。

生命的陰霾撥開了，慘澹的日子走到了盡頭。一個季節過去了，我在另一個季節來臨時，有了新的期待，在季節的變換中，我有一份篤定，也有一份驚喜。

仰望澄澈清靜的天空，生命的晶瑩在閃爍，慢慢凝聚，父親黧黑的臉譜，父親瘦弱的身影，清晰的呈現了。這一塊父親心血換來的土地，留有他太多的記憶，在未及留下的遺言裡，我們選擇這裡做為他安息的地方，想來這也是他最大的心願吧。

墳頭上的青草深深覆蓋著，當年在墓前植下的兩棵龍柏，已經長高長大，層層疊疊，一片濃鬱蒼翠，在茫茫的霧夜裡，在淺淺的月光下，若隱若現的，一股淡淡的哀傷，從枝頭上浮了上來。父親似乎仍沿著他生前走過的田埂，細心的留下一顆顆生命的種籽，默默的等待成長的訊息，跟它們成長在一起，站立在一起，用他更真摯更虔誠的心血，呵護著它們長大，結更完美的果實。

他沒有離開田園，沒有離開我們，淡淡的歲月中，他的魂魄站立在一個永恆的位置，凝視著、看望著我們。彷彿在瞬間的相遇裡，顯出生命異樣的光采，帶給我們平安，帶給我們力量，讓我們在自己的土地上，擁有生命的毅力和勇氣；也懂得耕耘，也安於成長，在茫茫人海中，走更穩健的步子，不斷的向前尋走，找到生命真正的喜悅與豐碩。

【導讀】

斯人已逝，精神長在。父親已走遠，但孩兒的思念不盡，這是美好親情的傳遞。

作者描述細膩，思情綿長。日治時代的父親，記憶裡的農夫父親，整日與土地為伍，用土地維持家計，翻轉土地，也翻轉下一代。

站在父親耕耘的土地上，孩子的感受是感恩，是懷念，是泫然而泣的追思。日治時期，民風純樸，物質缺乏，家長們的生活重心就是養活一家人，做什麼無所謂，只要有收成，養雞鴨鵝也都不嫌苦。憨厚的農夫們，汗滴土地的日子，胼手胝足的歲月，拉拔孩子，讓孩子有受教育的機會，大概是他們最大的期待了，他們可都不希望孩子將來還要過上貧窮的日子。當然對孩子的管教也是非常嚴格的，作者兒時的記憶如此深刻，用筆描繪父親耕耘的模樣，那土地上的愛，在作者的心中是一輩子的。土地孕育成長的點滴，迴盪在作者腦海裡，用思念的筆記下對父親的謝意、敬意與思念。

家人相處的記憶就是一個人最大的養分，作者信手捻來都是思念，都是回憶。他對父親的愛，亦如父親對他的愛，作者會說：他沒有離開田園，沒有離開我們，因為，父親一直都在，那精神一直都在。

【作品出處】

本文收錄於散文集《背後的腳印》。

童話選

林佑儒　捉鬼特攻隊
李慶章　千里眼與順風耳
陳玉珠　苦苓出走計畫
王淑芬　大大國與小小國
姜天陸　雪舞
陳愫儀　門神找家人

張清榮　記憶袋
毛威麟　過山蝦要回家
李光福　冰雹小弟賣剉冰
林淑芬　土雞危機事件
周梅春　池塘小霸王
嚴淑女　大樹摩天輪

【作者簡介】林佑儒（1970-）

生於高雄，小學六年級因父親工作搬遷至臺南玉井，目前居住臺南市。協進國小教師，對閱讀與寫作有濃厚的情感與熱情，作品曾入選行政院優良選書及教科書，多次擔任親子讀書會帶領人且常受邀作家有約講座。曾獲得九歌少兒文學獎首獎，南瀛文學獎首獎，吳濁流文藝獎第一名。著作有《圖書館精靈》、《土地公阿福的心事》、《巫婆哈妹不說話》、《翅膀種子的秘密》、《會飛的秘密》、《草莓心事》、《芭樂秘密》、《草莓讀心術》、《廁所幫少年偵探系列》等九種。

捉鬼特攻隊

林佑儒 作

「麵包，噓！小聲一點啦！說不定快出來了！」張閔回頭瞪了正在大口嚼著零食的王以寬一眼。王以寬舔舔手指頭殘餘的零食碎屑，露出無辜的眼神說：「牛奶，又不知道等到什麼時候才出現，很無聊哪！」

「大哥哥，你們在這裡等什麼？」有個小男孩蹲下身來，拍了拍王以寬的肩膀問。

「小鬼！這不是你該來的地方，快走啦！」張閔回頭瞪了小男孩一眼。

小男孩不服氣地嘟起嘴巴說：「我才不是小鬼，我已經讀幼兒園大班，我叫方宥安，我媽都叫我小安！」

「小安，大哥哥在等鬼出現喔！噓，小聲一點！」王以寬壓低聲音說。

方宥安瞪大眼睛，立刻也蹲下身來，好奇地跟著張閔和王以寬的視線向前看，不就是直通通的一條馬路，和幾盞路燈，路邊黑漆漆地，不時有機車或是汽車呼嘯而過。

「這麼黑，你們在這裡不怕嗎？」方宥安問王以寬說。

「怕？我們躲在學校裡觀察外面的馬路，很安全啦！聽說這裡發生過車禍，撞死過人，應該會有鬼吧？我們想來看看鬼長什麼樣子。」王以寬壓低聲音說。

「小鬼，你不怕嗎？來這裡做什麼？」張閔回頭看了看方宥安，個頭足足小了他一大截，真的是個不折不扣的小鬼。

「不怕，我常來這裡玩。大哥哥，你們真的叫做『牛奶』和『麵包』嗎？好好笑的名字喔！」方宥安露出笑容，張閔發現他的兩顆門牙全掉了，看起來其實挺可愛的。

「那是綽號啦！因為我的身材圓圓胖胖的，他愛喝牛奶，他叫我『麵包』，我叫他『牛奶』，我們兩個是麻吉，所以是『麵包』加上『牛奶』，就是營養早餐二人組喔！」王以寬說。

「我最喜歡吃雞蛋了，你們可以叫我『雞蛋』，我可以加入你們嗎？這樣我們就變成『營養早餐三人組』了！」方宥安仰起頭來，眼睛發亮地看著張閔和王以寬說。

「但是我們現在是『捉鬼特攻隊』！你敢加入嗎？」張閔看著方宥安

說。

「什麼是『捉鬼特攻隊』？真的捉得到鬼嗎？我可以參加嗎？」方宥安問。

「捉鬼？當然不可能，只是聽起來比較酷。我和牛奶想要證明世界上有鬼，最好能拍到照片，明天是返校日，就可以在同學面前炫耀一下！想參加當然沒問題，但是如果你是膽小鬼，那就不能來！」王以寬說。

方宥安抬起頭來說：「我才不是膽小鬼，當然要參加！」

張閔看了看手錶說：「小鬼，現在是晚上七點半，我們八點半才回家，而且我們家就在學校旁邊，你呢？」

「我家也在附近喔。可是，如果今天沒看到鬼，怎麼辦呢？」方宥安說。

「明天再來囉，反正放暑假，我們時間很多。你看，我都準備好了，手機和防蚊液。我的手機有拍照功能，看到不尋常的狀況，可以馬上拍照，留下證據。有了防蚊液，就不用怕蚊子了。」張閔得意地亮了亮手上的相機和防蚊液說。

「哇，手機耶！好棒！幫我照張相片吧，耶！」方宥安突然舉起手，比了一個勝利的手勢。

「我覺得應該來張『捉鬼特攻隊』的自拍照才對！」王以寬說完，立刻把臉湊到方宥安旁邊，張閔點點頭說：「有道理！」說完，也湊到方宥安旁邊，高高舉起手機，在昏黃的路燈下，喀嚓一聲，按下拍照按鍵。

「哦！你們看那邊！」方宥安突然大喊，讓張閔和王以寬的心跳突然加速，張閔順著方宥安手指的方向看過去，有兩個小小的黃綠光點，在草叢裡上上下下地搖晃著。張閔沒好氣地說：「小鬼，你差點把我嚇死了，那是螢火蟲啦！」

「原來是螢火蟲，我只聽過，沒看過呢。牛奶哥哥，幫螢火蟲拍張照片吧！」方宥安咧著嘴笑著說。

張閔點點頭說：「也好，如果沒找到鬼，拍到螢火蟲的照片也不錯。」說完，立即拿起手機對準螢火蟲，喀嚓一聲，拍下照片。

王以寬突然發現有水滴落在自己的鼻尖，和額頭上，他仰頭看了一下天空說：「啊！好像下雨了！」

「看來我們今天只好提早收工回家了，雞蛋小鬼，你也快回家吧！路上小心！」張閔攤開手掌確認，雨滴似乎越來越大，也越來越密集。

「這樣呀，好可惜。好吧，我也回家吧。」方宥安站起來，一臉失望地說。

「雨越下越大，淋濕了回家會挨罵的！我先回家囉！」王以寬揮揮手，快步離開。張閔看著方宥安瘦小的背影離開，才放心快步衝回家去。

「還好今天天氣不錯，晚上再來學校吧！」王以寬在上學途中遇到張閔說。

「晚上來學校？你們兩個有毛病嗎？」走在他們身後的張雨潔突然開口說話。

「喂，別亂偷聽別人的秘密啦！」王以寬回頭瞪了張雨潔一眼。

「說話那麼大聲，全世界都聽見了，對吧？筱萍？」張雨潔拍拍身旁的女同學。

張閔發現方筱萍也在後面，臉頓時發燙起來，立刻拿出口袋裡的手機說：「我和麵包到學校是為了看看有沒有鬼，你們看，我還準備了手機拍照。」

「真的嗎？有拍到嗎？我想看看。」張閔的話，讓方筱萍眼睛頓時一亮。

張閔不好意思地抓抓頭說：「昨天只是第一天開始觀察啦，只拍到螢火蟲，你想看當然沒問題！」

「這是我們的自拍照，不用看沒關係，」張閔還沒說完，手機立刻被方筱萍搶過去，她盯著手機螢幕看了許久，然後深呼吸一口氣說：「這個小男孩是誰？」

「他說他最喜歡吃雞蛋，叫做方，方什麼……」王以寬接著說。

「方宥安，是方宥安！對不對？」方筱萍激動地說。

「你怎麼知道？他是你弟弟嗎？」張閔驚訝地說。

方筱萍點點頭說：「嗯，可是，可是，」張閔發現她的眼眶紅了起來，緊張地說：「怎麼啦？昨天我們不到八點就解散了，他說要回家，他沒回家嗎？」

「你們不知道嗎？筱萍的弟弟，兩年前發生車禍，已經去天堂了。」張雨潔挽著方筱萍的手輕聲地說。

「對不起，我不知道。他昨天突然出現，看起來很可愛，很乖，一點都不像……」張閔一下子不知道該說什麼，王以寬也驚訝地說不出話來。

方筱萍搖搖頭說：「沒關係，放學之後，你可以去我家一趟嗎？我想讓爸爸媽媽看看，他們都很想念小安。」

「當然沒問題，麵包也一起去吧。」張閔抬頭看了一下，天空湛藍，陽光耀眼，他的心情沈甸甸的，卻沒有絲毫的懼怕。

「我想是因為遇到的是個可愛的小鬼吧。」張閔用只有自己聽得到的音量，輕聲地說。

【導讀】

童話的趣味就在於虛和實可以融合在一起，所有的想像都可以變成真實。

作者非常巧妙的在這篇童話裡展現了小孩既怕鬼又好奇的想要看到鬼的樣

子，那心態是每個孩子在成長的過程當中都會有的。兩個小男生想要利用暑假時間，用手機把鬼的樣子拍下來，在同學面前炫耀一下，沒想到來了一個不速之客，也想加入他們的抓鬼特攻隊。

這篇童話最讓人訝異的是，當他們後來遇到同學，說出那個不速之客的小男生名字時，竟然是一個女同學過世的小弟弟。不但兩個抓鬼的人嚇到了，我想連我們讀者也都驚訝了。這個設計太妙了，應該是這篇童話最成功的鋪陳。主角聽到後，或許可以講說那他們其實已經捉到鬼了，可是他們並沒因為抓到鬼而高興，反而有淡淡的憂傷，是因為那小鬼就是心儀女同學的弟弟。

我們可以再探討的是那小鬼，他似乎也不知道自己就是鬼，還想加入捉鬼特攻隊。老實說他真的不是鬼，只是一個離開親人的小可愛罷了！若此，那還需要再抓鬼嗎？抓到的鬼真的是鬼嗎？鬼真的讓你抓得到嗎？

【作品出處】

本文曾刊載於《國語日報》。

【作者簡介】李慶章（1960-）

生於臺南永康，國立臺南大學國民教育研究所結業，曾任國小教師、主任及校長。曾獲臺灣區國語文競賽國小教師組作文第一名，南瀛文學童詩新人獎、散文創作佳作，臺南文學獎兒童文學首獎，更獲文建會地方文獻出版品特別貢獻獎。著作有《給我們一盞燈》、《南瀛植物誌》、《海岸勇士——紅樹林》、《南瀛埤塘誌》等書。

千里眼與順風耳

李慶章　作

當清晨第一道陽光，灑進慶安宮廟口時，千里眼順風耳也開始忙碌的一天。遠處數支高聳的煙囪，像大怪獸，噗噗噗……，噴吐著一陣又一陣的大濃煙，塗鴉在灰濛濛的天空。

綠臉的千里眼最近總覺得視力變差了，為什麼他的紅外線，老是調不準焦點，以前啊，千里外小帆船上的螞蟻都能看得一清二楚；現在呢，連前頭那座小山都看得朦朦朧朧。

紅面的順風耳聽力越來越吃力，那隨風而來的聲音，不知為何，總摻和了許多嘰哩呱啦，以前啊，山頂上的枯葉飄飛、春芽探頭、露珠滴落，都能聽得仔仔細細，現在呢，想聽的聽不到，不想聽的，卻整天嗡嗡作響。

「叫你不要買，你偏偏要買，買個整屋子都是遊戲軟體。孩子玩得沒日沒夜也不管！」

「喂，你不是也愛買嗎？網路上買一堆衣服，到現在還沒拆封，說誰浪費，你啦。」

就這樣你一句我一話，到最後就是：嗚嗚嗚……好了好了……嗚嗚嗚……

唉啊，這種事為什麼會聽得一清二楚，真是要命！

咔啦——咔啦，留著兩條辮子的小女孩，騎著單車哼著曲子緩緩經過廟門前。

「千爺爺早，順爺爺早！」

這是每天清晨最甜美的聲音，小雯最有禮貌了，讓他們忘了一大早起來的睡意。當他們還沈浸在小雯的甜美聲音裡，腳踏車已消失在前方的永安國小大門口。一抬頭，又是灰濛濛的天空。

「唉。」

「啊。」兩尊神明老嘆氣。

「我們是不是可以退休了？少說也站了一百年了吧。」自慶安宮開廟以來，千里眼順風耳就開始鎮守神龕前。

「我們已經站了一百年沒有功勞也有苦勞。」

「沒有苦勞也有疲勞啊。」

「哎，什麼時候才可以領到退休金？」

「想得美，人間一年，天上一日，我們才上班一百天。媽祖婆肯定不會讓我們退休的。」

「說得也是，你記得嗎？」

「我不記得。」

「你有沒有認真耳聽人間苦難啊？順將軍！」

「你有沒有仔細眼觀人間不平啊？千將軍！」

「我都能倒背如流，媽祖婆就常叨叨唸唸這兩句，不說我也知——」

「那可是我們慶安宮的廟訓，我們的工作守則。」

「還是努力工作吧，免得老百姓打一九九九到玉皇大帝那裡去投訴，說我們上班打瞌睡。」

「是啊。」握在手上的斧頭和劍戟，怎麼感覺又沈重許多。

「你有沒有發現，最近小雯常戴口罩上學？」

「我也發覺經過廟前的歐吉桑歐巴桑，也常戴呢。」

「你知道嗎？」

「我不知道！」

「永安小學最近升起兩面旗子，一面是青天白日滿地紅；另一面是小紅旗。」

「那是什麼？」

「空污旗啊。」

「什麼空污旗？」

「說你喔，沒知識也要長知識。」

「就是 PM 2.5 空氣中的細懸浮微粒，如果超標的話，就要升上小紅旗，警告啦。」

「聽說吸多了這種髒空氣，會穿透肺部氣泡，會得癌症的，好可怕！」

「那……小朋友不是很可憐嗎？不能出去玩。」

「就是這樣，自從上個月升上去的小紅旗，就沒有降下來。」

可憐的小雯，要天天戴著口罩上學，不能出去玩。想到此，他們心中憐憫起小雯剛離去的背影。

此時，楊家惡人組，大呆、二呆，大搖大擺走了過來。

這兩個小鬼，搗蛋花樣得第一，又來了，準沒好事。

「你看啊，紅配綠，狗臭屁。」二呆又開始口無遮攔起來。

真沒禮貌，紅配綠，有什麼不好。兩尊神明還在嘀咕時，兩兄弟已走進大廟裡面，突然摘下嘴上的口罩，嘻皮笑臉嘿嘿嘿，一步一步逼進神龕來。

不要過來，不要過來！千里眼順風耳心裡擔心著：不會吧。

他們還是過來了，而該發生的還是發生了。

當楊家惡兄弟哼著小曲子，跳著得意的步伐離去後，兩尊神像你看我，我看你，嘴上竟然各多出了一個口罩，腦海裡還迴盪著大呆臨去的擠眉弄眼：我可是為你們好咧，外面空氣那麼糟，戴吧，戴吧。

戴吧。真是神界莫大的恥辱！順風耳心裡怪難受的，口罩上還印了一隻沒有嘴巴的貓。

唉！千里眼也長長嘆了一口氣。

中午，炙熱的太陽，燒烤著大地，風懶洋洋，樹也懶洋洋。

「咳咳——咳——」

廟公陳阿雄不知為何久咳不癒，人未到，咳嗽聲早已跳進神明殿來。他總是中午才來值班，當他一步一步走近廟門口時，老花眼鏡透出驚訝的表情。

「夭壽喔，誰給神像戴口罩，真是威嚴掃地！」

陳阿雄七手八腳地把他們臉上的口罩匆匆拿下。

「鏗噹——」此時，千里眼右手的斧頭，順風耳左手的方天畫戟，同時掉落地上，清脆的金屬聲迴盪在神明殿中，久久不散。

「唉唷，千將軍順將軍，老了嗎？連把斧頭、劍戟也拿不穩。」

他彎下老邁的身子，「咳咳——」，撿拾跌坐地上的斧頭劍戟，重新放回。

再一次，莫大的恥辱。哎，兩尊神像無言地對望著。

炎熱午後，長日漫漫。

「千將軍，來玩點什麼的，詩詞接龍，怎樣？我快睡著了。」瞌睡蟲已爬滿了順風耳的大耳朵。

「好吧，站著也是站著。」千里眼的眼皮也越來越重，拿個牙籤才撐得開。

「君自故鄉來，應知故鄉事。」

「來日綺窗前，寒梅著花未。」千里眼瞇著眼接著。

「好！再來。」順風耳揉揉大耳朵，起了新的對句。

「是誰多事種芭蕉，早也瀟瀟，晚也瀟瀟。」

「是君心緒太無聊，種了芭蕉，又怨芭蕉。」本來就是你無聊，千里眼心裡嘀嘀咕咕，還打了一個好大的哈欠。

「那換我先囉！」千里眼也不甘示弱。

「銀燭秋光冷畫屏，輕羅小扇撲流螢——」

「不對！什麼撲流螢，撲你個頭，老早就沒有螢火蟲了，還撲！」

「不好玩，不好玩。」

說要玩的是順將軍，說不玩的，也是他，唉！

「來點新鮮的，囝仔歌，怎樣？你會嗎？千將軍？」

「哼！神明也有童年。怎麼不會？那就儘管出招吧。」千里眼可不能讓人從門縫裡看。

「炒蘿蔔，炒蘿蔔，切！切！切！」

「包餃子，包餃子，捏！捏！捏！」

「唷，接得好。再來。」

「ABC狗咬豬，阿公坐飛機」

「飛進洗衣機，摔個冷吱吱」

「好了，我們會不會太幼稚？」

「都是太陽害的。五月天，熱啊！」

他們看著廟前榕樹下那幾隻黑白貓，有的悠閒地舔著腳掌理毛，有的埋頭捲著尾巴呼呼睡著。

當貓真好。昏昏欲睡的他們，嘴裡總會胡言亂語起來。

傍晚，霞光滿天。

夕陽斜照在慶安宮的牌匾上，匾上刻雕的五條金龍，正閃閃發亮。廟口廣場前的燕子也開始忙碌起來，低飛穿梭，捕捉晚歸的蟲子，一會兒爬升；一會兒俯衝，一會兒又繞起圈圈，像一架架黑色戰鬥機，正獵取牠們可口的晚餐。

天色漸漸由灰轉黑，夜也緩緩灑下一張網，網住慶安宮，也網住永安社區。空氣中又飄來陣陣的酸臭的刺鼻味。

「白天還沒感覺，晚上就嗆鼻多了。」

「你看，就是前方那幾家工廠偷偷排的。」順風耳豎起鈴鐺大的耳朵側耳聽著。

白天空氣太髒，晚上空氣太臭，還夾雜著工廠機械軋軋軋的噪音。永安溪水像被什麼堵塞著，流得有氣無力，還有一股惡臭隨風飄來。上個月，還被上游的染織工廠偷排廢水，染成豬肝色。

「唉。」

「啊。」從早到晚，他們老愛嘆氣。

「好懷念以前的夜晚。」

「是啊。」

記得不久之前，廟口前還有一片翠綠的樹林，永安國小旁是一片綠油油的農田，農田邊就是彎彎的永安溪，溪水清澈地流呀流。五月來，黃綠的螢火蟲，一閃一閃，有如金色小精靈，在樹林裡、草葉間、小溪畔嬉鬧著，像一條地面銀河，數也數不清。

「是啊。」

後來樹林被砍伐，蓋了工廠；農田賣了，蓋起住宅，夜晚也變了，曾經孩童們握在手中那一盞微弱的螢光，慢慢消失了。現在呢，只有到五十公里外的山林秘谷，才能瞧見螢火滿天飛舞，永安社區，變得不一樣囉。變是變，變壞了。

他們緊抿著嘴角，沈默地凝視只有小小月芽的夜空，良久。

不知停了多久，千里眼突然蹦出一句：

「我們來變魔術，怎樣？」

「蛤，什麼？」

「你會變魔術？」順風耳被突然蹦出的話，嚇了一跳，耳朵變得更大。

「不是啦，就懷念以前的夜晚嘛！想找出以前的影音檔，像露天電影那樣，播給大家看。」

「啥，什麼影音檔，我怎麼沒聽過？」

「現在不是流行什麼雲端科技，什麼教育雲、醫療雲啊、交通雲啊，我跟你講我們早就有了。」

「有什麼？」

「媽——祖——雲。」千里眼眉毛上揚嘴角翹著老高，一字一字說著。順風耳搔搔他鈴鐺大耳朵，還是半信半疑。

「有嗎？」

「不信，你google一下，不就明白了。」

「媽祖婆可精明咧，怕玉皇大帝派人來查勤，把我們每天所『看』所『聽』的，都串起來，聯成一朵『媽祖雲』，隨時可以上報天庭，聰明吧。」

「原來我們天庭的網路，這麼發達！」

「可不是嗎？人間還在用4G連網，天庭早就連上了400G呢。」

「還磨菇什麼，心動不如馬上行動，快下載，快。」

啪——

突然，永安社區一片暗黑，黑暗中尖聲四起。

「啊！怎麼停電了，說停就停，遊戲剛玩一半，還沒破關的說！」

「氣死人了，伊媚兒被電死了，寄給小乖的信，只好重寫了。」

「大仁哥要親下去，快親到——唉！怎麼就停電了！」迷偶像劇的媽媽們吁了一口長長的氣。

耐不住熱的孩子，就跑到廟口廣場，尋找自己的樂子。

一、二、三，放！

……晚風微微吹著，樹梢發出輕柔依偎聲，溪水潺潺，唧唧——唧，嘓——嘓嘓，蟲鳴蛙叫，一高一低唱和著，一場夜晚的田園交響樂曲，在停電的廟口廣場上，緩緩演奏起來。

突然間，廣場前的孩子們，在黑暗中，傳來陣陣驚呼。

「你看，那邊！」

「你看，這邊。」

滿天的流螢，像一盞一盞的小燈籠，在樹林裡、溪流旁、草葉間，一閃一閃。小雯跟著一群孩子正追逐起點點螢火，穿過來，舞過去。朗朗的嬉笑聲、哼唱聲，迴盪在黑夜裡。

「好久沒有聽見這麼多笑聲了。」千里眼順風耳也感染這份歡樂。

「那不是大呆二呆呢？」他們正興奮地撲抓流螢，兩手一撲，打開，空的。

「咦，怎麼沒有？」兩人不死心再撲，還是沒有，再撲！看著兩人撲得滿身大汗，兩手空空的著急蠢樣，千里眼順風耳，心裡偷笑著。

「你看大呆、二呆，呆了吧！」看著連連撲空的二兄弟，他們心裡似乎舒坦多了。

大人也慢慢離開電視、離開電腦，也走出屋外，聚攏到慶安宮廟前來。

「哇！」人們不約而同發出贊歎聲。

「這麼多螢火蟲，哪來的？」

滿天流螢，冉冉漂浮。

驚呼裡，人們憶起那久遠的歲月，在樹林間、稻田埂，溪流畔，也無憂無慮地，一起追逐那微弱螢光的夜晚。如今，逝去的螢光，又再度回來眼前。

「好懷念啊！火金姑真好心，來照路。」

「是啊！」人們三三兩兩席地而坐，靜靜地欣賞滿天飛舞的小星星。

看著看著，有人眼眶泛紅，有人低聲議論起來，那曾經冷漠的心，開始轉熱了，熱烈地討論起社區的路要如何走下去：

組個隊，保護永安溪，讓溪水再快樂唱起歌來。

組個團，監督煙囪大怪獸，讓煙囪吐出一口好空氣來。

咳咳─咳，黑暗中傳來陳阿雄斷斷續續的聲音。

「媽祖婆，一定會保佑永安社區，永遠安寧的。」

只要努力，方向對了，螢火蟲回家的路，就不再那麼遙遠。

「對啊！」人們的議論聲，在黑夜裡，是越來越高亢。

「相信永安社區，總有天藍水清的一天。」里長像是獲得媽祖婆的加持一樣，總結的話，說得十分響亮，也鼓舞起里民的心。

夜深了，人群漸漸散去。

小雯也慢慢走回廟門前，雙手合十虔誠地拜起來。

「千爺爺，晚安。」

「順爺爺。晚安。」她的聲音，在晚風中，依然那麼甜美。

千里眼順風耳心裡默默祝禱：願今晚大家都有一個好夢。

黑夜轉瞬即逝，而清晨正踏著輕盈的腳步而來，永安社區又會是新的一天，也會是忙碌的一天。

明天，也許會是個朗朗的藍天！……

【導讀】

構成童話的主要條件有：兒童、趣味、幻想、故事。所以童話善用擬人的技巧來表現故事情節，有時是誇張，有時有趣，有時則是超乎想像。

這篇小說，作者運用了虛實交錯，創意的把現代文明科技，像我們有教育雲，科技雲，他創造出千里眼和順風耳有媽祖雲，還會使用Google，還讓古代人物面對現代文化。甚至設定主題，情節演進在在凸顯環境汙染議題，凸顯文明帶來的人與人之間的疏離和過去祥和美麗社會景象消失的感慨。

作者讓千里眼和順風耳這兩個廟裡的神明看盡社區人群互動模式，也用戴口罩事件、廟公咳嗽狀況來表現環境汙染的嚴重性，在在都讓虛擬世界真實化。作者通過豐富的想像、幻想和誇張來塑造形象、反映生活，產生無形的教化。千里眼順風耳擬人化後，擁有現代人思維，情節神奇曲折，描寫生動淺顯，展現高超的技法。

一篇童話要兼具趣味的、幻想的、象徵性的手法，還要自然進行場景的變換，讓人讀來順暢而親切。這篇童話充分表現：保佑我們的神明，也在乎我們人類環保問題，充滿了溫馨，更具體呈現人神對健康環境的共同追求。

【作品出處】

本文榮獲二〇一六年臺南文學獎童話組第一名。

【作者簡介】陳玉珠（1950-）

生於臺南新營，從小喜歡寫作，十四歲開始投稿，筆名陳猌、亞茉。一九七〇年臺南師專畢業，於二〇〇〇年退休。一九七七年起得過八次洪建全兒童文學獎（包括童詩、童話、圖畫故事與少年小說）教育部、教育廳兒童文學獎、文建會兒歌創作獎；中山文藝獎章、楊喚兒童文學獎、教育廳金書獎、高雄市文藝獎、臺南文學獎（包括臺語小說、散文）、臺文戰線文學獎（臺語小說）等。兒童文學出版品（包括少年小說、童話、兒歌、散文、繪本）三十餘冊。

苦苓出走計畫

陳玉珠　作

一

春風吹向翠谷，又該是鳥語花香的季節了。

小燕子南南是個出色的旅行家，旅行過很多地方，這個春天，他準備安頓下來了，帶著好朋友妮妮一起回到翠谷，想把老巢整理整理，做為他們的新房呢！

黃昏時到達了翠谷，雖然天色昏暗，但是憑著天生的方向感，他直覺得這就是目的地了，尤其是那一棵高大的苦苓，姿態依舊，他一眼就認出了，很快的飛過去，啊，連老巢都還在，雖然破破爛爛，還是勉強可以窩一窩。

簡單的安頓一下，由於旅途太累了，一對「新鳥」很快的睡著了。

天亮了，妮妮興奮的睜開眼睛——

「怎麼這樣呢？有沒有弄錯地方？」

陳玉珠

妮妮四面看了看，心裡冷了半截；說什麼青翠的幽谷，碧綠的湖泊，枝葉茂盛的大樹，遍地五彩繽紛的各種花兒，成千上萬的蜂蝶……看眼前這般景象，南南真是太吹牛了吧！

「天哪！這裡是怎麼一回事呢？以前不是這樣子的呀！」

南南也醒過來了，幾乎不相信自己的眼睛，這是他出生的地方，應該不會認錯，只是，除了苦苓，其他的，真的都變得太多了！

二

苦苓似乎還在冬眠，南南在她耳邊噓噓噓的吹著口哨，終於叫醒了。

「嗨！早安！喔！你是南南嗎？哇！你長得又壯又帥，我差點認不出來呢！」

苦苓伸伸懶腰，覺得自己還十分虛弱，但是看見小燕子出現在眼前，忍不住高興的搖擺著起來。

每年冬天，苦苓掉光了全身的葉子，大睡一場，等到隔年春暖她醒來，一面紮起綠色的小蝴蝶結，一面用心的插了滿頭淡紫的小花，讓自己漂亮得不得了，所有的小動物都喜歡到她腳下，休息啦，遊戲啦，聊天啦，大家圍繞著美麗的紫衣姑娘，聽蟬兒們獨唱、齊唱、輪唱、合唱……多麼的溫馨！

而她最欣慰的，就是那戴白帽子的白頭翁和穿黑白禮服的燕子，都住在她那兒呢！

只是，那也是好久以前的事了吧，苦苓很敏感的，覺得一年不如一年，而最近似乎更糟了。

整個冬天，翠谷籠罩在一片異常的濃霧中，又濕又冷，還帶著一股酸酸的味道，許多動物受不了了，頭痛眼花，有的咳個不停，有的不能呼吸，一年到頭綠油油的草地，在北風的狂掃下，也都焦黃了。

死寂的空谷中，苦苓那光禿禿的枯樹枝，幽靈似的在風中顫抖；冷硬的山壁，裸露出灰黃的泥土，彷彿遠古荒涼的月世界。

苦苓過冬，本來就是一場苦難，需要一番掙扎，受到這一陣惡風臭霧的糾纏，更是覺得幾乎喘不過氣來，苦撐著，好不容易捱到春神來了！

她趕走北風，用柔軟的綠手指撫著大地，翠谷褪去了冰凍的外套，大家總算鬆了一口氣，但是，很可怕的，好多動物病了，好多植物乾了，不知道得多久才能復原呢！

「苦苓阿姨，看到妳真好，這是我的新娘子，妮妮。我們準備回來住在這裡，可是……這裡怎麼變成這樣呢？」南南又急又氣，聲音都有點發抖了。

「唉！……不要怕，不要怕……不用多久，這裡就會綠油油的，跟以前一樣……」苦苓可真是苦在心裡呀！

其實南南更擔心的是，妮妮會不會因此討厭這個地方，幸好妮妮很開朗，不但沒有擺出什麼不高興的臉色，還反過來安慰南南，說：「春天到了，一切都會好轉的，我相信！」

三

南南出去找修巢的材料，苦苓娓娓的告訴妮妮有關翠谷的點點滴滴。

妮妮對苦苓十分的好奇。

「我有很多名字，也有人叫我苦楝、苦楝子，我沒什麼特別的啦，土生土長的，就是很土，不過，有時候我也滿好看的，我喜歡開紫色的小花，啊，對了，我跟別的樹最不同的地方就是：大部分的樹朋友都是長了一大堆葉子，然後才開花，我卻是一開始長葉就急著開花，不用多久，我就會換上一身淡紫的衣裳了，所以也有人叫我紫花樹呢！怎麼樣？這算特別吧？」

「妳一定很能吃苦，不怕苦。」妮妮微笑著。

苦苓歎了一口氣，說：「是呀，我的生活相當苦，必須能吃苦才能活得下去，像過冬啦，就是很可怕的事呢！」

忽然一隻白頭翁大叫著衝過來：「走開！走開！這是我的地盤！」他氣咻咻的推了妮妮一把，妮妮嚇了一跳，驚慌的拍著翅膀，差點掉下去。

「唉呀，小白，別太衝動，記得我跟你說過的小燕子南南嗎？他回來了，這是南南的新娘子呀！」苦苓趕緊護著妮妮。

小白住在附近的雜木林裡，由於他是在苦苓樹上出生的，所以還是天天回來，在這親切的舞台上唱歌跳舞。

「哈，哈，原來是貴客，真是太失禮了！」小白抓了抓頭上的白帽子，向妮妮道歉。

為了表示誠意，小白熱心的當嚮導，帶妮妮去認識環境。但是他愈介紹愈覺得難為情：翠谷破舊了，荒涼了，這裡已經不再像以前那麼美好了，南南竟然帶妮妮回來住下，好嗎？對嗎？恰當嗎？

小白問妮妮，以前住在什麼地方，為什麼願意留下來？還說：「我一直覺得奇怪，沒看過燕子把巢築在樹上的，南南很特別呀，妳覺得呢？」

「沒有什麼不可能的事，只要住得舒服就行嘛！」妮妮倒是一點也不介意。

小白又說：「像妳這樣的大小姐……能在這種地方吃苦嗎？妳是不是要多考慮一下呢？」

「小白帽呀，哈哈哈，你是不是不歡迎我呢？告訴你，我很固執，南南說這裡以前很好，現在變得這麼糟，我的大小姐脾氣是：非把它再弄回原來的樣子不可，你等著瞧吧！」

小白很驚奇，妮妮的話好像一支大鐵錘，在他的心上重重的敲了一下！

四

「咕咕咕！送信來了！」鴿子阿灰飛過來苦苓頭上。他從信袋裡拿出美麗的信來，咕咕念著：「松鼠伯伯！白兔小朋友！青蛙先生！蝴蝶小姐……」阿灰忍不住咳了幾聲。

以前阿灰送信，鴿鈴聲才傳到，大家早都在苦苓樹下等著了，分信的時候，那熱烈的、喜悅的氣氛，多麼美好哇！最近信件較少了，信袋輕多了，像這樣，呼叫了好幾聲了，還是連影子都沒有，真叫阿灰感傷。

還有更難過的呢！有些信，再也沒有主人了，去年還看到活蹦亂跳的，過了一個冬天，就永遠不見了。

「先放在我這兒好了，有我的信嗎？」苦苓問。

「啊！有的，看，這是欒樹寄的，這是金露花寄的，嗯——香香的喲！大家的信，就麻煩妳轉達吧！這裡的味道怪怪的，害我喉嚨很癢，我得趕快走了，再見！」

阿灰匆匆的走了，苦苓很高興的握著信，心頭有一絲溫暖。

欒樹的信是用葉子寫的，金露花的信是深紫的花朵，看她們的信就知道日子過得很好，欒樹說她在一個校園裡，過得很快樂，還問苦苓要不要也搬過去。

「搬家？我？」這可是苦苓想都沒想過的事，她獨立在翠谷的正中央不知多少年了，這裡的日出日落，一草一木，爬行的、跳躍的、飛翔的，她都那麼的熟悉，怎麼可能離開呢？

五

翠谷四周有一圈山脈，南南在谷中找不到修巢的材料，不得已飛向山區，遠遠的就看到山坡好像被剃過了頭，難看極了！

越過了山，他飛呀！飛呀！飛到小青溪邊，於是沿著小溪飛到上游，一路上看到的真令人擔心，可憐的小溪，瘦得簡直可以叫做小水溝了，裡面的水又黑又臭，還能用嗎？

到了夢湖，更是慘不忍睹，陣陣惡臭，一片死水，南南在一節枯枝上發現了翠翠，她是捕魚的高手，這會兒卻懶洋洋的，茫然失神，愣愣的望著天空發呆，到底發生了什麼事呢？

「這裡已經不能再住下去了！」翠翠含著眼淚說。

翠翠帶南南到南岸去，那兒原有一片空地，不知道什麼時候被偷倒了垃圾，堆積如小山，腐爛的垃圾滲出臭水，流進湖裡，湖裡的魚不是被毒死，就是變形成駝背魚。

湖面靠近青溪的一邊，擠滿了布袋蓮，堵塞了河口，青溪沒有變成乾河床已經算是奇蹟了。

流進青溪的水很少，所有喝水的動物和植物可都慘了，喝那麼髒的水，不生病才怪！

六

「嘿！羊叔，你要到哪兒去？」南南看到一群山羊，大包小包的：

「你們在大搬家嗎？」

「沒錯，我們是要搬了，這裡不能再住下去了。」

「啊！牛伯伯，你們要出遠門嗎？」他看到大牛一家子拉著牛車，上面載滿了東西。

「是啊！我們打算搬到湖西去，這兒環境愈來愈差了，那邊聽說還不錯。」

一路，南南遇到許多谷民，都忙著搬家。

翠翠問南南：「大家都要走了，你為什麼要回來呢？我想，我也得準備搬了，你要不要跟我走呢？」

南南搖了搖頭，叫翠翠先不要走，他正在想辦法。

有什麼辦法呢？湖水會變乾淨嗎？小溪會再流暢嗎？

南南帶著心事回到老巢，正好松鼠、兔子……都來拿他們的信，還拜託苦苓，以後如果有信，請轉到太陽村，因為他們就要搬家了。

「請你們再考慮考慮好嗎？我們一起想法子改善嘛！」南南懇求他們。

可是他們都說，再不走，就會生病死掉的，南南的心情很沉重，幸好不一會兒，小白帶妮妮回來了，他大聲的跟南南道喜——新郎倌南南，這才露出了笑臉。

「為什麼大家都走了呢？」苦苓幽幽的問。

「我不走，我一定不走！」妮妮比南南更快的表示出她的心意，使苦苓又驚又喜，眼睛都溼了。

「放心吧！我們一定不會走的，我們要把從前的翠谷找回來。」南南堅定的說。

七

和風吹遍了翠谷，可惜沒有往年鳥語花香的景象。

四月，苦苓已經從頭到腳滿身的淡紫花，然而這個美麗的花展太冷清，只有偶然經過的野蜂和蝴蝶瞄了幾眼。

「霹哩——啪啦！」鷺鷥林那邊傳來一串嚇人的鞭炮聲，把整林的白鷺鷥驚得狂叫亂飛，他們慌慌張張的躲到苦苓這兒來。

南南一直在留意垃圾的來源，小白回來幫忙，他們發現住在鷺鷥林外饅頭山的猴子，常常鬼鬼祟祟的，白鷺鷥抱怨說，鞭炮就是猴子放的，想把他們趕走呢！

猴子太可疑了，南南一跟蹤調查，果然發現猴子的陰謀，他想獨占翠谷，先把翠谷的水源破壞掉，逼得谷民遷走，再把鷺鷥林的鳥群嚇走，就一切ＯＫ了！

「想得美，這些傢伙太可惡了！」他們一起商量，擬了一個計畫。

漂亮的紫衣姑娘卻看著日出日落，十分的多愁善感，有南南和妮妮陪著，小白也時時來探望，苦苓很感激他們，可是她一直在想著，如果環境沒有辦法改善的話，讓他們長住下去，對他們太不公平了，她想勸他們也趕快離開。

以前她總是毫不在意種子，任他們掉落，有的掉在乾地上，有的掉進沼地，不是渴死，就是淹溺了，從來沒長大過，現在地上更乾更硬，她也不知道能再活多久，更不可能長出小苦苓了！

這是很悲哀的結局：「我會永遠滅絕……」苦苓愈想愈傷心，她也愈加不忍南南和妮妮的相陪了。

一天，苦苓忍不住了，她向南南和妮妮要求：「你們快快離去吧！我的日子不多了，現在我只有一個希望，當你們離開這裡時，幫我帶一顆最好的種子，到欒樹那兒去種下，說不定我可以獲得重生。」

「叫我們走？別開玩笑了，我們現在有一個大計畫，忙得很呢！」妮妮親了親苦苓，俏皮的說。

小白說：「妳的願望，我想我可以幫忙，不過，我們的計畫，妳也得幫忙才行。」

八

南南宣布他們的計畫，就是「苦苓出走計畫」！

苦苓一聽可傻了，開什麼玩笑？有腳的，可以走；有翅膀的，可以飛；就是沒有手沒有腳的，像蚯蚓啦！蛇啦！也可以扭來扭去的行動；苦苓在泥土地上穩穩的站著，她的腳「根」紮得很深，有一年颳了超級大颱風，也不曾讓她動過半步，怎麼跟大家一樣「出走」呢？

「放心吧！我們都計畫好了，你只管好好的開花，好好的結果，等時候到了，妳就知道了！」

南南說得挺輕鬆，苦苓可不太敢相信，心想：「他們只是在安慰我吧！何必呢？我遲早會死的呀！」

不管他們在忙什麼，苦苓只想盡全力結好種子，好達成自己的願望。

南南四處奔波，請教了很多專家，又查了很多資料，滿腦子的重建構想。

阿灰到處傳遞消息，說：「翠谷有一棵了不起的紫花樹，就要當媽媽了，請大家來參加『紫花盛宴』。」

妮妮邀請蝴蝶和蜜蜂來品嚐清香的花蜜；小白把所的白帽子都集合起來，翠翠聯絡鷺鷥林，所有的白鷺鷥也總動員了。

原來他們打算利用紫花盛宴開舞會，好讓苦苓有機會結更多的果子，等果子成熟，由鳥兒們一顆一顆的啣著，種在指定的地方。

種子的預定地，南南都規劃好了，沿著夢湖四周，青溪兩岸，谷地周圍，向外擴展到有水的地方，全都要種。

第一次聽到「苦苓出走計畫」時，大家都覺得太瘋狂了，可是在聽完他們詳細的說明後，大家被他們滿懷的熱情燃起了熊熊希望，願意加進工作的行列。

九

「夢湖邊的垃圾，我來打理！」大熊先生力大無窮，首先揪出罪魁禍首的猴子來，一起清理垃圾。

「湖中的布袋蓮，我們來負責吧！」鵝媽媽帶領鵝家班所有的小鵝，把阻塞的布袋蓮用布袋裝起來，拿去當菜吃了。

水獺先生打撈湖中的垃圾和落葉，又在河口建了柵欄，好調節水量。

「山坡地比較不好走，那兒的種子，我們來種吧！」羊伯伯和一群羊親戚爬上爬下最拿手。

「我用鼻子，你用口袋，我們一起去澆水！」小象和鵜鶘包辦澆水的大事。

秋天到了，苦苓的葉子紛紛掉落，她感受到將「再死一次」的淒涼，不過她也努力的結了一身果子，黃澄澄的，在秋陽的照射下，閃著迷人的光芒。

鳥兒們開始了「苦苓出走計畫」的大工程，他們一趟又一趟的飛來飛去，累得幾乎昏倒，南南和妮妮更是拚得翅膀都快斷掉了，為了趕在冬天來臨前做好，一分一秒都不肯休息。

消息漸漸傳開，很多搬走的谷民聽到了，覺得很感動，也很慚愧，趕快搬回來一起工作。

由於大家同心協力，當北風吹起時，每一顆種子都有了一個溫暖的家，讓泥土包覆著，蓋著乾草被子。

噢！還有一件事可別忘記了：小白選了一顆最飽滿、最成熟的種子，要送到有欒樹的校園去，他一點也不敢大意，請教阿灰，問清楚了位置，果然找到欒樹，很慎重、很虔誠的把苦苓的種子種在附近。

十

春風再度吹起，小種子在大家的照顧下，慢慢的生根、發芽，而由於環境的改善，苦苓也活得更好、更漂亮了。許多動物、鳥兒，都遷到翠谷來定居。

漸漸的，小苦苓長大了，翠谷被一片苦苓林包圍著，沒有臭氣、沒有污水，每年春夏間，所有的苦苓都開花了，整個翠谷是一大片淡紫的花海，南風吹過，揚起陣陣醉人的香波，引來成千上萬的蜂蝶，漫山遍谷，熱鬧紛紛。

至於小白，喔！你一定覺得難以相信，竟然還是搬走了！

我們來問問阿灰——他仍然送信，不過現在信袋總是裝得滿滿的，幾乎要揹不動；散住在各地的小苦苓都愛寫信給「苦苓媽媽」，報告她們的近況，阿灰愛極了這「甜蜜的重擔」。

阿灰說：「小白就住在他自己的苦苓樹上，在那兒，他遇到美麗的阿紗——個性就像妮妮一樣開朗，所以他們快樂的結婚了，養了一窩小小的白帽子，他常叨念著，說他很想念在翠谷的日子，不過他很忙，沒空回來。」

忙什麼呢？記得苦苓媽媽當年的出走計畫吧？小白一遍又一遍的，說給小白帽們聽，原來，他又有另外一個更新的『苦苓出走計畫』——他和阿紗帶領小白帽們，教他們學習種樹的方法，再不多久，苦苓媽媽就要升級，變成「苦苓婆婆」了！呵呵呵！

【導讀】

環保生態是這個童話故事的主題。

作者用心的觀察，生動的筆觸，描述整片翠谷被破壞殆盡之後，動、植物居民，搬的搬，離的離，枯的枯。大部分的動物看到眼前的環境被破壞，只能帶著無奈的心情離開，去找尋更適合生存的地方。但對土地的一份感情，只有苦苓選擇堅心的守護家園。不但南南回來了，他的太太妮妮也願意加入守護的行列，並試圖為這個遭受迫害的家園找出生機，同時也感動其他人共同為這個理想努力。

這篇童話主要以直述為描寫手法，從南南和苦苓這兩個主角的觀點出發，看到景象如何被破壞，內心有何感受，決定如何面對。作者讓每個動物角色都有自己的想法，有正向的，也有反派的，製造衝突，製造矛盾，也製造選擇。由此導入主題：有志者事竟成、有願就有力、眾志成城，讓苦苓作為翠谷重現生機的能量，讓大家建立只要傳承下去就有再生機會的共識，讓大家願意付出心力貢獻已能，一起朝目標奮鬥。

所以他們用盡辦法集結眾力，讓苦苓的種子深耕整片翠谷，並且分工合作開始動手清理家園。經過年復一年的春天，苦苓媽媽的孩子終於遍佈整片翠谷。翠谷恢復了新綠地，山谷容貌繁榮清翠，他們再度為自己創造了一個幸福的家園。

童話可以讓孩子從故事當中反饋到自己，裡面的動植物形象和人一般，孩子融入動植物角色的思維，容易反射為人類的想法，進而學習效法，這就是童話最大的魅力。

【作品出處】

榮獲一九九七年教育廳兒童文學獎童話入選。

【作者簡介】王淑芬（1961-）

生於臺南市。國立臺灣師範大學畢業。曾任國小主任、美術教師。曾任公視與大愛電視文學節目顧問與主持人。常至海內外各地推廣閱讀與教作手工書。已出版「君偉上小學」系列、《我是白癡》、《地圖女孩．鯨魚男孩》、《怪咖教室》、《一張紙做一本書》等童書與手工書教學書五十餘冊。

大大國與小小國

王淑芬 作

多年以前，有一座島悠閒的躺在悠哉的海洋上。某日島主醒來吃飽沒事，東看西瞧，想找點事做，於是指著右邊說：「從今以後，島的右邊是大大國，島的左邊是小小國。」

他還規定：「大大國的法律就是做什麼都得大；小小國的法律就是做什麼都得小。」說完，島主再飽食一頓，便悠然的睡著了。

島右邊大大國的人，從此以後，人生以「大」為目的。在這個國家裡，牛肉麵沒有小碗、中碗，只有大碗。珍珠奶茶沒有小杯、中杯，只有大杯。衣服沒有小號、中號，只有大號；褲子、裙子、鞋子、帽子當然也一樣。

大大國的居民，買的房子必須土地大、房間大。每個人一進門，還得搶著坐屋子裡最大的椅子，據說這樣才會有大大的好運氣。過年包紅包時，長輩全都愁眉不展，因為紅包千萬不能包得小啊。幸好他們想到一招，免於破產，那就是將紅包袋做得大大的，裡面包的全是一塊錢的鈔票；想想看，一百元紅包，包著一百張鈔票，那可是鼓鼓的一大包呢。

大大國的學校，上的課程內容全跟「大」有關，比如：「如何包出大大的餃子」「如何寫出大大的字」「如何邁向大上加大的人生」。大大國的選美比賽，比的是誰的頭比較大、手比較大、腰圍比較大。總之大大國的居民過得很累，因為萬一不小心，連生病都得大病一場才行。

島左邊小小國的居民，過的日子與大大國完全相反。在這個國家裡，沒有大魚大肉大披薩，所有的飲料都是小杯，所有的衣服都是小號。因此小小國的居民買東西都是：「老闆，來三杯咖啡。」「老闆，來五碗飯。」因為不論杯子或碗，都小得像兒童玩具一般。

小小國的嬰兒一生下來，如果哭聲太大，嬰兒媽媽會羞愧得小聲懺悔。朋友聚會如果有人打了個大噴嚏，聚會立刻取消，以免被警察開罰單。總之小小國的人民也過得很累，因為天上總是下著小雨，樹上總是結著小果，小小國就要面臨旱災與饑荒啦。

「這樣下去不是辦法。」不論大大國或小小國，每天都有人這樣說；當然，大大國是大聲的嘆氣，小小國則是小聲的欷噓。

終於有一天，這個問題得到重視了。大大國的一個學生，因為上音樂課時，堅持要唱「一閃一閃亮晶晶，滿天都是小星星」，而不是音樂老師教的「滿天都是大星星」，於是被老師罰站。沒想到這個學生很生氣，一氣之下，居然從大大國離家出走，到小小國去。

這可是大大得不得了，大大國從來沒見過小小國的人，小小國也沒見過大大國的人，島中央隔著一道牆呢。當大大國的學生跨越這座牆，跳進小小國時，小小國也正好有個學生，因為字寫得太大，被老師罰站在牆邊。

「哇，原來大大國的人長得跟我們一樣。」小小國的學生說。

「哇，原來小小國的學生也會被老師罰站。」大大國的學生也發現了兩國的共通點。

他們一起去找小小國的國王，把心中的不滿說出來：「為什麼大大國什麼都得大，小小國什麼都得小？」

小小國的國王小聲的回答：「我也不知道，這是從前島主定下的規矩。雖然島主已經過世，但這數十年來，我們不也過得挺……挺……」

小小國的國王說不下去了，因為只要一想到他每天只能點小籠包吃，不能買大樂透，便覺得人生大大的不公平。

國王忽然想到一件事：「咦，當年島主是面對著東方還是背對著東方下命令的？」他馬上打電話給大大國的國王。

大大國的國王大聲的說：「哎呀，我怎麼都沒想到。面對東方的話，右邊是我的國家。如果背對東方，右邊則是你的國家。目前我們是以面對東方為依據，但是萬一當年島主是背對東方來劃分右邊與左邊呢？」

「那就變成我們應該是大大國，你們是小小國啊。」小小國的國王一聽，忍不住大聲的接話。

他們連忙請教島上唯一見過島主的老人。老人因為太老，走不遠，只能住在島中央的牆下，他回憶起往事，悠悠的說：「我還記得那一天，島主醒來，要我端茶給他，太陽從他背後照過來，亮晃晃的，我眼睛都睜不開了……」

「島主是背對東方，背對東方！所以大大國應該是小小國，小小國則是大大國。」

這真是天大的震撼！大大國的人民一聽，全大聲歡呼，他們好想過過「小」生活，好想嘗試一頓不必大吃大喝的晚餐啊。

小小國的人民也小聲的微笑：「我們總算有機會玩大風吹、大富翁了。」

兩國國王立刻在島中央開會，決定從哪一天開始交換過日子。

會議開了三天三夜，仍然沒有結論。因為光是決定「中午的便當要訂大盒還是小盒」，大家就吵成一團。

最後，所有參加會議的人都餓了，也累了，一致同意：「大大國與小小國從此刻開始，交換過日子。」

於是，小小國的居民趕快回家，把房子拆了，準備蓋大一些。大大國的居民，也把房子拆了，準備把房子蓋得小一點。

拆到一半，兩個國家的國王又想到一件事：「我們何必拆房子？讓兩國的人民交換住，不就成了。」

還好，房子只拆一半，大家趕緊把另一半房子補好。而且，聰明的國王也一併決定，所有的鍋碗瓢盆、衣帽鞋襪，通通一起交換。

交換後的第一天，新的小小國立刻面臨難題。所有的學生必須讀小學，可是，他們在原來大大國裡，早就讀完大學了啊。

新的大大國也一樣，他們本來一直讀小學，讀得挺快樂的。沒想到變成大大國以後，每個學生書包裡放的，是看也看不懂的大學用書，太痛苦了。

除了這一點，兩國國民倒是十分開心。畢竟，原來小小國的人一輩子也沒想到，他們可以大聲唱歌，在路上大步走。而原來大大國的人也沒體驗過，在小閣樓裡偷偷的讀一本小說，是多麼浪漫快樂。

一段時間後，兩國的人民卻又懷念起自己從前的生活。大大國的王后說：「唉，從前我最愛在小河邊看小魚兒游來游去。」

小小國的王后則回憶著：「從前，我最愛在大海邊看大船邊拍打著大浪。」

兩國國王再度請教當年見過島主的老人：「你確定島主下命令時，是背對著東方？」

老人瞇著眼睛說：「我什麼都沒說啊。我只記得那一天，島主醒來，要我端茶給他，太陽從他背後斜斜的照過來，亮晃晃的，我眼睛都睜不開了……」

「斜斜的照過來？」兩國國王一起大叫。

「難不成，島主是面對著南方下命令？」

「說不定，是面對著北方。」

大大國與小小國的居民，又被這個最新狀況驚嚇得再也沒辦法吃下一頓大餐或小吃。整個島上，不論大大國還是小小國，每個人都在問：「過去數十年，我們是不是都過得大錯特錯？我們以後應該怎麼辦？」

只有那唯一見過島主的老人，一點也不煩惱。他慢慢的說：「我記得那一天，島主醒來，要我端茶給他，當天雨下得好大，我全身都淋濕了……」

【導讀】

這篇童話讀來有一種無厘頭式的趣味。作者天馬行空的想像，實在太有才了。仔細玩味，裡面卻有著很重要的人生哲理。日復一日，年復一年，大家都按照規過日子，久了就叫傳統，也沒有人再去問為什麼。該大就大，該小就小，一切思維規定按照傳統。直到有人厭倦了，想改變了，才會去找源頭，才會去靜下心來問為什麼是這樣？所以就有人提出質疑，老島主當時候下命令的時候，左邊跟右邊的決定性在於方向，面對東邊的左邊，跟面對西邊的左邊，將會是相反的。

既然想要改變，就要找出根源，偏偏島主下命令的當時，可以還原真相的證人，卻是一個記憶力非常弱的老頭子。透過他依稀記得的景象，一次又一次的改變說詞，第一次說：太陽從他背後照過來，那島主就是背對東方；第二次說：太陽從他背後斜斜的照過來，那島主可能是面對著南方或北方下命令；可是第三次卻說：當天雨下得好大，我全身都淋濕了，天啊，那究竟有沒有太陽？

所以證人也不一定可完全信賴。如果大家又完全依照他的說法，堅信不移的去做改變，可能又是一個大災難。

一般人習慣依循舊例過日子，習慣了就不想改變了！只是也有人總想要挑戰傳統，追根究柢，想要改變。如何保留優良傳統，又注入新的生活思維模式，是現代人正在接受的挑戰。

【作品出處】
本文刊登於二〇〇九年《國語日報・故事版》。

【作者簡介】 姜天陸（1962-）

臺南下營人。文學作品曾獲聯合報文學獎短篇小說類首獎等多項文學獎，出版有短篇小說集《火金姑來照路》、《瘡・人》；少兒小說《在地雷上漫舞》，以及文史著作《南瀛白色恐怖誌》等書。

雪舞

姜天陸 作

一

在合歡山上，一個雪人老了，他已經活過了一個冬季，最近，他常常回想著當他還是一朵朵小雪花時，他和一群小雪花們手牽手，從天上飛舞下來的情景。

「能夠再跳一場舞多好呀！」

不過，他和同伴們都結成一塊塊堅硬的冰塊了。

他的周圍，倒是有幾個年輕的雪人，他們忙著和遊客們拍照，嘴角的笑容，擠得已裂到肩頭上方，他們根本不理這個老雪人了。

老雪人的五官已經塌平了，臉上沾滿爛泥巴，嘴巴也被塞了一顆嚼爛的檳榔，那是一個中年男子隨手塞的，那男人還在老雪人的肚腹上留下一個五公分深的大腳印。

老雪人的右肩已被踢垮，身體已經歪斜，從男人的那一腳之後，來往

姜天陸

的遊客就沒有正眼看過他。

老雪人靜靜的站在雪地的邊緣，在一塊岩石的陰影下，每天盼望著再跳一場舞蹈。

有一天黃昏，老雪人被一聲撞擊驚醒。

一隻岩鷚鳥，衝倒在老雪人的腳旁，岩鷚的右翅湧出鮮血，那紅艷的鮮血燒著雪地，老雪人的心顫抖著。

「你怎麼了？岩鷚！」

「我……」岩鷚的嘴裡咬著小蟲蟲，說話時嘴巴沒有張開，鼻音很重：「我昨天才從比較低的山肩搬上來，剛剛急著趕回巢看我的家人，不小心撞上岩石，我要走了。」

岩鷚拍翅，掙扎著飛起五寸高，卻又跌落雪地，滾了兩圈。

「你還是休息休息吧！你受傷了，等傷好了，再回去也不遲。」

「不！」岩鷚很激動的說：「我的家人在等我，他們等不到我，一定會急死了。」

說完，岩鷚又拍翅飛了起來，這一次，他沒有飛上三寸高，但是他的鮮血卻濺到一尺遠的雪地上，把那一片雪白，點得密密斑紅。

黑夜很快就來了，狂風趁著黑暗大吼大嚎，岩鷚在狂風裡，一張開翅膀，就被風刮得亂滾。

岩鷚卻還嘗試要飛起來。

老雪人勸岩鷚說：「天亮再飛吧！這樣的黑夜，你就跟瞎子一樣，不可能飛回去的。」

但是，岩鷚不聽，他急著見到家人，要他等到天亮，比叫他死還要痛苦，他不斷揮翅，卻只能在雪地上翻滾著……

老雪人看著那一團滾動的小肉球，喃喃的說著：「天亮再回去吧！」

老雪人眼花了，忍不住打了一個盹。等到他猛然驚醒，忙張大眼睛，只見天地間漫天飛舞的烏雲和雪花，混沌成一團，岩鷚不見了。老雪人不禁慘叫：

「完了，他一定被雪花蓋住了。」

他慌張的搜尋岩鷚，可是目光所到的地方，卻不見岩鷚。直到天亮，老雪人終於發現腳下雪堆裡有東西蠕動了一下，果然是岩鷚，牠頭頂鼠灰色的亂毛隱約可見。

「我得救他，時間不多了。」老雪人急得很。

一片雲正好飄過來。

老雪人急忙大叫：

「雲姑娘，求你救岩鷚，牠被埋在雪裡了。」

「可是……」雲姑娘被老雪人嚇得退了幾尺：「我不清楚怎麼回事？」

老雪人很快的把岩鷚的事說了，又說：「我求妳飛到天上，請妳們那遮住太陽的雲朋友們，到別處去玩，不要黏著太陽公公不放，讓太陽公公溫暖我腳前的這片雪堆。」

「為了什麼？」

「唉喲！」老雪人急了：「快把那堆雪融化，裡面埋著一隻岩鷚鳥，我要救他。」

「好啊！小事一件。」雲姑娘往上飄了幾公尺，忽然又折回來了：

「可是，太陽照在你腳前，你也會融化，可能會沒命，你想找死嗎？」

「不管那麼多了，求妳快點，快點！」

雲姑娘眉頭都皺起來了：「岩鷚是你的親人嗎？」

雪人搖頭。

雲姑娘又問：「朋友嗎？」

雪人又搖頭。

「你欠過他人情？」

「快點，好嗎？」老雪人說：「我只是要救牠。」

「那，你為什麼要為了他而犧牲自己？」

老雪人望向遠方說：「他有家人在等他回去，我沒有人等我，而且，我已經活夠了，再過幾天，春天一來，太陽變熱，我就會死了。」

「可是……」雲還在猶豫著。

「快！」老雪人急得恨不能飛起來，他大叫：「岩鷚快變成冰塊了，我們沒有時間了。」

「好吧！」雲姑娘終於走了。

老雪人緊盯著天上的烏雲，看得眼睛都冒出水來，終於，烏雲動了。

烏雲擠破一個大洞，一片太陽光帶著白金般的光芒直照向老雪人腳下。

「有救了！」老雪人心中剛閃過一陣欣喜，接著全身的皮膚一陣裂痛，他的五官開始融化了。

「來吧！」老雪人咬緊牙根，忍著痛。

陽光將岩鷚上方的雪堆照開了一條縫。

岩鷚身體顫動了一下。

那陽光愈來愈強，就像一顆大火球，撕裂著老雪人的骨骼。

岩鷚上的雪融化了，他終於張開了眼睛，一抬頭，他就看到全身濕淋淋，眼睛鼻子已經垮掉的老雪人。

「你怎麼了？沒有關係吧！」岩鷚還不知道是怎麼一回事。

「沒關係！我還好！」老雪人聲音已經模糊了：「你快振作起來，飛回巢吧，你的家人正等著你呢！」

岩鷚嘴裡還咬著蟲蟲，他拍翅飛起，直衝天際。

老雪人整個頭部都融化了，一聲嘆息，全身就垮了。

二

老雪人化成溪水，蜿蜒的在山澗裡流動，變成精靈的他和很多溪水裡的精靈，互相簇擁著向山下流去。

老雪人精靈發現，自己只要摩擦山壁，就會唱出美妙的歌聲。

他快樂的在山澗裡滑行，繞過了十幾座山腰，跳過了十幾道瀑布，繞過了櫻花和桃花精靈跳舞的山坡。

他想要再跳一次舞，他想要在空中轉一百個圈。

他和溪水們流進一個山谷時，正好是黃昏，四周圍傳來了窸窸窣窣的聲音。

「怎麼辦？」許多魚媽媽邊說邊哭了：「我們的孩子還這麼小，人類也要毒殺他們，實在太殘忍了！」

「怎麼回事？」老雪人問一隻哭得滿臉都是淚水的魚媽媽。

「剛剛我們在溪邊，聽到兩個人類計畫等晚上月亮出來後要放毒藥毒我們，我們不知道怎麼辦？」魚媽媽指指遠方的小魚們，說：「我小時候，我的朋友和家人都被人類毒死了，我也中毒了十幾次，只差一口氣就死了，想不到現在他們又要來毒死我的小孩子。」

另一隻魚媽媽也對老雪人精靈說：「我家小魚的爸爸建議往上游去，試試看能不能游過人類要放毒藥的河段，可是，上游有一處大瀑布，他們沒法跳過去。也有魚媽媽建議往下游游去，可是，下游有一大段是人類的工廠，那一段工廠，排出來的七彩廢水，和毒藥一樣毒。」

魚兒們都哭成一團了，大家都不知道該怎麼辦，只能互相說些永別的話。

老雪人精靈聽了，整個心都碎了，他看著月亮慢慢的露出山頭，真恨不得去把月亮趕回去。

「怎麼辦？」

「該怎麼辦？」

「能怎麼辦？」

這樣的聲音此起彼落。

夜色慢慢的濃了。

魚兒們都抱在一起，惶恐的等待死亡。

老雪人精靈不禁流下眼淚。
「你怎麼在流淚呢？」一個聲音響起，老雪人精靈抬頭一看，是岩鷚耶！他關心的問：
「岩鷚，你的家人都平安嗎？」
「他們都很好，雲姑娘把你救我的事告訴我了，我要感謝你，所以一直在找你。——可是，你為什麼在這裡流淚呢？」
老雪人精靈將人類入夜就要毒魚的計畫，告訴了岩鷚：
「你快幫忙想辦法救魚兒。」
岩鷚停在一顆石頭上，想了很久，大叫一聲：
「有了！我這就去辦，你叫魚兒放心等我。」岩鷚說完，馬上振翅飛起，他還飛得不太平穩，被一股氣流打翻了一次，但他馬上又騰空飛起了。
月亮爬離山頭了。
「月亮仙子，你救救這些魚兒吧！」老雪人精靈向月亮祈求著。
天空出現了上百隻鳥的黑影，向上游飛去。

老雪人精靈就著月光，看出帶頭的是岩鷚。
不久，上游傳來了幾聲人類慘叫的聲音，一個抱著頭的人類邊跑邊喊救命的向這兒跑來，這裡傳出另一個人類的聲音喊：「怎麼了？」
「鳥，鳥啄我的眼睛。」
「啊——我的眼睛！」這裡的這個人也受到攻擊了，他咒罵著，用手揮舞著要趕走鳥。
「快上車，我的眼睛——這裡的鳥太兇了。」
「以後別來這裡了。」
兩個人類大喊大叫的上車，馬上，就傳來車子引擎發動的聲音，車燈亮了，車子噗——的開走了。
魚群響起了歡呼聲，岩鷚飛到水面上，老雪人精靈忙著向岩鷚道謝。
岩鷚害羞的說：「該說感謝的是我。」
老雪人精靈說：「如果有那麼一天，我還能到雪山上，我真想去看看你的家人呢！」
岩鷚很高興的說：「一定要來哦！我的家人都等著你呢！」

三

老雪人精靈在山澗裡繞了幾十圈，來到一處大湖泊，湖泊四周的山巒，滿滿的都是桃花和櫻花。

「好想再跳一場舞呀！」老雪人精靈輕嘆了一聲。

「潔白的精靈，你是誰？為何在嘆息？」天空中傳來聲音。

老雪人精靈仰頭一看，天空中只有縮成眉毛狀的月姑娘，他只好試著問：「是妳在問我嗎？」

月姑娘眨眨眼，說：「對啊！你和我一樣的潔白，有什麼好嘆息的呢！」

「我是老雪人，一直在山上站了一個冬天了，現在變成精靈，可是，我一直想要再像小時候一樣，在天空跳一場舞。」

「那你要到天上來呀！」

「可是，我怎麼上去呢？」

月姑娘驚訝的說：「原來你不知道，今天深夜，北斗七星會到這個湖泊來汲水，她會用大勺子舀走最幸運的湖水，舀到天上後，就變成銀河的水，那水不久會再掉下來。」

「真的？」老雪人精靈興奮的說：「我在這裡等著北斗七星來舀我了。」

月姑娘拍拍額頭，說：「你果然不知道，如果你想流進去北斗七星的大勺子，你要趕快到湖的北邊去等，她們只舀得到北邊的湖水喔！」

老雪人精靈游到湖的北邊時，那裡的湖水中已經擠滿了各種魚、蝦、蟹以及櫻花、桃花精靈，密密麻麻的擠不進去了。

老雪人精靈想要掉頭走了，卻有一隻魚叫著他：「你不是老雪人精靈嗎？」

老雪人精靈驚訝的答：「你怎麼認識我？」

「你……真的是老……雪人精……靈嗎？」那隻魚緊張得說話都結結巴巴了。

老雪人精靈莫名其妙：「你怎麼了？我是老雪人精靈沒錯。」

「啊——」魚大叫：「老雪人精靈！」

只一下子，一群魚群馬上圍過來，大家繞著老雪人精靈，卻沒有魚敢靠近他。

等了很久，才有一隻滿臉皺紋的老魚靠過來說：「這條河流所有魚族都在傳頌你救魚族的故事，你是我們魚族最尊敬的精靈，你有什麼需要我們為你服務的嗎？能為你服務是我們最大的光榮。」

「我……」老雪人精靈不好意思開口，他覺得自己不該搶了大家的機會。

這時有一隻中年魚游出來，說：「我剛剛收到小魚報回來的消息了，你是想到天上去玩對不對？」

老雪人精靈點點頭，說：「大家先上去，有空位，我再上去。」才說完話，所有的魚群都退開，讓出一條大路了。

老魚說：「你今晚若沒上去，我們魚群都不會上去的，請吧！」說完，魚群推著老雪人精靈往正北方游去。

這時，北斗七星的大勺子緩緩轉下湖來了，那勺子一入湖中，勺內的水馬上變成水晶一般，老雪人精靈隨著水流進入勺中，後面跟著成千上萬的魚群、蝦群和蟹群。

北斗七星的勺子盛滿了湖水後，勺子慢慢的往天上轉，老雪人精靈從透明的勺子往外望，看到湖泊越來越遠，最後，終於變成一個小小的鏡子。

魚群們大叫：「天上到了，要到銀河去玩了。」

果然，勺內的水慢慢的倒入銀河上了，那水一入銀河，馬上變成一道道白煙，閃閃爍爍的小星星就浮在白煙上。

老雪人精靈踏上銀河，感到白煙軟綿綿的浮著他，往前流去。他舉目望去，銀河沒有邊際，閃爍的星星浮滿整條河流，他想要數數有多少星星，只數了三百多顆，眼皮就沉重的闔上了。

四

老雪人精靈不知道睡了多久，忽然覺得背脊發冷，張開眼睛一看，整條銀河都結冰了。這時他聽到有人呼叫他：

「嘿！你不是雪人嗎？」

他抬頭看，是一朵白雲：「你怎麼認識我？」

白雲很興奮的說：「果然是你，你忘了在合歡山上救岩鷚的事了？我們白雲都知道你做的那一件事。」

「是嗎？」老雪人精靈還糊裡糊塗的：「好像是有那麼一件事。我究竟是怎麼了？怎麼會躺在這裡？」

「你睡太熟了，整個夏天和秋天都過去了，冬天來了，你看銀河都結冰了，我們大家正整備今年的第一場大雪舞，所有的雪人精靈都醒來了，只有你還在睡覺。」

「雪舞？」老雪人精靈精神來了，興奮的問：「你說大家準備要跳雪舞，我一直想要再跳一場呢！」

「那就來囉！今年的第一場大雪舞馬上就要開始了。」白雲過來牽起老雪人精靈，老雪人精靈忽然發現自己動作變靈活了，全身有說不出的舒爽，他看自己的皮膚，原來的疙疙瘩瘩都不見了，變得又白又嫩，摸摸下巴，鬍子不見了，臉頰也變得滑溜得很。

「你變成一個年輕的雪精靈了，這是因為你睡得很熟。」白雲帶他走到銀河下方，那裡的天空飄滿無數朵的雪精靈，大家手牽手，一圈一圈圍著，緩緩的踏著舞步。

老雪人精靈興奮的飄過去牽著大家的手，他聞到了自己熟悉的味道，那是雪精靈的味道。

這時天空變暗了，第一位雪人精靈踏上一片往下飄的烏雲上，他拉著他身旁的另一位雪人精靈，另一位又拉著一位，就這樣，無數圈的雪人精靈邊踏著舞步隨著烏雲往下飄，老雪人精靈也拉著周圍的雪人精靈，他一邊飄落一邊轉圈，一圈、二圈、三圈……。

【導讀】

老雪人雖然垂垂老矣，心中一顆善良的心依舊旺盛，雖然自己已經瀕臨死亡，還是想盡辦法要救岩鷚鳥。這份善良帶來後面循環的愛，也成就了自己的夢想。

老雪人因為救過岩鷚鳥，所以當他後來變成溪水，碰到即將被毒害的魚群，雖然想救他們，但心有餘而力不足的情況下，曾經被他救過的岩鷚鳥就挺身而出，拔刀相助，救了魚群，讓老雪人成了魚群的救星，知恩圖報的岩鸐鳥實在讓人激賞。

接著，當老雪人想被北斗七星的勺子舀入，帶回銀河去的時候，卻因為排隊落後，恐怕沒有機會如願。直到所有的魚群認出他是恩人，都爭相恐後的禮讓，讓他能夠優先進入勺子裡，因而可以來到銀河。也因為來到銀河，所以睡了個好覺，一醒來又是冬天，變成年輕的雪精靈，還和其他雪精靈一起跳一場雪舞，實現夢想。

當初老雪人要救岩鸐鳥只是當下的一念，絕對沒想到這份力量這麼強大，讓之後的困難都能迎刃而解。好美麗的善的循環啊！只要心存善念，有機會幫助別人時，不假思索的伸出援手，種下善因，他日，循環會像漣漪一樣再起，並且回到自己的身上。作者立意清楚，透過老雪人的經歷，讓我們讀完時，清晰感受到心中的善念，而且願意像老雪人一樣，把自己善良的心隨時在日常生活當中施展開來。

【作品出處】

本文發表於《二〇〇七年新竹縣吳濁流文藝獎兒童文學獎得獎作品集》。

【作者簡介】陳憬儀（1972-）

生於臺北，工作都在臺南，臺南慈濟國小文學社老師，致力於文學創作，並指導學生接近文學。著作有《攣生國度》、《門神少一半》、《風樹石之謎——綠靈傳說》、《大聯盟不死鳥：郭泓志的故事》等。曾獲九歌兒童文學獎、吳濁流文學獎兒童文學獎、臺南文學獎兒童文學獎。

門神找家人

陳憬儀 作

一

如果你爬過白頭山，就會看見山頭那間紅瓦厝，赤紅色的屋頂在一片綠色的山林中特別閃耀，那是農夫阿泰的家。

阿泰和阿美兩夫妻有一個上小學的兒子小智。

「今天也要麻煩你了！」每天，阿泰出去工作時，總會對著門上的一對門神尊敬的一鞠躬。

等到阿泰和孩子出門工作、上學，阿美就會拿著乾淨的濕布，替被小智暱稱為阿紅和白仔的門神擦拭身上的灰塵與偶爾劃過的蜘蛛絲。

「好舒服啊！」左門神阿紅最喜歡這一刻。

「不管舒不舒服，我們都得努力守護這個家！」

「是，因為我們是門神！」阿紅學白仔的口氣說話，還補了一句小智常說的：「阿紅白仔一出馬，小鬼妖怪全遭殃！」怪聲怪調的，連白仔也忍不住笑了出來。

一個初夏的晚上，晚風送來芒果花淡淡的香氣，阿泰接到一通電話，屋子的燈一盞一盞的點亮了。隔天早上，一輛卡車載走了阿泰一家人。

從此，阿泰一家再也沒有回來過。

阿紅和白仔等啊等，等到身上布滿灰塵，等到頭上纏繞好幾條蜘蛛絲，等到黃頭鷺去了又來。

「走！我們一起去找他們！」阿紅撥開爬到他肩頭的石龍子說。

「不行！我們是門神！門內人的守護者。」

「問題是，門裡沒有人！」

「他們會回來的！他們是我們的家人！」白仔堅持。

「對！他們是我們的家人，這麼久沒回來，一定出了什麼事，我們得去找他們！」

「不行！我們是門神！」

「膽小鬼！你不去，我去！」

這是阿紅和白仔第一次爭吵，吵到最後，兩人背對背，誰也不理誰。

天剛濛濛亮，「碰！」的一聲，阿紅從腐朽的門板上跳了下來，拍了拍許久都沒擦拭，滿布灰塵的衣裳，緩慢的，頭也不回地往前走。原本他的位置留下了一個泛白的身形。

另一扇門上，白仔定定的看著阿紅從五層樓高的巨大身影，越來越小、越來越小，變成一顆西瓜、一顆橘子，最後變成一顆綠豆，消失在他的眼前。

「開口吧！如果你開口喚住我！我一定留下來！」阿紅等待著，但白仔什麼都沒說。

「回頭吧！你只要一回頭，我一定會跟你走！」白仔等待著，但阿紅頭也不回。

「現在是在演哪齣？」一隻早起的大捲尾偏頭問一棵苦楝。

「昨天吵了一整晚。」一旁的銀合歡湊過來答話。

「就為了那件事？」

苦楝樹沒說話，他一向不喜歡說三道四，更何況，沒人知道阿泰家發生了什麼事。

「你說，阿泰這一家會不會回來？」銀合歡問。

「誰知道？我倒希望他們永遠都別回來，人類啊，不是什麼好東西！」大捲尾搖搖他的尾巴，盯上一隻樹蟬，拍拍翅膀飛走了。

二

上次去旅行是什麼時候？上次自己一個人是什麼時候？即使身為一個神，離開了門板，身體變大了50倍，當阿紅腳踏土地、頭望藍天，仍然感覺自己比腳下的螞蟻還渺小。

「轟隆！轟隆！」一陣巨響驚碎了阿紅的思緒。

「這麼快妖怪就出現了？」阿紅停了下來。

阿紅才停下來，四周就恢復一片寧靜，只有幾隻白鷺鷥悠閒地踱步田埂。

「唉！哪有這麼多妖怪，別自己嚇自己了！」阿紅邁開大步。

「轟隆！轟隆！」

「誰？快出來！」阿紅機警地望向四周。

聲音又消失了。

阿紅緩緩提起腳，沒有聲音。

阿紅慢慢放下腳，沒有聲音。

阿紅再次提起腳，沒有聲音。

阿紅再次放下腳，沒有聲音。

「難道是我的幻覺？」阿紅正要繼續往前走。

「轟隆！轟隆！」——「轟隆！轟隆！」——聲音越來越大聲，越來越近，就在阿紅的下方，阿紅低下頭，聲音是從他的腳上——再上面一點——再上面一點的肚子傳出。

「哈哈！原來……」阿紅捧著肚子笑了，離開門板，門神的神力少了，平凡人的感覺多了。

「到哪裡去找吃的呢？」阿紅環顧四周，沒有人、沒有餐廳；除了一片一片又一片黃澄澄的稻田，沒有任何可以吃下肚的東西。

阿紅輕輕一吹，吹斷了稻梗；再吹，吹落了稻穗。然後，阿紅從口袋裡掏出了一個像是小朋友玩扮家家酒用的，名為「燃燒吧！火鍋」的小鍋子，抓起一把稻穗，口中唸著：「煮啊煮！煮啊煮！香香米飯快快煮。」

不到三分鐘，阿紅的四周瀰漫著米飯的香氣，阿紅吃了一鍋又一鍋，把整片田都吃光了。

「哎呀！糟了！」吃飽飯的阿紅一回神才發現，他把農夫辛苦種的稻米都吃完了。

「怎麼辦呢？」阿紅在口袋中左掏右掏，只掏出一些元寶形狀的綠色種子。

「只有這樣了！」阿紅把種子往原本的水田裡一丟，「雖然不是稻米，也是好東西。」

阿紅滿意的收起「燃燒吧！火鍋」，繼續踏上他的「尋親之旅」，他每跨一步，種子就發芽一寸，當他回頭卻再也看不到那片田時，原本的水田已經長出一大片肥碩甜美的菱角。

三

門外的山林一如往常的平靜，甚至更靜，阿泰一家走了，阿紅走了，白仔所有的家人都離開了，門裡、門旁都空了。

門神本是一體，自從阿紅離開，雖然他還在門板上，神力沒少，但知道阿紅離開，特別來鬧事，從後門、窗戶溜進來的小妖、小鬼還真不少，他們在阿泰家，拿筷子當鼓棒敲碗、順著窗簾溜滑梯、在樑上翻跟斗，起初，白仔還會板起臉孔揮趕他們。

「真好笑，門裡都沒有人，你這門神還在那裝模作樣，是做給誰看呢？」一隻被白仔甩到相思樹上的小猴妖不服氣的說。

「是啊！我守護的是什麼呢？」白仔問自己。

他也不是沒想過要離開，但他離開了，萬一阿泰一家或者阿紅回來，誰來迎接他們呢？

從那天開始，不管小妖、小鬼甚至小蟲、小鳥進出阿泰家，白仔都不管了，他總是愣愣地望著阿泰、阿紅離開的方向，他現在不是門神，是等門者。

四

吃飽的阿紅，走了不知多久，終於走到城市的邊緣，當他正在思索如何找尋阿泰一家人，就被一陣烏濁的妖氣給嗆得喘不過氣來。

黑煙散去，阿紅見到一個個有著四個圓形的腳，身子兩側分別有一個到兩個嘴巴的無牙怪獸在路上或跑、或停，當人們走進他，他就會張嘴把人給吃了。

「原來妖怪都跑到城市裡，還吃了這麼多人，希望阿泰他們能夠平安無事！」變成少了一大堆法力的神人之後，阿紅的判斷能力和記憶力都衰退了不少，他完全忘記車子根本不是什麼妖怪。

「除妖斬魔是神的責任，可憐的人們，讓我來解救你們吧！」阿紅大喝一聲，低頭抓起了一台黃色的計程車，拉開車門，拉出車裡的人，把人輕輕放在路邊，一腳踩扁車子。

「好弱的妖怪！」阿紅得意的拿起第二台車，第三台車……。

一些車裡的人見到一個大巨人不停地破壞車子，嚇得從車子裡逃了出來。

「怕了吧！就算你把人吐出來，我也不會放過你的。」少了「救人」這件事，阿紅破壞車子的效率更高了。

所有的人都躲進屋子，就算膽子再大的人都只敢從門縫、窗邊偷偷窺看。

不過一個小時，路上的車子都被阿紅「殺光」了。阿紅揉揉膝蓋，一抬頭，一個滿臉鬍渣、滿頭亂髮的臉出現在許多高樓的牆上。

「我就說，剛才那些妖怪這麼弱，怎麼可能弄出什麼大災難，原來，真正的大魔王在這。」

「碰！」阿紅一拳揮出，打碎了一片電視牆。

「皮倒是挺硬的！」阿紅吹了吹發紅的手，繼續「除魔任務」，他完全不知道，那些牆都是電視牆，由於他在城市大搞破壞，所有的新聞台都在播放這則「災難」新聞，警告城市的居民當心這個「毀車巨人」。

當他打得正起勁，一隻手搭上了他的肩。

「還有啊！」阿紅回頭準備第三回合戰鬥，卻看到熟悉的人臉。

「白仔！你怎麼來了！」阿紅緊緊的抱住白仔。

「我再不來，你就要把這城市給毀了！」終究，白仔還是放心不下阿紅，離開了門板，順著阿紅巨大的腳印找到他。

五

「你看看這是誰？」白仔把阿紅拉到水池邊，阿紅低下頭，水面上映著正是剛才那個「大魔王」的臉。

「還沒死？」阿紅又是一拳，水花四濺，當水面恢復平靜，「大魔王」的臉再度出現。

「可惡！」阿紅拿起腰間武器，對著水面一陣亂砍，當然，水面再度恢復平靜，「大魔王」的臉依舊還在。

「怎麼殺不死？」

「廢話，你殺得死自己嗎？」白仔搖搖頭，「你試試看用手捏你的大腿！」

「為什麼？」

「你試試看，這可能是殺大魔王最簡單的方法。」

為了殺大魔王，阿紅狠狠地往自己的大腿捏下去。

「好痛！」阿紅的眉頭皺了起來，「大魔王」的眉頭也皺了起來。

「你試著用力捶胸口。」

「好痛！好痛！」阿紅的嘴歪了一邊，「大魔王」的嘴也歪了一邊。

「所以……」阿紅望向白仔。

白仔點點頭。

「哇！我被大魔王附身了！怎麼辦，要殺大魔王，不就只能殺了我自己？還沒找到阿泰，我不想死啊！」

「唉！你這是怎麼回事，你看不出來，那個『大魔王』就是你嗎？」

「怎麼可能？那『大魔王』又邋遢、又醜，怎麼可能是我？」

「你不相信？」白仔拿出一把「閃亮亮帥哥變身剪」，三兩下就修完阿紅的頭髮和鬍子。

「你看！」白仔讓阿紅再度看著水面。

「這下慘了！」阿紅跌坐池邊，「沒有大魔王！」

「也沒有小妖，那些是車子。」白仔無奈地說。

「怎麼辦！白仔，我，我毀了一個城市，毀了阿泰的城市！」阿紅放聲大哭，眼淚流成一條河。

「好了！好了！你再哭下去，又要造成淹水大災難了！」

「對！不能哭！我自己闖的禍，自己解決。我會把整個城市恢復原狀，然後請玉皇大帝處罰我。」阿紅吸了吸鼻涕，站了起來。

「你要去哪？」

「去把一台台的車子恢復原狀！」

「我跟你去！」

「不用，是我做錯事！跟你沒關係！」

「我們是夥伴、是朋友、是家人！怎麼會沒關係？」

阿紅沒說話，跟著白仔再度來到城市，沒想到城市外已經架起了高大的鐵絲網。

「看來我自以為是除妖者，卻成了人們眼中的妖！」阿紅苦笑著。

「沒辦法了，現在不只得把破壞的環境恢復原狀，還得洗去人們的記憶！」白仔拿出一顆神球。

「這是『忘東！忘西！忘光光！』之時光倒流球？」阿紅睜大眼睛，「但這得用我們最重要的記憶交換！」

「所以，我們會忘了阿泰他們！」

「我不要！」

「你還有更好的辦法嗎？」

阿紅抿著嘴，看著白仔將時光倒流球丟向鐵絲網，「啪！」鐵絲的尖刺插入了球心，一抹粉紅的霧氣流入了城市，溶入了空氣中，就像電影倒帶，鐵絲網不見了，高樓依舊聳立。

「叭叭！」「別擋路！」「小明！快一點。」城市恢復吵雜忙亂地原貌。

「走吧！」白仔拉著阿紅的手往家的方向走。

他們每走一步，腦海中阿泰一家的樣子就淡了一點，當他們抵達紅瓦厝，阿泰一家人對他們而言，只剩下名字的符號。

六

「有人闖入！」才走到家門口，阿紅和白仔就發現家中燈火通明。他們立刻跳上門板就戰鬥位置。

「好懷念啊！」門裡出現好幾個人，有年輕的、中年的、老的，看起來像是一家人。

「你們忙，我四處看看！」老人推著輪椅從門內走出，門神依舊保持警戒。

「嗨！門神！」老人對著阿紅和白仔打招呼。

「你看得見我們？」

「是啊，因為我快死了啊！」老人微笑著，「你們不記得我了嗎？想當初，你們還是我一筆一畫刻在木板上，讓我們家阿泰釘在門板上的。」

「你是……」

「阿水伯，大家都這麼叫我，你想起來了嗎？」

「沒有！」阿紅和白仔搖搖頭。

「沒關係，我是來跟你們告別的，我要死了，阿泰他們也要離開了，這些年，他們為了照顧住在醫院的我，就住在城裡找了工作。」

「所以，我們以為的『家人』，根本沒把我們當『家人』！」就算失去對阿泰一家的情感記憶，聽到老人這麼說，阿紅還是覺得自己的「尋親之旅」好傻、好天真！

「別怪他們！就算他們不離開，總有一天也會像我一樣，死亡、化為塵土。」

「那不一樣，因為生命終結而分開和被拋棄差很多。」阿紅嘟著嘴。

「你們是很棒的門神，當我刻成你們時我就知道，阿泰一家在你們的守護下，一直平安快樂！這裡面不管住著誰，都需要你們的守護，都是你們的家人。」

「照你這麼說，我會有很多很多的家人！」

「這樣不好嗎？」老人依舊微笑。

「阿公，你在跟誰說話？」一個年輕人跑出來。

「嗨！阿紅，白仔！」年輕人用手摳了摳阿紅的鼻子，「阿公，你知道嗎？阿紅白仔超厲害，只要他們一出馬，小鬼妖怪全遭殃！」

「呵呵，你怎麼知道的！」

「小時候班上同學聽鬼故事回家都會做惡夢，只有我沒有，這一定是阿紅和白仔的功勞！」

「他還記得我們！」聽見年輕人這麼說，阿紅覺得胸口熱熱的。

幾天後，阿泰一家離開了，之後，好多年好多年，紅瓦厝陸陸續續住進不同的人，如同阿水伯所說，門神的「家人」越來越多。

這一天，門神的木板被改釘到了紅瓦厝旁的「牛圈」。

「怎麼回事？現在連牛都要成為我的『家人』？」阿紅大驚失色。

「沒辦法，聽說這隻母牛生的小牛被嚇死了好幾隻，這次好不容易又生了，得有人好好守護牠。」自從聽了阿水伯的話，白仔不再懷疑自己的價值。

「但是……」阿紅還沒說完話，「哞！」一隻黃褐色的小牛走近門邊。

「呵呵，好癢，不要舔我！……好好好，我會好好守護你，當你家人……」

看起來只能這樣了，身為門神，必然擁有很多很多的家人，不管是人、是牛或是小貓小狗，都得全心全意的守護。

【導讀】

門神是守護者，守護著家裡的人，所以他們把被守護的都當作是自己的家人。

家人應該要共存共榮，當家人遠離，心中的思念可想而見，所以阿紅會想去尋找阿泰一家人。涉世未深的阿紅連現代的車子和電視牆都不能辨識，以為是怪物，所以用了洪荒之力加以殲滅，反成了人們眼中破壞物品的大怪物。

白仔不放心阿紅單獨闖天下，也是一種家人的牽掛之情。找到阿紅的時候，要幫他解決這個爛攤子的唯一方法，就是犧牲自己的記憶，才能把所有的破壞恢復原狀。所以當他們用時光球的時候，內心的矛盾與衝突，是值得我們關注的。但他們勇於負責的態度讓人敬佩，有得必有失，解決眼前的問題，卻要接受失去阿泰一家人的記憶的事實。

當他們再度回到原來住的地方，阿水伯和阿泰一家人已經回到家中，兩個門神才知道阿泰當初是為了照顧父親才離家一陣子，並不是要故意拋棄他們。心情得到撫慰，紅白兩個門神終於知道，身為門神，就是要照顧所有住在家裡面的人與動物。所以，雖然之後來來去去換了不同主人，甚至淪為養牛圈的門板，他們都能開心接納這個職務，因為認清事實，便能開心接受。

作者設計讓門神原本有溫暖的家，有具體的守護者，然後飽嚐失去的滋味，體驗尋找的經歷，最後終能把握當下，快樂過日子。起承轉合的手法很具體，事件的安排也具有童趣，最後的結局符合主旨，是一篇適合正在面對得失困境的青少年，去閱讀體會的童話故事。

【作品出處】

本文榮獲二〇一五年臺南文學獎佳作。

【作者簡介】張清榮（1951-）

生於雲林縣褒忠鄉，定居臺南市東區三十六年。國立高雄師範大學國文系博士，任職國立臺南大學兒童文學課程二十五年。創作獲獎無數，包括洪建全兒童文學獎，教育部中小學教師兒童文學獎，教育部文藝創作獎，中國語文學會中國語文獎章，文建會兒歌歌詞創作獎等。

記憶袋

張清榮　作

胡士誕是個做事不專心的小朋友，上學時不是忘了帶課本，就是忘了帶鉛筆，有了自動鉛筆管，偏又少了筆芯；考試時更是常向小朋友借橡皮擦，直到監考老師瞪大眼睛，要抓他「作弊」了，他才舉起手指，吐了一點口水，擦拭寫錯的答案，因此試卷就像煤礦工人的臉孔烏漆抹黑的。老師一再叮嚀他改過，他依然是如此健忘，所以小朋友送他一個名副其實的綽號——糊塗蛋。

在家裡「胡士誕」更糊塗，母親要他到雜貨店買一公斤糖，他卻買回一小包精製鹽；要他抱小弟餵奶，他竟然抱個小枕頭，害得媽媽啼笑皆非；父親要他提公事皮包，他卻到廚房提來菜籃子……「哎呀！真是傷透腦筋哪！」爸爸猛抽著菸，也不知道怎麼辦才好。

不過「糊塗蛋」有一顆善良、助人的心，他時常讓座，扶持老弱過馬路，冬令救濟總是捐得最多，同學的掃地區域太大做不完，他也樂意接下來做，但他總忘記他曾幫助別人許多忙。他不忍心踩死地上的螞蟻；也不忍心弄死花朵上的蝴蝶，從菜園中灌水抓到的蟋蟀，他更是每天添加新菜葉，養在深深的餅乾盒子裡，天天看著牠跳高、跳遠、賽跑，時常忘了寫功課。「克利利！克利利！」當蟋蟀摩擦翅膀唱起悅耳的歌聲，也就是他最滿足、最快樂的時候。

這一天「糊塗蛋」餵過小蟋蟀，趴在桌子上欣賞小蟋蟀黑油油的身子，兩根長長的觸鬚像是雷達天線，正旋轉著收聽四面八方的消息，翅膀是雪白的、透明的，就像科學小飛俠的斗篷，威風極了；六支健壯的腳走起路來，可以比美雙十國慶閱兵大典國軍雄壯的步伐。

牠走了幾回正步，停下來摩擦走瘦的腿，居然唱起歌來：

「克利利！克利利！我的衣服最漂亮！」

「克利利！克利利！我的歌聲最好聽！」

胡士誕覺得好驚奇！他聽到蟋蟀說話！而且說的是人類的話，他趕忙說：

「蟋蟀小弟，你再唱歌！蟋蟀小弟，你再走路！我喜歡聽你悅耳的歌聲；我喜歡看你走路雄赳赳的樣子！」

蟋蟀停止唱歌，那兩根雷達天線不住的旋轉，整個書房只聽見胡士誕興奮的呼吸聲音。

「克利利！小朋友，是你跟我說話？」

「我……我叫『糊塗蛋』不！我叫『胡士誕』！」

「克利利！你很糊塗，居然忘了自己名字，克利利！真好玩！」

胡士誕搔搔頭，拉拉衣裳，咬咬小指頭，顯得很不自在。

「小朋友，我送給你一件寶物，求求你放了我。」

「寶物？你那麼小？該不會是你的斗篷和翅膀吧！」

「你不要看我小就小看我喔！」小蟋蟀抬頭挺胸，自信滿滿的說：

「我是蟋蟀王子耶！我們蟋蟀王國的寶物可多著呢！」

「那好！我要一件幫助記憶的寶物，快帶我去拿吧！」

「沒問題，我就帶你去拿『記憶袋』！」

胡士誕高興得愣住了，就像著了魔，直到蟋蟀「克利利！克利利！」的催促著，他才抱起餅乾盒，依照牠的指示，在菜園水車旁放了牠；然後掀起水車第一個踏板，搬開水溝中的瓦片，撈起一個牛皮縫成，就像盛裝冰塊用來退燒的冰袋，它雖然只有一個大人的手掌大，上面卻長滿「智慧毛」。

當胡士誕一觸摸到「記憶袋」，他立即想起數學有一百題應用題還沒做完，再想到老師凶狠的眼神、晃動的竹鞭，他一刻也不敢停留，把記憶袋放進餅乾盒，飛奔回家！

說也奇怪，有了「記憶袋」，胡士誕簡直變了一個人，他很專心演算，因為他深信「記憶袋」會幫他思考，一百道應用題本來是一天也做不了十題，現在卻花五十分鐘就正確整齊的演算完了，使得爸爸看傻了眼！媽媽要做一道「海蜇腰花」，照著食譜抄了滿滿一張的菜單，他看過一眼，立刻到市場買回各種材料，幾兩幾錢幾匙，絲毫不差的！媽媽不再指著鼻子罵他「心不在焉」；同學自動取消「糊塗蛋」的綽號，大家跟他玩在一起，做功課、上學也都邀請他，胡士誕天天過得很快樂。

下午體育課，他玩得太累了，做完功課就躺在床上睡成「大」字，媽媽沒敢吵醒他；正為他整理書桌，想把不用的文具放進餅乾盒子，突然發現一個又黑又髒的皮袋子，趕忙泡了洗衣粉，丟進洗衣機，左搓揉，右迴旋，上沖下洗的把「智慧毛」洗得一乾二淨，晾在書桌上。

第二天清早，當他觸摸到「記憶袋」光滑的表面，他嚇呆了，早已忘記上學的事，直到鄰居小明邀他上學，他竟把媽媽的皮包當成書包，也忘記換下睡衣，就迷迷糊糊的上學了。

經過菜園，熟悉的聲音又響起來了：

「克利利！克利利！我告訴你吧！『記憶袋』只是個普通袋子，它不能幫助你記憶，以後只要自己專心，做什麼事都會成功的！」

胡士誕像是想通了什麼事，發現自己這一身打扮實在可笑，趕忙回家換好制服，背著書包上學去了。

【導讀】

童話是先人留給後代的珍寶，童話故事裡所蘊含的哲理和經驗，可以覆蓋人生的不同境況。也就是說，生活中所遭遇的每件事，每個問題，都可以通過與其對應的童話來找到出路或解決辦法。而每一則童話的本質，都在於

「轉變」二字。換句話說，每個童話故事都在講述一個轉變的過程。例如青蛙變王子、睡美人甦醒、磨坊主女兒當上王后，這些都是直觀的轉變。還有漢斯在放下一切後得到的幸福、格麗特在對抗巫婆時的勇敢，這些則是內在的轉變。

胡士誕有迷糊、健忘、偷懶的個性，不論是上學或在家裡，都是個惱人的孩子。這或許也是他自己的困擾，但是因為他的善良得到蟋蟀王子的幫助，給他記憶袋，讓他轉變了健忘的特質，偷懶、迷糊的現象也都改變了。直到最後，他的記憶袋被媽媽洗成普通的袋子，但因為行為模式已經改變，蟋蟀王子就告訴他，那原本就是個普通的袋子。胡士誕的轉變是內在的，當他內在轉變，外在行為也都跟著改變。這是一個非常美好的結局，同時也展現了童話的本質。

作者設計的這個胡士誕，雖然迷糊健忘，但是可愛的他，心地善良，愛幫助別人，不跟人計較，這些更是難能可貴的特質，也是他獲得記憶袋的主要原因。所以善良、不計較、熱心才是最好的個性本質。

【作品出處】

本文摘自《騎著彩虹唱童年．記憶袋》。

【作者簡介】毛威麟（1947-）

生於臺南六甲東邊靠近珊瑚潭水庫的小村落。退休校長，服務教育界四十一載，之後回歸山居潭畔過著田園生活。曾參加洪建全文學創作徵文：〈珊瑚潭畔的夏天〉獲第八屆少年小說獎、〈小魔鼓〉獲第九屆童話獎；臺灣省教育廳兒童文學創作多次獲獎：童話〈垃圾山上的魔王〉獲得第一屆社會組第一名，童話〈過山蝦要回家〉獲得第十屆首獎；九歌現代少兒文學獎徵文，以少年小說〈藍天鴿笭〉獲獎。

過山蝦要回家

毛威麟 作

有一條小溪，從很遠的高山上流下來，流過了好幾座高山，流過了一望無際的平原，最後才流進了大海。

在溪水流進大海的地方，那兒叫做「出海口」。在這裡聚集了數也數不清的魚兒、蝦子、螃蟹……等等；這兒食物豐富，景色又好，每天看著夕陽西下、彩霞滿天的美景，就令人陶醉不已，所以這裡的水族兄弟，一直過著非常快樂的日子。

雷噴噴是出海口蝦族中跳得最高、也是體格最棒的一隻過山蝦；「過山蝦」體型並不很大，但是擁有噴射彈跳的特技，那是他們與生俱來的專長，技術差一點的，總可以彈跳兩、三公尺，高手級的，一次可以彈跳六、七公尺，好像可以跳過一座高山一樣，所以才有「過山蝦」的美譽。雷噴噴要彈跳之前，都會先把身體儘量蜷曲起來，然後再突然用力挺直，加上強大的尾鰭向下拍水，他就會像壓緊的彈簧忽然放鬆一般，彈射出水面來；不但跳得高，而且又會發出「噴！噴！」如輕雷般的響聲，因此大家才叫他「雷噴噴」。

「雷噴噴……噴噴！怎麼在那兒發呆！」過山蝦族最美麗的水噹噹游過來跟雷噴噴打招呼。

水噹噹身體兩側的橘色斑點特別明顯、特別漂亮，所以大家也稱她是「過山蝦之花」。

雷噴噴回過頭來，看了水噹噹一眼，「噢！」的一聲又抬頭望著東邊的天空。

「噢什麼噢？一點兒禮貌都不懂，哼！不理你了。」水噹噹碰了一鼻子灰，不高興的扭過頭去，自顧自的抓小蟲吃。

這下子反倒讓雷噴噴猜不透了，水噹噹一向是個性最溫柔、脾氣最好的過山蝦之花，為什麼今天只為了一句招呼就生氣呢？

其實，這樣的情緒反應最近一直困擾著雷噴噴。這幾天以來心中老是不舒坦，怪煩悶的；這是出生到現在從來不曾有的感覺，到底是什麼原因，一時也說不上來。如今是看這兒的一切都不對勁，好像有一股神祕而不可知的力量，在所有過山蝦的體內滋生，呼喚著他們：

「回家吧！」

「游回老家產卵吧！」

過山蝦不是直接在出海口產卵孵化的，他們的故鄉在這一條溪流的最上游，離出海口少說也有好幾十里遠呢！過山蝦在高山溪谷中產卵，蝦卵會隨著溪水飄流到出海口附近孵化成小蝦苗；小蝦苗稍稍長大之後，再逆流浮游回到原先產卵的溪谷中產卵；一代傳一代，生生不息。從小蝦苗上游回產卵的地方，大約要八十多天，每過了七天左右就脫一次殼，才長大一點點。

過山蝦要回家的路途可真遙遠哪！沿途有漩渦、急流；也有大大小小的石頭擋路；又有以逸待勞的尖啄水鳥；更有偽裝藏在水草叢中的捕蝦籠。這一道又一道的危險難關，過山蝦們並不知道，他們心中只是不停的吶喊著：

「回家！」

「回老家產卵去！」

這是一個不算很好的天氣，天空陰沉沉的、海水冷冰冰的，不過卻有好多好多、多到數不完的過山蝦，在出海口集合在一起，東跳跳、西跳跳，水面上像是一鍋煮開的熱水，翻滾不停。故鄉神祕呼喚的力量牽引著他們，出海口的豐盛食物再也留不住他們；夕陽西下的美景也不能令他們留戀；沒有任何一件事情會比回家更重要。

他們一定要回家，回到開滿黃色小花的相思樹林中，樹林中的溪流就是他們美麗的故鄉。

雷噴噴是噴射彈跳的金牌高手，公認的領袖人物。

「各位兄弟姊妹們，出──發──囉！」雷噴噴用力彈射出水面，再一次展現他的特技；就在躍起的最高點上，發出大家期盼已久的命令。

壯觀的場面就好比萬人馬拉松比賽槍聲響起一般，只見一個頭接著一個頭，迅速地向前鑽動，不！應該說是「迅速地彈跳前進」才符合眼前的景象。

哎呀！不好了──

成群結隊的水鳥突然飛來了，有的從高空俯衝而下；有的在低空盤旋繞圈；每一隻水鳥都把嘴巴張到最大，一開一閉之間，好幾隻過山蝦就被裝進水鳥的肚子裡了。

在遼闊的水面上，躲也沒地方躲，直到轟炸機似的水鳥們，吃得肚子再也裝不下一粒沙子，他們才嘎嘎叫的飛走，可是過山蝦卻已折損一大半了。

雷噴噴和水噹噹機警的往水裡深處躲藏，剛剛出發就遇上這麼不幸的事情，水噹噹哭著說：

「好可怕呀！前面的路還那麼遠，不知道有多少危險會降臨到我們的頭上呢！」

雖然前途充滿了無法預料的危險，大夥兒依然鼓起勇氣前進。

剛剛過了第一次脫殼的日子，雷噴噴就看到許多兄弟姊妹因體力不支，而奄奄一息的隨水飄流；有的靠在水底石頭旁邊，大口大口喘著氣：

「呼——，游不動了。」

雷噴噴總是一再鼓勵那些落後的過山蝦：

「加油呀！不要停下來，我們的家鄉就在前面不遠的地方。」

山勢越來越高，溪水中的石頭也越來越多、越大，寬闊的溪谷佈滿了大大小小的鵝卵石，溪水就在這些鵝卵石陣中彎彎曲曲的流著。

過山蝦前進的速度無形中慢了下來，他們利用白天前進，晚上儘量休息養足體力，準備第二天的彈跳衝刺；每過了一個星期，脫了一次殼，都讓他們感到生命真美麗，而且充滿無限的希望。

故鄉神祕的呼喚，感覺愈來愈強烈，溪水中有時也可發現稀落落的黃色花瓣，那是相思樹的小花；家，好像就在前面不遠的溪谷中。

努力呀！跳過激盪的漩渦，躍過阻路的石頭，飛過險惡的斷崖，前進！前進！永不退縮。

過山蝦互相扶持，互相加油打氣，渴了就喝一口溪水，餓了就抓起小昆蟲或小魚兒充飢；為了延續下一代的生命，再大的困難都得克服。

水鳥不會再飛到這兒吃他們了，但是卻有更多的過山蝦誤入人類埋伏的捕蝦籠中，成為人類桌上的佳餚；也有的成了溪流中凶猛魚兒的美味點心。僥倖逃過來的過山蝦數量已經變得很少了，眼前又有一個更大的災難，毫不留情的打擊這一批努力要回家的過山蝦。

強風挾著豪雨，肆虐了一天一夜，山洪暴發，大量的土石木頭隨著溪水急衝而下，滾滾洪流吞噬了整個溪谷，清澈的溪水也變得混濁不堪，過山蝦又如何能躲過這一場浩劫呢？

颱風過後的第五天，洪水退了，溪谷又平靜下來。雷噴噴和水噹噹從一道彎曲的小支流中，掙扎著游了出來。

水噹噹流著淚，傷心的看著雷噴噴，「噴噴……」水噹噹一張開嘴巴就嚎啕大哭，再也說不出話來。

雷噴噴拍拍水噹噹的肩膀，安慰她不要哭，自己卻也忍不住流著淚說：

「沒想到回家的路會這樣的艱難……我看，大夥兒恐怕……恐怕是凶多吉少了。」

「喂——雷噴噴、水噹噹，我們在這兒哪！」

「哇！太好了！老天保佑。」雷噴噴回頭一看，大概還有兩百多隻的過山蝦正向他們游過來。這些幸運的生存者都已經脫了五、六次殼，長成健壯的大蝦了，所以才有能力通過一次又一次的考驗。

等所有的過山蝦都游了過來，雷噴噴才說道：

「游過眼前這一道有斜坡的溪流，我們就回到家了。」他又從溪水中夾起一朵小黃花，提高聲音說：

「這是最重要的時刻，只要我們能夠堅持到最後一分鐘，勝利一定屬於我們的。」

大家一聽家就在前面的地方，個個興奮的施展出噴射彈跳的特技，輕鬆跳過這一道溪流中的斜坡，呈現在眼前的是一處開闊的溪谷，嘩啦……嘩啦……的水聲響個不停。

大量的溪水從一堵高高的石牆上奔流下來，在石牆下匯集成一個廣大的水潭；溪水從高高地方流下來時，激起了陣陣水氣和嘩啦嘩啦的聲音。潭水很深，深不見底；水面飄著許許多多黃色的相思樹小花。

「這一堵石牆是什麼東西？是誰在這裡砌這麼高的石牆呀？！」

過山蝦個個抬頭望著這一堵光溜溜、高上青天的石牆；誰也不知道那堵石牆是什麼？為什麼會蓋在溪流的上游。

雷噴噴說：

「石牆上面的溪谷就是我們的老家……這些黃色的相思樹小花，就長在我們故鄉的相思林中。」

這一堵高上青天的石牆，叫做「攔砂壩」。人類用鋼筋水泥在河流上游建造攔砂壩，擋住山上沖下來的土石，免得淤積在河流下游而造成水災。

「這一堵比天還高的石牆，它把我們回家的路給切斷了，怎麼回家呀？」水噹噹忿忿不平的說。

過山蝦在潭水中游來游去，個個找機會彈跳起來試一試，但總是摔得鼻青臉腫，甚至有的被堅硬的石牆撞得斷手斷腳，哀聲連連。

雷噴噴看到這種情形，悲哀的說：

「各位兄弟姊妹們，我們好不容易的回到這裡，這一趟回家之旅到這兒也許是終點站了。由於這一堵高得離譜的攔砂壩，讓我們再也回不到爸爸媽媽居住過的美麗溪谷了。」

所有的過山蝦聽到回不了家，馬上哭了起來。

「我們要回家，我們不要留在這裡呀！」

雷噴噴聽到大家的哭喊，更加悲憤的說：

「我們在溪流的甲殼類中，雖然稱得上是體型最大的，可是在人類眼中，我們只是微不足道的小蝦子罷了。人類築了高牆擋住土石洪水，可是他們卻沒有想到這麼做，就把我們的生路完全阻斷了……。」

「在秋天來臨之前，溪水漸漸乾涸之後，我們將面臨餓死和滅種的命運……。」

說到這裡，雷噴噴也泣不成聲，再也說不下去了。

連噴射彈跳的金牌高手都望牆而泣，其他的過山蝦更不用說了；大家除了哭泣之外，還能有什麼好辦法呢？

水噹噹紅著眼眶，過來安慰雷噴噴說：

「噴噴，別太難過……你看到石牆中間那塊突出的小石頭嗎？」

雷噴噴抬起頭來仔細一看，然後點點頭。

「你可以利用那塊小石頭墊一下腳，接著再向上面彈跳呀！」水噹噹一面說著，一面用手勢比劃著。

其他的過山蝦也圍了過來，紛紛出主意。

「噴噴，你跳得那麼高，來個接力二級跳就行了。」

「先跳上中間的那塊小石頭，停一下再往上跳，一定可以越過石牆的。」

雷噴噴想了想，搖搖頭說：

「那麼高的地方，我看不行吧！」

「沒試過怎麼知道不行呢？」水噹噹不斷給雷噴噴鼓勵說：

「試一試嘛！萬一真的上不去，再想別的法子呀！千萬別放棄呀！」

東一句的鼓勵，西一句的加油，激起了雷噴噴試一試身手的勇氣。他先動一動身子，揮舞兩支強而有力的臂膀，慢慢蜷曲身體，在水潭中迅速繞了一圈，看準那塊突出的小石頭，然後用力向上一彈——

「噴——」

啊！還不夠高，雷噴噴馬上就重重摔了下來。

雷噴噴不灰心，他甩了甩頭，再度揮舞臂膀，突然——

「噴——」

「噴——」

嘩！上去了，上去了！

雷噴噴越過高牆了，他可以回到老家去，回到爸爸媽媽居住過的美麗溪谷了。

其餘的過山蝦也試著用同樣的法子彈跳，可是卻沒有一隻成功的。

水噹噹低下頭來，幽幽的說：

「看樣子，這個水潭真的是我們回家之旅的終點站了，我們都將在這裡度過最後一個秋天了……。」

就在這個時候，「咚！」的一聲，雷噴噴又從高高的石牆上面跳下來了。

「噴噴怎麼回事呀？」水噹噹驚訝的問。

雷噴噴喘了一口氣說：「只有我能回家也不行呀！」

「那你又下來做什麼呢？」

雷噴噴馬上回答說：

「我拉著妳，看看能不能上得去。走吧！」

水噹噹遲疑的說：

「這樣行嗎？」

「沒有試過怎麼知道行不行呢！」

於是雷噴噴拉著水噹噹的手，用力向上彈跳。

「噴——噴噴——」

不行，太重了；石牆實在太高了，跳不上去。

「再試一次！」

「噴——噴——」

「啊——」水噹噹一聲驚叫，重重的跌落下來。

雷噴噴用力過猛，彈跳的方向抓不準，整個頭往突出的小石頭撞上去。他的手一鬆，水噹噹就摔下來了。

雷噴噴只在潭水上面浮了一下子，然後就慢慢的往下沉、往下沉……，他再也不會浮上來了；沉下去的時候，他那強而有力的臂膀還緊緊抓著兩朵黃色的小花。

水潭中的過山蝦放聲大哭，但是他們的哭聲被攔砂壩上「嘩啦——嘩啦——」的溪水聲掩蓋過去，任誰也聽不見過山蝦們悲慘絕望的哀泣。

秋風一陣陣吹起來了，溪水慢慢乾涸了。

過了不久，只見溪邊芒草下，有一些灰白色的蝦殼在秋風中飄盪……。

【導讀】

洄游是不少品種的魚類在生命周期中，定期離開原有棲息場所，大規模遷徙的現象，距離從數公尺到上千公里都有。魚蝦類一般都會因為尋食或繁殖等原因而有洄游現象。

由於成長環境及過程不同，形成生物的多樣性變化。我們最熟悉的鮭魚一直是在深海中成長，當他們進入繁殖期準備交配時，就會從深海游向陸地的淡水河流，之後一路溯河而上，游到上游高冷地區交配、產卵。等產下卵後，成魚達成繁殖後代的目的就會紛紛死亡，留下成群的卵等待孵化。剛從卵中孵出的幼魚會開始一路沿河入海，回到他們父母成長的深海中生活。等他們成長到繁殖期又會迴游，週而復始，形成深海鮭魚迴游的循環生態。

臺灣有很多洄游生物，尤其以黑潮所帶來的熱帶型淡水生物最多，其中蝦虎魚科和鰻鱺科魚類洄游性的種類居多。但是臺灣人沿著河川蓋了許多攔沙壩，改變了水流，影響了水溫，阻斷了魚類找尋適當水域產卵覓食的生理需求。這些攔沙壩應該要設魚梯等保護措施，才能讓許多洄游性魚類越過人工障礙完成繁衍的任務。因為水利建設在設計之初就缺乏生態觀念，有的不是相關設施不完整，就是容易損壞而無法發揮功能。人類長期以來缺乏生態保育觀念，棲息在自然河川中的生物得不到應有的尊重和照顧。許多洄游魚類在天然變化和人為改變等環境因素下，無法順利洄游完成繁衍的工作，最後徹底滅絕。

作者深諳生態環境，感受深刻，描述自然生動。透過這個故事的呈現，是個控訴，也是個提醒，悲劇收場，讓人泫然。我們該為生態環境保護，做出更多具體行動才好。

【作品出處】

一九九七臺灣省政府教育廳第十屆兒童文學創作首獎。

【作者簡介】李光福（1960-）

從小在臺南市楠西區長大（原臺南縣楠西鄉），出版兒童文學作品一百餘本，重要著作有《爸爸放暑假》、《我也是臺灣人》，作品曾獲好書大家讀、金鼎獎入圍、九歌文學獎等獎項。目前已自教育界退休，專職寫作。

冰雹小弟賣剉冰

李光福 作

天空中，住著雲家族、雨家族、雪家族和冰雹家族。

有一天，冰雹家族發生了不幸的事情——冰雹爸爸工作時，不小心掉落到地面上。冰雹媽媽在空中扯破喉嚨的大聲呼叫，可是冰雹爸爸沒有再回來，也失去了音訊。

冰雹爸爸失蹤後，家裡只剩下冰雹媽媽和冰雹弟弟，弱的弱，小的小，一家的生計頓然失去了依靠，冰雹媽媽整天以淚洗臉，不知道該怎麼辦才好。

過了一段時間，冰雹媽媽覺得再難過下去也於事無補，她決定振作起來，找個工作來做，擔負起家計。

可是，有什麼工作適合她做呢？想了好久好久，冰雹媽媽終於想到一個好點子，那就是——賣剉冰。因為製作冰塊本來就是冰雹家族的專長，還有什麼工作比賣剉冰更適合她呢？

打定主意後，冰雹媽媽立刻展開所有的準備工作。她到「天空市場」

李光福

租了一個攤位，擺了幾張桌子、椅子，放一台剉冰機，再添購一些盤子、湯匙；至於冰塊，家裡有現成的，根本不用擔心，她只要事先把配料準備好就可以了。

一切準備就緒，冰雹媽媽開始在「天空市場」裡賣起了剉冰。

冰雹媽媽製冰的技術本來就很高超，而她精心調製的配料，味道、口感也不錯，加上她以「料多實在、物美價廉」的原則賣剉冰，所以才剛開張，生意就好得不得了。

每天，攤位前總是門庭若市，吃冰的客人絡繹不絕。冰雹媽媽一個人要應付剉冰、端盤子、收帳、洗盤子等工作，偶爾還要和客人聊聊天，簡直忙得不可開交。有時候，她實在忙不過來了，就會叫冰雹弟弟到攤位上幫忙。

可是過慣了舒適、安逸生活的冰雹弟弟，心裡卻不這麼想。他認為在大庭廣眾之前拋頭露面，還要大聲的吆喝，是一件很丟臉的事，所以每次媽媽一叫他，他就嘟著嘴，臭著臉，心不甘、情不願的跟著媽媽來到攤位上。

「媽！你為什麼不開一家自助冰店呢？」冰雹弟弟問。

「開自助冰店要有店面，房租比較貴，我們付不起，路邊攤比較便宜呀！」冰雹媽媽說。

「可是自助冰店比較衛生啊！而且也不用這麼忙碌。」

「唉！你也不想想我們家的情況，有錢賺就好了，還有什麼好挑的？」

「可是……」冰雹弟弟還想說。

「可是什麼？很沒面子是不是？我們是憑勞力賺錢，不偷不搶，管他有沒有什麼面子？」

冰雹弟弟被媽媽這麼一說，雖然一句話都不敢再說，可是他還是覺得開自助冰店比較好，不用在大眾面前丟人現眼！

這一天，冰雹媽媽身體不舒服，沒辦法做生意，就叫冰雹弟弟去賣冰。冰雹弟弟聽了，差點暈了過去，他雖然有一千個、一萬個不願意，可是又不敢違抗媽媽的意思，只好嘴裡猛嘀咕著，氣呼呼的去市場賣冰。

冰雹弟弟站在攤位上，怕被別人認出來，所以一個頭低得不能再低，好希望時間可以過快一點，這樣他就可以脫身，不必再受罪了。

「咦？今天怎麼換冰雹小弟賣冰了？來一盤蜜豆冰！」

「我要四果冰！哈哈！冰雹小弟還真像小老闆呢！」

冰雹弟弟還是被人認出來了！客人的話傳進耳中，讓他覺得很刺耳、很不舒服，羞愧得好想找個地方躲起來。

後來，他真的受不了了，就趁著大家不注意的時候，把所有的冰塊全部往地面倒下去，然後收拾好東西，匆匆的離開了。他怕回家會被媽媽罵，就決定先去玩耍，傍晚再回家，這樣媽媽就不會發現他沒有做生意了。

那些被冰雹弟弟倒掉的冰塊，從空中掉到地面上，砸壞了許多農作物，也砸破了好幾輛車子的擋風玻璃。人們被這突來的異象嚇了一大跳，議論紛紛的直說：「好端端的，怎麼會下起這麼多、這麼大的『冰雹』呢？」

傍晚，冰雹弟弟回到家，冰雹媽媽問：「今天生意怎麼樣？賺了多少錢？」

冰雹弟弟心虛的說：「呃……今天客人很少，所以……只賺一點點錢！」說完，就把唯一賣出去的兩盤冰的錢交給媽媽。

「這樣啊！那明天你可得加把勁兒囉！」

冰雹弟弟點點頭，立刻躲進房間裡。

第二天，冰雹弟弟又去賣冰了。他用相同的方式把冰塊處理掉，然後跑去玩耍；回到家後，他又用相同的理由瞞騙媽媽。而這次被冰雹弟弟倒掉的冰塊掉到地面後，砸傷了好幾個路人，有一兩個還嚴重到被送進了醫院。

幾天後，冰雹媽媽身體恢復了，開始賣剉冰了。

「這兩天你去哪裡了？怎麼沒有做生意？」

「對嘛！沒有吃你的剉冰，我渾身都不舒服！」

聽了客人們一連串的問題，冰雹媽媽覺得很疑惑：「怎麼沒有做生意？我不是叫兒子來賣嗎？難道……」

後來她聽到從地面傳來「冰雹」釀成的災情，知道這一定是冰雹弟弟做的好事，心中非常憤怒，收拾好東西，生意不做了，疾速衝回家裡去，狠狠的把冰雹弟弟教訓了一頓，並且罰他從此天天跟她一起去賣冰。

隔天，冰雹弟弟跟著冰雹媽媽來到攤位上，他雖然還是不太情願，卻不敢表現出來。媽媽要他專門負責剉冰，他就低著頭，一碗接一碗的剉著。

「哎喲！冰雹媽媽，冰雹小弟都會幫你做生意了，你真好命喔！」雪媽媽說。

「冰雹小弟好棒呀！會分擔家事，哪像我家那個頑皮鬼，整天只會到處流動！」雲媽媽說。

「我家那個小搗蛋也一樣，成天只會玩水，唉！他如果有冰雹小弟的一半乖就好了！」雨媽媽說。

冰雹弟弟一面剉著冰，一面聽著這些讚美，他覺得很不好意思，頭低得更低了，可是他也很高興，所以剉得更賣力、更起勁！

因為他剉得很賣力，一些小小的碎冰塊就迸了出來，掉落到地面上，形成「小冰雹」；這些「小冰雹」的顆粒小，沒有造成破壞，也沒有人受傷，反而蔚成一種奇觀，讓人們看得嘖嘖稱奇。

「媽媽說的沒錯！我們是憑勞力賺錢，不偷不搶，還管什麼面子不面子？」冰雹弟弟這樣想著，心裡感到很舒坦，也剉得更來勁兒了，許多小小的碎冰塊又迸了出來，掉落到地面上……

【導讀】

隨著社會型態的改變，單親家庭越來越多，陷入家庭經濟困頓的也很多，需要擔負起家庭經濟的婦女多了！需要面對家庭負擔的孩子也多了！

作者了解現在孩子的心理，了解單親孩子的心情，更了解要為生活奔波孩子的苦楚。透過冰雹小弟賣剉冰的故事，細膩深刻的描述孩子面對家庭經濟拮据的困境，以及因為媽媽身體不適，必須挺身而出，擔起責任，拋頭露面去賺錢的情緒。當同年紀的孩子正快快樂樂的玩耍，自己卻要埋頭苦幹，為家裡付出心力。當下甚至害怕被同儕看到，被取笑，甚至被霸凌，所以會顯得畏畏縮縮，甚至選擇不願意面對。因此就會有許多錯誤的行為產生。

作者觀察到這樣的現象，以冰雹小弟為例，用童話手法娓娓訴說故事，發揮人間的溫暖，讓街坊鄰居用語言鼓勵他，稱讚他，肯定他。這對一個孩子而言，是一個正面的鼓舞，讓他知道自己靠勞力賺錢絕對不是恥辱，是正向的行為，是莫大的勇氣，是值得嘉許的。所以冰雹小弟終於願意用陽光的心態面對自己的處境，面對要自己靠勞力賺錢的事實，轉變心境，用快樂的心迎接未來。

作者寫作的出發點，是希望每個人都體認到，貧窮並不可恥，不願面對才是懦弱；更希望大家多留意，常言道：「良言一句三冬暖，惡語傷人六月寒」，平時說話要有溫度，對需要關懷的孩子，多用鼓勵的語言和眼神，來給他們力量，給他們溫暖，讓社會充滿向上、向善的契機。

【作品出處】

本文曾發表於二〇〇八年九月十日《更生日報》。

【作者簡介】林淑芬（1967-）

生於臺南市後壁區。臺南市新營區新泰國小教師。著有《神秘森林的神秘事件》、《南瀛作家作品集．大榕樹小麵攤》、《美麗的烏樹林》等書。曾獲國語日報牧笛獎，陳國政兒童文學獎，文建會兒童文學創作獎，南瀛文學獎。喜歡寫作，近年開始創作兒童劇本，所編導的微電影連續五年獲臺南市第一名。

土雞危機事件

林淑芬 作

土雞場，就在山坡上。有一個操場那麼大，一大片草地和一小片竹林，周圍架著半人高的鐵絲網，一間木造的雞舍，是土雞們睡覺的地方。

土雞自稱這裡是「孤雞院」，他們沒有雞爸爸、雞媽媽照顧，也不知道雞爸爸、雞媽媽長什麼樣子。這些小雞兒自小一起長大，一起被主人帶到這山坡上來，自小養著他們。

主人住在離土雞場不遠的地方。他對土雞們還滿好的，雖然在山坡上有天然的食物可以尋找，不過主人怕這些小土雞們吃不飽，每天還是餵個兩餐。

土雞們還小的時候，都在可遮風避雨的雞舍裡活動，等到雛毛換上羽毛時才開始在外頭的草地上做運動。

土雞們的運動很簡單，就是「盲從」的群眾運動，所以常看到這些小土雞們整齊畫一的運動：走到北邊、走到南邊、走到東邊、走到西邊；跑上坡、走下坡；轉頭、低頭、抬頭、回頭、點頭，都是在做群眾運動。

偶爾還可以看到一兩隻獨立運動的雞兒，雞群往前，他往後；雞群向右，他向左，不過這種機會很難得。

經過幾個月的成長，土雞體型有了差異，有雞兒已經像成人雞一般雄壯了，有雞兒卻仍然像剛換毛的小公雞。

這一群土雞中，那一隻名叫「阿飆」的雞，算是最最最特別的一隻，個子比其他雞小，年紀卻比其他雞還大。同伴叫他「阿飆」。阿飆自稱自己是「飆雞」，長得很醜，非常不起眼！

冬天一到，他們開始發現有一些奇怪的事情發生，像是飼養他們的主人在非吃飯時間出現，還有帶著陌生人前來觀察。還有，幾天前還一起用餐的朋友，一覺醒來，有些土雞朋友卻失蹤了。經過一星期的觀察，失蹤的都是那些那些長得漂亮、身材健壯的。

這群土雞在吃飯時間討論這樣一件事。

「會不會離家出走了？」

「是不是被主人帶走了？」

「還是飛走了？……」

大家你一句我一句討論著，有的雞往好處想，大夥兒就說：對對對。有的雞往壞處想，大夥兒就說：是啊是啊是啊！

沒有雞有主意的！

阿飆說話了：

「喂！聽我說。」阿飆難得說話，原來他不僅外表怪，連聲音也很特別。大家連忙靜下了聽他要說些什麼。

「這些失蹤的雞朋友，永遠不會回來了，他們都到另一個國度去了。」大家聽了都嚇得不敢出聲音，臉色發白。阿飆又繼續說：

「如果我猜得沒錯，下一位失蹤的就是阿德了！」

大家看著全場最漂亮、最高大的「阿德」雞，阿德心地很善良，不僅長得漂亮待人也很和氣，是母雞們的偶像！其中有雞問說：

「為什麼？他是好雞，好雞會又好報，怎麼會失蹤？」

「你們不知道我們雞兒們最後的下場嗎？」大家聽了拼命搖頭，沒有雞知道！

阿飆環視了一圈，很肯定的說：

「就是住進人們的肚子裡！」

阿飆一說完，全場的雞先一愣，然後大笑不停，笑得「雞」仰馬翻，有的雞還笑到躺在地上滾，嘴裡還說：「天啊！笑死我啦，笑死我啦！」

那一隻叫「阿壽」的雞，還笑到掉眼淚，說：

「看我們主人的肚子那麼小，我們怎麼住進去呢？你也太好笑了吧！」

阿飆看到全場的反應，冷冷的說：

「把你切成小小塊，就裝得進去了！」

「！」「！！」「！！！」

全部的雞聽到這話，有的雞嚇得昏倒在地。沒昏倒的驚慌失措滿場跑嘴裡喊著：

「天啊！救命啊！殺雞啦！殺雞啦！有人殺雞啦！」土雞們好像瘋了。

幾隻比較鎮定的跑到阿飆面前問：

「阿飆，怎麼辦？怎麼辦？」

「是啊！是啊！救救大家吧！」大部分的雞也都勉強讓自己鎮定下來。

阿飆清清喉嚨，大叫說：

「減肥可以保命！」

「為什麼？」這樣的答案實在奇怪。大家不解！

「因為只要天氣越冷，人們就越愛吃雞，尤其最喜歡吃又肥又嫩的雞！所以說，那些把自己吃得肥嘟嘟的要小心了，因為他們最喜歡你們！」阿飆用肯定語氣說著。

所有的雞開始彼此瞧瞧，暗自比較！心想：

「還好，他比我肥一點！我比較高，可是比較瘦。」

「我這兩天都沒搶到東西吃，看起來應該比較瘦吧！」

「糟糕！平時我真的吃太多了，除了飼料還到處找零食吃，這下真的慘了！」

「……」

阿飆向大家說起自己去年是如何躲過這個浩劫：

「我自去年就住在這裡，我算是這裡的長老了。因為我個子小，力氣也小，所以時常搶不到食物吃，而那些又肥又大又壯的雞朋友下場都很慘，我雖然又瘦又小，不過也因此躲過一劫。」

大家相信阿飆說的，並且決定「減肥」！

雞群為了保命，都去請教飆雞如何減肥，飆雞馬上開了一班短期的減肥班，而那些平時神氣極了的公雞也都加入減肥的行列。

「你們想要減肥，第一就是不要再吃了。」

每隻雞聽到不能吃東西，紛紛議論起來：「那不餓死了嗎？」

「不會！你們自己去找食物吧！整個山坡地除了主人給的飼料外，有很多東西可以吃的，連地上的小石頭都可以吃，石頭可以幫助消化，也可以讓肚子飽飽的，讓你不覺得飢餓。」

就這樣，這群雞就開始牠們的減肥課程，每隻雞暫時不吃主人送來的飼料，牠們自己在草堆裡、泥土中、樹葉上尋找食物，甚至挖出泥土裡的小石子來吃。

阿飆這時候終於有機會吃到飼料。因為在那群雞還沒減肥時，牠是根本擠不進去，而每當牠終於擠進時，飼料盤早就見底了。所以長久以來阿飆才會那麼瘦小。

「好久沒吃到這麼飽了。」阿飆難得這麼滿足，而牠吃飽就想睡覺。

「阿飆，肚子餓得受不了了，再教教其他的方法吧！」減肥課程才半天而已，土雞群們真的餓得受不了了。

阿飆吃得飽飽的，看到其它雞不敢吃，每隻都全身軟趴趴，覺得慘不「雞」道，又提出了另一個減肥的方法：

「有！那就是做運動。」

「怎麼做？我們每天都有在散步啊！難道這樣還不夠嗎？」有土雞提出疑問！

「每天散步哪叫運動，要做就做激烈運動，讓心臟可以跳得很快的運動！」阿飆說。

「哪一種運動？教教我們吧！」土雞央求說。

阿飆想起自己以往肚子餓時，飼料盤的食物常常被其它雞一掃而空，在他餓得受不了時，就會去雞舍邊主人放置雞飼料的地方，啄破袋子再偷吃。但是被主人發現時，就需要以跑百米的速度逃走，這時心臟通通通的，跳得很厲害，可以達到運動的效果，也可以讓腳更有力。

阿飆就告訴大家這個運動的方法。

每隻雞都覺得這是個好方法，就跑去偷吃主人的飼料。因為餓了一上午，大夥看到食物肆無忌憚的大吃特吃直到主人發現了，拿起一枝大棍子，趕起雞來，牠們才拼命的四散跑開。

這群既吃飽又做劇烈運動的雞，非常滿意自己的成績，覺得身上瘦了一圈。

隔天一早，主人環視了每隻雞，說：

「太好了！雞長得肥，羽毛色澤也漂亮，肯定能賣個好價錢。」

飆雞看到主人的神色，馬上告訴雞群們：

「主人即將把我們賣掉，而首先遭殃的就是那些漂亮的雞！」

「什麼！那你的意思是叫我們把自己弄得像醜八怪一樣囉！」土雞很驚訝！

「我才不幹！瞧我身上的羽毛是經我刻意日光浴，每天細心整理，才能使我以這身羽毛追求到不少女朋友。」一隻叫「小麥」的雞說。

「好啊！看你是愛羽毛，還是愛明年的太陽？」阿飆問道。接著又說：

「你們首先要做的是把身上最漂亮的尾巴毛拔掉。」說完一群公雞母雞圍成一個大圓圈，大家用力的啄掉前面一隻雞的尾巴毛，拔得每隻雞喔喔大叫。

飆雞看到滿山坡被風吹起的羽毛，真得很壯觀，每隻雄赳赳的公雞，這回都成了老母雞；每隻老母雞都成了大病雞。

主人聽到雞場的雞大叫，跑來一看，十分驚訝也十分生氣：

「我辛辛苦苦養的雞，怎都成了這付樣子。我看不早點賣掉不行，偷吃飼料又胡亂啄……」

沒幾天，來了一批人把雞群抓走，只留下幾隻特別瘦小的雞。

土雞被塞在籠子裡，一籠又一籠疊在貨車上。

阿麥、阿德在籠裡大聲的問阿飆：

「怎麼辦啊？我們該怎麼辦啊？」

阿飆雞大聲的回答：

「在你快遇難的時候，裝死吧……。」

這群土雞最後真的遇上危機了。當然阿飆的方法是沒用的。

【導讀】

或許所有的人都怕死！或許所有的動物都怕死！大家都希望延年益壽，大家都希望快樂的活著。但是對被飼養的動物而言，以雞為例，活著的目的是什麼？飼主養雞的最主要目的是什麼？飼主只要把雞養大了，就可以賣了賺很多錢，買雞的人，殺了就可以做成很多的料理，這是雞的價值。

你聽過一個笑話嗎？

小雞問母雞：為什麼人類都有名字？而我們全都叫做雞？

母雞回答：人活著的時候都有名字，但死了也全就叫鬼呀！我們雞活著時雖沒有名字，但死了就有很多名字了。

小雞又問：什麼名字？

母雞回答：炸雞、咖哩雞、白斬雞、燒雞、烤雞、香菇雞、土窯雞……

作者肯定做足功課，對雞的生活型態、舉止行動都觀察入微。透過童話手法，讓飆雞出盡風頭，觀察同伴的去向，並危言聳聽的恐嚇大家大禍臨頭，想盡辦法要避免死神的降臨，要保命必須節食，要運動。當所有雞都節食的時候，牠就有機會大快朵頤，當所有雞都在運動的時候，牠就可以坐享其成。提出觀點讓牠們認清，主人飼養牠們的目的是要賣掉或殺掉，牠們是主人的經濟產物而已。透過有趣的對話，設計好玩的橋段，讓讀者感受雞的恐慌，也感受飆雞的能言善道，更感受雞的盲從無知。

故事進行中，你感受到飆雞的居心叵測嗎？還是感覺到牠在困境中為了找出一條生機而無所不用其極？你覺得牠是伶牙俐齒，善於臨機應變的鬼靈精嗎？或者牠是從頭到尾為達目的，妖言惑眾，使出可怕伎倆陷害別人的心機雞？牠是天生壞胚子？還是夾縫裡求生存的可憐蟲？這些問題見仁見智，值得你我深思與討論！

【作品出處】

本文榮獲第十六屆南瀛文學獎兒童文學類優等獎。

【作者簡介】周梅春（1950-）

生於臺南佳里。曾任出版社編輯、書店負責人。曾獲吳濁流文學獎、國軍文藝金像獎、省新聞處最優作品甄選獎、高雄市文藝獎、南瀛文學傑出獎等。著作有長篇小說《轉燭》、《看天田》、《暗夜的臉》，短篇小說集《純淨的世界》、《夜遊的魚》、《天窗》、《黃昏的追逐》、《蝸牛角上的戰爭》，散文集《歡喜》，兒童叢書《奇妙的果樹園》、仙女的彩衣》等數十本。

池塘小霸王

周梅春 作

白花花的陽光穿過葉隙，灑落在樹底下那方小池塘；悠游的魚穿梭在礁岩與水草之間，彼此友善的打著招呼；看似和樂的小池塘，最近因為獅頭金魚方方經常鼓動著鰓幫子到處亂撞，小魚小蝦們無不盡量躲開；鶼鰈情深的金波羅，常在相互依偎時被方方用力衝撞，嚇得各自逃竄，躲在白色礁岩或綠色水草底下，良久才慢慢探出頭尋找那橘紅色身影的另一半。

小池塘原本有隻兇悍的銀帶，無論主人提供多少飼料都不能滿足牠的需求，於是池塘裡的小蝦小魚成為銀帶獵殺的對象。

很長一段時間，池塘充滿血腥，如同殺戮戰場；愛好和平的主人看到了，便把銀帶送走。

從此小池塘充滿歡樂與笑聲；金魚、金波蘿、琵琶鼠、孔雀魚、神仙魚……等等，一起生活，一起分享池塘裡美好的事物。每天享有充沛的食物，以及大自然的陽光和雨露，還有小主人午後鋼琴悅耳的琴音。

隨時日成長，原本嬌小美麗的獅頭金魚方方變成池塘新霸王。牠那紅通通圓滾滾的身體就像一團火球，在池塘裡橫衝直撞，似乎忘記銀帶還在時自己是如何恐懼害怕的躲躲藏藏，過著朝不保夕的悲慘日子；現在的牠，雖然從未吃過小蝦小魚，卻自恃龐大，無視眾魚存在，就連池中元老琵琶鼠都敢頂撞。想當初，老琵琶鼠為了救方方，曾經以自己的身體擋過多少次銀帶的攻擊，方方才能僥倖活下來，活著長大。

「游慢一點！」老琵琶鼠常被方方衝撞得火大，罵說：「方方，我警告你，走路小心，眼睛不要長在頭頂上。」

「哈哈哈，老臭魚，垃圾魚，我有大便你吃不吃？」

方方的笑聲驚動正在附近撿垃圾的小鼠魚，小小眼睛眨阿眨。小白鼠魚輕聲說：

「小心，方方正在欺負我們家老爺。」

「吃垃圾又怎樣，沒有我們這些清道夫，池塘不知髒成甚麼樣子。」

小灰鼠魚很生氣，無奈個子小打不過方方，只能暗自嘆氣。

「喂，你們兩個在背後說我壞話對不對？」不知何時，方方瞪著一雙瞳鈴大眼，氣呼呼站在面前。

「沒有沒有。」小白鼠魚拼命否認：「我們沒有說你壞話。」

「我聽見了，還敢否認。」

「真的沒——」

小灰鼠魚正要發誓，話沒說完，方方大口一開，小灰鼠魚大半個身子不見了，一旁的小白鼠魚嚇得差點昏倒。

老琵琶鼠衝過來破口大罵：

「方方，你這是幹甚麼？快放牠下來，牠還小，你不可以把牠吃掉。」

原本躲在水草裡嬉戲的金波羅，聽到琵琶鼠的喊叫，嚇得縮成一團，用發抖的聲音喊：「方方會吃魚？」

孔雀魚搖著七彩斑爛的尾巴到處嚷嚷：「方方吃掉小灰鼠魚，方方吃掉小灰鼠魚……」

記得銀帶在時，牠那銀色閃電般的身影讓魚兒們睡不安眠；尤其是出生不久的小蝦小魚，來不及長大就成為銀帶的食物。方方原本也是銀帶的獵物，多虧老琵琶鼠保護，才能長成今天如此巨大，成為池塘小霸王；只是沒想到牠也會吃魚。

方方鼓突的大眼睛轉啊轉，知道全池塘的魚都很怕牠，不由得意起來。可是，小灰鼠魚含在嘴裡很不舒服，方方可沒想過要吃牠，嘴巴一張，小灰鼠魚掉出來了。

「快，快離開這裡。」兩隻老鼠魚在方方得意的笑聲中倉皇逃走。

方方從此更喜歡惡作劇，經常作勢要把對方吞掉，魚兒們全嚇得沒命奔逃；愛嬉戲的金波羅合力搬開小石頭，挖了一個好深好深的洞，雙雙躲在洞裡避難。方方偏愛搗亂，常鼓動鰓幫子衝過來，金波羅不得不棄窩而逃。

「哈哈哈……哈哈哈……」

方方野蠻的行為讓老琵琶鼠忍無可忍，經常教訓牠說：「你這樣會有報應。」

方方卻說：「老傢伙，等我長大一點，一口把你吃掉。」

「只怕你長不到那麼大。」

方方的確不是一隻大魚，天生圓滾滾的獅子頭和肚子，使牠在眾小型熱帶魚前面看起來很巨大罷了，真要跟身長將近一尺的老琵琶鼠相比，還差一大截呢。老琵琶鼠雖然溫和，恐龍似的背鰭一旦張開，加上吸盤似嘴巴，方方還真有點怕牠。

至於對付那兩隻小鼠魚，方方花樣真多，一會兒窮追，一會兒猛咬，把小鼠魚嚇得幾乎昏死過去。

這天，獨腳蝦好不容易拿到一粒飼料，坐在石頭上正要享用，方方突然衝過來，飼料掉了，獨腳蝦氣得吹鬍子瞪眼睛，想起自己的腳就是因為方方用力衝撞才斷掉，現在又來搶飼料，真是無法無天啊！獨腳蝦因為氣憤而掉下眼淚。

方方最討厭人家掉眼淚，尾巴一甩，轉個身剛好瞧見小灰鼠魚一路撿著垃圾游過來；小灰鼠魚渾然不知方方就在前面，游啊游，感覺前面有東西擋住，剛要抬頭看，方方突然張大嘴吧，一口將牠吞進去。

轟一聲，小灰鼠魚來不及喊叫，大半個身子已經進了方方的嘴巴；小灰鼠魚下意識掙扎，不退反進，掉得更深。

「嗚嗚嗚……」情況不妙，方方這次使力太猛，小灰鼠魚不是含在嘴裡而是卡在喉嚨裡。

「嗚嗚嗚……」方方如鯁在喉，很難過，急著想要吐出來。可是，任憑牠怎麼努力，就是吐不出來。

過去，牠常把小鼠魚吞進吐出，瞧牠們驚嚇害怕的樣子，自己卻得意的哈哈大笑。方方不像銀帶，能一口吞進許多小魚，小鼠魚對牠來說太大太大了啊！大得吞不進去，也吐不出來了。怎麼辦？

卡在獅頭金魚方方喉嚨的小灰鼠魚，因為驚嚇，背鰭全豎起來，也撐大牠的體積，也刺痛方方的喉嚨，稍一掙扎，方方便痛得嗚嗚叫，眼淚直流。

怎麼辦？怎麼辦？怎麼辦？

方方急得像熱鍋裡的螞蟻，在池塘到處亂竄。大家看牠狠狠咬住小灰鼠魚，又驚又怒，有的壯膽罵牠：「快把小灰鼠魚放了，你會咬死牠的。」

「方方是壞蛋，我們再也不理你了。」

方方成為大家唾棄厭惡的對象，全都離牠遠遠。這樣度過一天一夜，方方又餓又累，原本肥胖的肚子瘦了一大圈，不得不游到老琵琶鼠面前求救。

老琵琶鼠沒好氣的問：

「你被卡住了，是不是？」

「嗚嗚……」方方哭著拼命點頭。

「這很麻煩，你知道嗎？你必須等小灰鼠魚腐爛才吐得出來，而那時你大概餓死了。」

方方嚇壞了，眼淚一顆一顆滾下來；牠不斷搖頭，並且以祈求的眼神看著老琵琶鼠。

老琵琶鼠嘆了一口氣，牠將魚們全召集過來，說：「我們一起把小灰鼠魚拉出來。」

孔雀魚細聲細氣的說：「不要，我不要幫壞蛋的忙。」

金波羅平時被方方欺負得死死，這回也壯膽說：「對，牠活該，不要理牠。」

魚們七嘴八舌一致反對幫忙，老琵琶鼠說：「難道你們不想把小灰鼠魚救出來？」

「牠還活著嗎？」魚們全露出懷疑的眼光。

小灰鼠魚似乎聽得到他們的談論，努力掙了一下；小白鼠魚興奮大叫：

「啊！牠還活著，還活著。」

魚兒們於是在老琵琶鼠帶領下，排成一支長長的隊伍，金波羅、孔雀魚、神仙魚、紅劍魚等等，就連獨腳蝦也來貢獻牠微薄的力量。大家同時用力拉，大聲喊：一、二、三——「嘩」一聲，小灰鼠魚終於脫離方方的大嘴巴。

痛啊！隨著小灰鼠魚倒退的姿勢，牠那銳利的背鰭刀劍一般割破方方的喉嚨，鮮血立即染紅池塘。

小灰鼠魚昏倒了，還好在老琵琶鼠搶救下慢慢甦醒；小白鼠魚站在一旁淚眼汪汪的看著牠。

「我……怎麼啦？」剛醒來的小灰鼠魚看著大家，有點糊塗。

「你差點被方方吃掉。」小白鼠魚將經過說了一遍。

小灰鼠魚終於記起來了，抬頭望過去，剛好看見方方張開正在滴血的大嘴巴，那模樣好恐怖！小灰鼠魚嚇得倒退好幾步。

「別怕，」為了穩定大家情緒，老琵琶鼠說：「方方已經得到教訓，不敢再欺負你們了。」

的確，方方因為喉嚨受傷，腫痛難過，就那樣張著大嘴巴在池塘游來游去，痛了一個禮拜，也餓了一個禮拜，嘴巴才慢慢消腫；這期間都沒有同伴理會或關心過牠。

午後小池塘，魚兒們躲在水草底或礁岩下睡個慵懶的午覺，只有兩隻小鼠魚勤快的清掃街道；掃阿掃到一個角落，猛然發現，獅頭金魚方方正在幫嬌貴的金波羅搬小石頭築新巢。看見小鼠魚，方方充滿笑意的說：「你們知道嗎？過幾天會有一群小小金波羅誕生，我要趕快幫忙把房子蓋大一點，不然不夠住。」

而這時，剛蛻掉舊殼長出新殼的獨腳蝦，到處展示牠的新肢，並且鄭重聲明：

「我不再是獨腳了，不准再喊我獨腳蝦。」

「那麼應該喊你甚麼呢？獨腳蝦。」孔雀魚還是說溜了嘴。

「你——」獨腳蝦不氣反而笑出來，而且越笑越大聲。

「哈哈哈……」

「哈哈哈……」

不知甚麼時候，鋼琴美妙的旋律又響起，小池塘快樂的笑聲伴隨音樂飄向天空，飄到每個角落。

【導讀】

池塘如同一方社會，生存在池塘裡的生物，有強有弱，有大有小，自然就會產生肉弱強食，物競天擇的現象。銀帶、方方這些比較強大的魚類，會吃掉瘦小的魚蝦，這似乎是無法逆轉的情形。沒有人喜歡惡霸，除非你跟他同類！還好在社會裡也有濟弱扶傾，團結抗惡的精神，所以屬於和善、瘦弱的一群，自然就要團結起來才能力抗霸權。身處優勢的一方也不一定會掌握長久優勢，時勢是會運轉的，正所謂「三年一閏，好壞照輪」啊！

何況善有善報，惡有惡報。方方欺負小灰鼠魚，把他的前半身都吃到嘴巴去，但是小灰鼠魚對他而言太大了，顯見他貪心之狀，最後自己也飽嚐惡果。小灰鼠魚要被救出來的時候，他的背鰭把方方的喉嚨扯傷了，這是方方自己要承受的後果，每個人都要為自己的所做所為付出代價，不是嗎？

「物競天擇」與「弱肉強食」是現代生物學的口號，也成了現代社會生存的法則。到底什麼是天擇？何者為強？何者為弱？生物到底是互相競爭排擠，或是可以互助生存？這世界是否永遠都是戰場？「愛」是否可以讓和平展現？這些都可以透過這篇童話來討論。作者把這些議題，用池塘裡的社會關係，透過童話筆觸，讓魚蝦來清楚告訴我們。

【作品出處】

本文收錄於《奇妙的果樹園》。

【作者簡介】嚴淑女

出生在美麗山林——臺南楠西。最大願望是用故事為孩子彩繪幸福的童年。作品獲義大利波隆納插畫獎入選、新加坡國家圖書館選書、香港書叢榜十本好書獎、豐子愷兒童圖畫書獎入選、金鼎獎最佳圖畫書獎、開卷最佳童書等。作品售出日本、希臘、巴西等多國版權，收入國小課文，改編為動畫、兒童音樂劇。著作有《拉拉的自然筆記》、《春神跳舞的森林》、《再見小樹林》、《紋山：中橫的故事》、《機智白賊闖通關》和《黑手小烏龜》等四十餘本。
嚴淑女的童書創作坊 https://www.facebook.com/candyyenstory

大樹摩天輪

嚴淑女 作

你知道菩提樹會表演魔術嗎？

每年春天，公園裡那棵老菩提樹上的小綠芽，會像變魔術般，慢慢的從鮮嫩的淡紅、透明的碧綠，最後變成深深的墨綠。

墨綠的菩提葉，就像長了尾巴的葉子鳥，飛翔在藍藍的天空中。

在陽光照耀下，還可以看見小螞蟻和小飛蟲，躲在葉片後面，表演精彩的影子魔術呢。

有一天下午，我和爸爸到公園散步。

爸爸驚訝的說：「菩提樹上怎麼會掛著一個腳踏車的輪胎呢？」

我馬上說：「不要再帶回家了！」

爸爸拿起輪胎，高興的說：「這是我撿到的第十個了。」

我的爸爸喜歡收集舊東西。家裡堆滿好多破洞的雨傘或生銹的鐵釘。

爸爸還開了一間「什麼都賣的店」。

嚴淑女

他最常說的話就是：「總是會有用的！」

有一天晚上，一個全身包著綠巾的老爺爺來到店裡。

他用沙啞的聲音說：「我要買十個腳踏車的舊輪胎。」

爸爸立刻到倉庫裡，找出十個舊輪胎，高興的說：「送您吧！這些貨要送到哪裡呢？」

「謝謝你。請在每個星期六晚上九點，將一個輪胎掛在公園裡那棵老菩提樹上，這樣就可以了。」

「我來幫您送吧！」

其實，我很好奇，老爺爺買舊輪胎要做什麼呢？

星期六晚上，我將輪胎掛在大樹上，然後躲在旁邊偷看。

一陣風吹過來，菩提葉發出沙沙的聲音，就像好多葉子鳥在說話。

然後，黑色的輪胎慢慢的變成墨綠、深綠、淡綠、透明，漸漸消失了。

「輪胎消失了！」我驚訝的捂住嘴巴。

我一直不敢說出那天晚上看到的秘密。

送了幾次輪胎之後，我發現菩提樹頂上，多出了幾個小圓圈。

「請問您最近有修剪菩提樹嗎？」我好奇的問修剪樹枝的伯伯。

他笑呵呵的說：「沒有啊！」

過了一陣子，那個包著綠巾的老爺爺又來了。

他依舊用那沙啞的聲音說：「這次需要嬰兒車的舊輪胎，愈多愈好。請在一樣的時間，送到一樣的地點，麻煩你了。」

爸爸開心的找出他收藏的舊輪胎，一邊說：「總是會有用的吧！」

當我最後一次送輪胎到菩提樹下時，老爺爺站在樹下等我。

「謝謝你一直幫我送東西。」

他把一片有三個小洞的金黃菩提葉，放到我的手中，微笑著說：「今年耶誕節，一定要來玩喔！」

爺爺到底是誰？他要帶我去哪裡玩呢？

我把菩提葉夾在日記本裡，滿心期待耶誕節的來臨。

平安夜的晚上，時鐘當當當的敲了十二下。

我突然感覺有光在我的眼皮上跳舞。

我睜開眼睛一看，我的眼前，竟然飄浮著一片發著綠色螢光的菩提葉。

當我的指尖輕觸葉片，它竟然「唰！」一聲！飛進我的手心、手臂。

我全身發出透明的綠光，輕飄飄的往窗外飛去。

我發現，夜空中有許多跟我一樣發著綠光的小孩，還有綠小狗、綠小貓和綠瓢蟲呢。

大家愉快的在空中翻滾，乘著晚風，往公園飛去。

公園裡，出現一棵發著綠光的大樹。樹頂上有個黑影。

當我們慢慢降落在樹頂上，我才發現：「啊！綠巾老爺爺。」

老爺爺像魔術師一樣，披著綠披風，微笑著做出邀請的動作。

「歡迎光臨大樹摩天輪！你們的笑聲，就是啟動摩天輪的動力。準備要一起到天上玩了嗎？」

所有小孩都大聲說：「出發了！」

大家高興的登上摩天輪。

發著綠光的摩天輪愈長愈高、愈長愈高，一直到穿過雲端才停止。

大樹摩天輪隨著星空一起旋轉，愈轉愈快、愈轉愈快。

「哇！下流星雨了！」

風中不斷傳來興奮的尖叫聲和笑聲。小孩們的笑聲，讓大樹摩天輪發出彩虹般的光芒。

摩天輪奮力的轉到最高點，接著快速的往下落，就像一顆彩虹球，在夜空中翻滾著。

一群發著螢光的葉子鳥在夜空中飛舞，不斷的蹦出色彩繽紛的煙火，讓大家看得驚呼連連！

玩累了，大家就坐在雲朵上休息。

我注意到雲上有個小攤子，上面寫著「套星星」。

地上有一串串被塗成螢光綠的小輪胎。
「咦！那不是老爺爺訂的嬰兒車舊輪胎嗎？」
輪胎旁的牌子上大大的寫著：

一個一個往上拋，
滿天星星任你挑。
快點來玩套星星，
套住你就擁有一顆小星星。

我和小狗、小貓一起比賽套星星。
一個個螢光綠的小輪胎，咻咻的往天上飛。
「哎呀！沒套中！」
「哇！我套中了！」
我套了好久，終於套住一顆小星星。被套住的小星星輕輕落在雲上，
我牽著星星在夜空中快樂的散步。

我看到老爺爺坐在一旁，微笑的看著我們這群玩樂的小孩。

「老爺爺，您怎麼會想到要變出這麼好玩的大樹摩天輪呢？」我好奇的問。

爺爺瞇著眼睛說：「我在山上時，常常聽到山下傳來快樂的笑聲。我一直想知道那是什麼。」

他又接著說：「後來，我把菩提葉變成葉子鳥，他們飛到山下，將笑聲收藏在葉子裡，然後飛回山上，在星空中，用綠光畫出一個又一個轉動的圓圈。他們告訴我，那是遊樂園的摩天輪，是小孩的最愛。」

「也是我的最愛耶！」我開心的說。

老爺爺摸摸我的頭：「是啊！收藏小孩笑聲的葉子鳥，飄落在我的懷裡。那些像風中銀鈴一般幸福的笑聲，一直陪伴著我。春天時，我身上長出的每一片葉子，都藏著小孩的歡笑聲。我的夢想，就是變成帶給孩子歡笑的大樹摩天輪。」

「哇！原來您就是公園裡那棵老菩提樹。您身上的葉子還能收藏笑聲，真的好神奇哦！」

「我這次用盡全力，完成了大樹摩天輪。小鳥還幫我做了菩提葉門票，隨風飄送給小孩和動物們呢！」爺爺露出開心的笑。

「這是我坐過最棒的摩天輪，明年耶誕節，我還要來玩！」

我和爺爺打勾勾，做了約定。

我的身體慢慢飄了起來，往家的方向飛去。

隔天早上，我一醒過來，就在口袋裡發現一顆綠色星星和一片有三個洞的金黃菩提葉。

我立刻衝到公園，跑到老菩提樹下。

樹梢上，傳來沙沙的聲音。

一片菩提葉輕輕飄落在我的手心。我把葉子貼近耳邊，聽到許多小孩的歡笑聲。

我緊緊抱著大樹，輕聲說：「謝謝爺爺！我們明年見！」

【導讀】

讀著讀著，我們彷彿可以看見一位魔術師，一點一滴的在建造孩子最愛玩的特製摩天輪。他收集了廢輪胎，在樹梢直通天際的地方建造一個孩子可以玩得很高興的遊樂天堂，並且大方邀請所有小朋友來這裡玩耍。也彷彿看到一位魔術師，努力不懈的收集孩子們的笑聲，收集人間的愛，在這裡，以魔力將之幻化成讓人流連忘返的摩天輪。

這個魔術師是菩提樹綠爺爺，他真是個愛的魔術師。作者的筆也像魔術師，有魔幻般的筆法，詩的意境，美的文句，打造一個讓小孩夢寐以求的遊樂天堂，打造一座高入雲霄的樹端摩天輪。這裡收集愛，收集歡樂，收集天真，似乎達到了真善美的世界。這個夢想天堂是作者的想望，透過綠爺爺的話：「春天時，我身上長出的每一片葉子，都藏著小孩的歡笑聲。我的夢想，就是變成帶給孩子歡笑的大樹摩天輪。」讓想像幻化成真，到處充滿歡樂，這是孩子最期待的世界。

我還喜歡作者創造的爸爸角色，他最常說：「總是會有用的。」他是一個收集舊物、老骨董的人，表示他懂得珍惜萬物，也教導孩子愛物惜物的道理，並且把握機會，進而創造舊東西的新價值，這是環保時代的重要靈魂喔！

【作品出處】

本文刊登於二〇一四年十二月《未來兒童》第九期。

少年短篇小說

廖炳焜　請聽偶說

姜天陸　收驚阿媽

李光福　兄弟一對寶

陳榕笙　小延的金銀島
　　　　消失的樂園

周梅春　清菊

林佛兒　獻給母親的全壘打

【作者簡介】廖炳焜（1961-）

生於臺南後壁，臺東大學兒童文學研究所畢業。得過一些兒童文學創作獎，自認不是作家，只是一個「愛說故事的人」。出版過《聖劍阿飛與我》、《大野狼與小飛俠》、《我們一班都是鬼》、《我的阿嬤16歲》、《神犬奇兵》、《小猴王愛耍帥》、《帥啊！波麗士》、《億載金城之暗夜迷蹤》、《老鷹與我》、《板凳奇兵》、《來自古井的小神童》、《火燒厝》等書。曾獲得年度好書獎，入圍第三十四屆金鼎獎。目前除了寫作，還到處和老師、家長們分享親子共讀以及閱讀寫作的經驗

請聽偶說

廖炳焜 作

這一次我又飛出去了，飛得比上一次還遠。

我「咚」一聲跌落在屋外馬路上，還來不及喊痛時，又看到了兩個人影，從那個斑駁的門飛了出來。我認出來是我的紅粉知己，崑崙劍女——柳映月；還有一個是我的死對頭，千面妖魔——邪靈魁。

哪有人吵架是這種吵法的！起床見面就吵，晚上就寢前又吵；吃飯吵，不吃飯也吵！和我們這些「江湖人」比起來，添福師和添福嬸這兩個老前輩，這種鬥法太不乾脆了。像我——雲山浪子七絕刀，每次和邪靈魁決鬥，不管誰勝誰敗，絕不囉哩巴唆，約好下次決鬥的時間地點就是了。誰要是失信毀約，誰就是龜孫子。我真不懂，我們這些俠客、俠女、或是妖魔鬼怪，都是添福師和添福嬸一手調教出來的，為什麼連這一點規矩他們都忘了！

忘了？或許吧！他們都忘了！因為我和邪靈魁已經好久好久不曾決鬥了。

記得我和邪靈魁最後的一場硬仗，是在「枯血之城」，為了救出困在城裡的義士，我使出了最後一招「奪命七刀」，對上邪靈魁的「鎖命妖指」，可說是殺得風雲變色，日月無光。添福師為了這場天后宮的聖誕大戲，把佈景全部翻新，光是搭建一座「枯血之城」就軋下了上萬元的成本。可是那天晚上，台下就只有三個打哈欠的老人、兩個追逐的小孩，還有一隻趴在戲台下閉目養神的老狗。

面對台下的淒涼，我感覺添福師操弄我的「七絕刀」已經沒了勁道，邪靈魁的「鎖命妖指」也完全失去了霸氣。我身旁的柳映月按照劇本，這時應該溫柔的叮嚀我：「雲郎，你可要小心這魔頭的『鎖命妖指』啊！」誰知道添福嬸舉著柳映月，竟然信口說出：「趕緊打完，卡緊收場啦！」

天啊！氣質高雅的崑崙劍女竟然說出這麼粗魯的話?!這是在媽祖娘娘前面的公演呢！怎麼可以叫我們兩個大角色隨便打一打！她難道都不顧這個團的名聲了！再怎麼樣，「賢武閣」的布袋戲在臺南縣也曾紅遍半片天啊！

我看到添福師轉頭，「＃％＆￥……」的回了添福嬸，狠狠的瞪她一眼。

添福師的招牌戲——「七絕刀大破枯血城」就這樣草草結束。

其實，添福師只要乖乖的聽添福嬸的話，去擺個攤子賣個鹹酥雞或是泡沫紅茶什麼的，添福嬸那張大嘴巴就不會天天對著他哇啦哇啦了。可是，話說回來，這也是我們最不想見到的情況，添福師真要是去賣泡沫紅茶了，我們這幾個不都要被關進箱子裡，永遠沒有重見天日的機會了！至少，他現在偶而還會把我們翻出來舞弄一番，讓我們透透氣啊！

「我們今暝就躺在這外面凍露水嗎？」邪靈魁說話了。

「雲郎，我可不願意在這裡過夜。」柳映月也對我嗲起來了。

「嗯……嗯……」我一時不知道怎樣回答。在戲裡，我是個飛簷走壁，來去無蹤的大俠，可現在我沒有了添福師，已經是寸步難行，更別說要拯救別人了。

這添福師今晚是怎麼了？以往和添福嬸吵過，就會出來把我們撿回箱子，這回會不會酒喝過頭，進了房間倒頭就睡著了？呼！我寧可在戲裡轟轟烈烈的戰死，也不願意讓那些不長眼睛的碾斃在街頭。

「這……我們就再等一下吧！」我只好這樣說。

就在這時，我聽到一陣急促的腳步聲，快速的接近我們。

「注意！來者有兩人。」我發揮了天生的靈敏度。

「嘿！小胖，你看這裡有三尊木偶。」

我感覺到頭部被人拎了起來，跟了添福師那麼多年，從來沒有被這樣粗魯的對待過！

嚇！原來是一個瘦排骨，「還不放手！」我大喝一聲，他竟沒聽到。

我轉頭看到邪靈魁和柳映月，也被人從耳朵拎起來，那醜樣子真會笑破我的肚皮。

「喂！我是轟動武林、驚動萬教的邪靈魁哩！」邪靈魁大叫，但是誰理他呢！

這時，一張胖嘟嘟的臉蛋湊近了我，把我翻轉了好幾遍，說：「這個是好人。長得蠻好看的。」嗯！還算是句人話嘛！

「這個女生也不錯，另外這個就太醜了，還長了兩支獠牙呢！」那個瘦排骨說。

「什麼！太醜？我只准你說太恐怖了！」聽到邪靈魁大聲抗議的蠢樣，我忍不住又笑了。要是在戲裡面，這兩個早就死在邪靈魁的「鎖命妖指」下了。

瘦排骨又說：「可能是沒人要，把他們丟在這裡的。」

我咧！什麼沒人要！把我們當垃圾了！快把我們放下！

「也許吧！你看，三個都髒兮兮的。」小胖胖說。

小胖胖這話倒是一點也不假，看看我們這身打扮，誰會相信我們三個是當年「賢武閣」的三大台柱。這段日子來兩個老夫老妻一吵架，就摔我們出氣；柳映月的腮紅都快掉光了，邪靈魁的鼻子還凹了一個洞，而我的嘴唇也缺了一角。這全身衣服破爛不說，還沾了添福師一身的米酒味。是呀！我們跟垃圾有什麼不同！想到這裡，我的英雄淚都快洩了洪。看！連邪靈魁這個大魔頭也都低聲的啜泣起來。（當然，那兩個小鬼是聽不到啦！）

瘦排骨又把我們翻來翻去，然後把我和邪靈魁舉起來，吆喝起來：

「ㄅㄧˋㄤ！ㄅㄧˋㄤ！ㄅㄧˋㄤ！孫悟空大戰牛魔王！」

天！我什麼時候變成孫悟空了！

想不到小胖胖更狠，馬上舉起柳映月，裝起娘娘腔說：

「我——鐵扇公主來了！」

我會瘋了！竟然把我心愛的人許配給邪靈魁當老婆，還反過來暗算我，這是什麼世界啊！

「添福師！添福師！你快出來啊！」我朝著屋內大吼大叫。

「嘻！蠻好玩的，我們把他們帶回學校去……」小胖胖興奮得臉上的肥肉一直抖個不停。

「酷哦！我已經想到要怎麼玩了。」這瘦排骨一臉詭異神秘的表情，已經告訴我，落入這兩個小魔頭手中，以後的日子鐵定完了！

兩個小鬼邊走邊跳，還不停舞弄著我們。

「添福師！快出來啊！」我們喊破了喉嚨，也只能眼睜睜的看著老家離我們愈來愈遠，最後消失在路燈朦朧朦朧的光暈下。

我們會被帶去哪裡呢？

◎

來到這個叫做「六年三班」的教室，才短短兩個禮拜，我們三個造就了瘦排骨和小胖胖兩位大明星。很多學生為了也能「玩玩」我們，不知道已經送給這兩個小鬼多少漫畫和電玩光碟了。但是，我已經快神經錯亂了，我想柳映月和邪靈魁也差不多吧。當我們落在一個叫張文富的手中，從孫悟空大戰牛魔王，變成了哪吒大戰二郎神；落在李俊榮手上，我們又改演白蛇精大戰法海老和尚；再由一個趙曉珠的女生接手，演起日本卡通——哆啦A夢來了。柳映月變成了靜香，邪靈魁變成了胖虎，我就變成了那個最沒用、最膽小的葉大雄了。

角色變來變去，一下子孫悟空、一下子法海老和尚、一下子哪吒、一下子又成了葉大雄，我已經快忘記我是誰了。而最讓我受不了的，他們根本沒個像樣的戲臺，隨便抓著我們在課桌上就蠻幹起來。演布袋戲那有這麼簡單哪！光是一個走路的動作，右手食指就必須支撐著我們的頭部，不能晃頭晃腦，拇指和尾指張開雙手輕輕擺動，左手要在衣擺下，以一！

二！一！二！一！二的節奏交錯雙腳前進，這樣走來才有大俠的氣度。哪像這群小鬼抓著我們身體就橫衝直撞，像拿著一塊破抹布擦桌子，這能看嗎！

就在我們被弄得筋骨酸疼，疲憊不堪時，發生事情了。那個叫趙曉珠的女生，不知道為什麼事惹毛了瘦排骨，瘦排骨對全班嚷嚷：「來喔來喔！金馬獎的年度大戲——『四眼田雞大戰史豔文』，快來看喔！」

桌子前一下子擠了一堆小腦袋，準備看他玩什麼把戲。

這回鐵定我要扮史豔文了，讓大俠來演大俠，這還差不多。這「四眼田蛙」是誰呢？我怎麼沒聽過江湖上有這號人物？我正納悶，瘦排骨從桌子下面舉起了另一隻手，天啊！這不是我心愛的崑崙劍女——柳映月嗎？怎麼被胡搞成那副德行！是誰用墨水在她那雙漂亮的眼眸上畫了兩個大黑圈？

「哈……」柳映月的出場，引來觀眾的哄堂大笑。

「我是雲洲大儒俠史豔文，前面這個妖怪報上名來！」我說話了。

「我正是住在珊瑚潭的『四眼田雞』——趙曉珠。」瘦排骨裝的女聲實在噁心，引來觀眾一陣「哈……」的尖叫。

「瘦猴！你太過份了！我要報告老師！」趙曉珠跳到桌子上生氣了。這時我抬頭才看清，原來她戴著一副特大號的眼鏡。

瘦排骨讓我擺擺頭接著說：「哦！報告老師？哈！哈！哈！阿珠阿珠，目珠ㄔㄨ ㄔㄨ，芭樂看做蓮霧，『呼神』看做金龜，更偷看老師洗身軀！」

呸！呸！呸！我——雲山浪子加史豔文怎麼會講這種下流話！這個瘦排骨實在太過份了。我被迫講了這些渾話，教室裡已經有人笑得捧著肚子尖叫，有人還誇張的猛拍桌子，趙曉珠整個臉漲得像豬肝一樣，只見她用力往人群衝出一條通巷，單手一探，瘦排骨要縮手已經來不及。

「啊！痛死我啦！」趙曉珠正好抓住了本大俠的頭，瘦排骨也抓住我的腳，我感覺全身快被撕裂了。天啊！難道我——雲山浪子七絕刀，竟要毀在這兩個小魔鬼手裡！快放手啊！

「雲郎……」我聽到柳映月顫抖的聲音。

「妳放手！」瘦排骨對著趙曉珠叫著。

「我不放，誰叫你要取笑人！」趙曉珠用力一扯，「哩咧……」長長的一串清脆的撕裂聲，從我的脖子間發出，然後我看到我和身體瞬間脫離。

啊！完了！我真的完了！

「嘩……頭斷了！」全班響起了一陣驚嘆聲。

「你們這是在幹什麼！」這是我閉目前聽到的最後一句話，那威嚴的聲音把教室的喧嘩急速冷凍起來。

我眼睛一黑，什麼都不知道了。

◎

「雲山浪子！雲山浪子！」

「雲郎！雲郎！」

是誰在叫我？唉唷！痛哪！我不是完蛋了嗎？

我用力的撐開眼皮，呵！脖子貼的什麼東西啊？

「你總算醒過來了。兄弟！」邪靈魁高興的說。

「他們用膠帶把你的頭黏起來了。」柳映月說。

看到杵在我身旁的兩個同伴；我才知道我們被人家用寶特瓶撐起來，雙手下垂像殭屍一樣立在講桌上。

「發生什麼事了？」我問。

「你看，那幾個『殺人兇手』該死了。」柳映月用眼睛暗示我往前方看。

瘦排骨和小胖胖還有趙曉珠，三個人直立在黑板前，一個嚴肅的男人正在講話：

「進輝，你怎麼可以這樣嘲笑同學，如果別人也拿你的身體特徵大作文章，你會有什麼感想？」

原來瘦排骨叫做進輝，剛才的神勇這時都不見了。

「曉珠，進輝不對，你也不應該把人家的木偶扯壞啊。」

這曉珠只顧低頭啜泣，剛才那超猛的精神也消失了。

「老師，那木偶不是他們的。」座位中有個聲音說。
「進輝，木偶哪來的？」老師問。
「……」瘦排骨不說話。
「我們在路上撿的。」小胖胖開口了。
「真的？進輝？」老師再問瘦排骨。
瘦排骨點點頭。
「我看那三尊木偶還蠻好的，主人可能正急著找他們呢！你拿回原處，想辦法還給人家。」
嘿！老師就是老師，不會把我們當垃圾。問題是，添福師會急著找我們嗎？他還好嗎？是不是還天天和添福嬸吵架？
就在這時，教室門口一陣聲音傳來：「請問，你們的合作社在哪裡？」
這聲音好熟悉啊！在哪裡聽過呀？添福師？這不是添福師嗎！他怎麼知道找來這裡？
「從這走廊直走，轉個彎就是了。」老師走到門口指著。

「添福師！」邪靈魁和柳映月同聲叫起來。

別人可以聽不見，添福師你應該聽到我們的吶喊呀！

「咦？這三尊怎麼會在你們這裡？」哇！添福師看見我們了！他跨進教室了！

「你認得他們？」老師說。

「這都是我的木偶啊！怎會不認得？」添福師跑進教室，把我們抱了起來。

「騙人！你不是路邊賣泡沫紅茶的嗎？怎會有這些木偶？」瘦排骨一發難，全班都一起呼應說：「對呀！對呀！騙人！」

啊？添福師什麼時候改行賣紅茶了？

「你們安靜，聽這位老伯說。」還是老師明理。

「他叫做雲山浪子七絕刀，他就是邪靈魁，她是崑崙劍女柳映月。」添福師一一報上我們的名號。誰知道小胖胖還不死心，說：

「胡掰瞎扯誰不會。」

「老伯……」老師也不敢確定了。

添福師捲起袖子，大聲說：「好！要是我沒辦法證明他們是我的，這些紅茶通通送給你們了！」

說著，兩手舉起了我和邪靈魁，吆喝一聲：「哼！雲山浪子，你膽敢闖進我『枯血之城』，任你有通天本領，也教你插翅難飛啦！」

「哈！今天就讓我的七絕刀，除掉你這個武林的害蟲，萬惡的罪魁！殺！」

「咻！咻！咻！」我一個翻身，躍起三丈高，連番刀式揮向邪靈魁，邪靈魁也飛身而起，單指掃過我的咽喉。

哈！就是這樣！添福師好久不曾這樣勇猛了。這才是真正的添福師！我殺得痛快，邪靈魁也打得痛快。不就是這樣嘛！幹嘛去賣紅茶！

教室裡只剩下添福師的吆喝聲、喘息聲，老師和學生們瞪著大眼珠，盯著我們的演出，一句話也說不出來了。

「可以了，老伯，我們已經相信他們真的是你的了。」

添福師放下我們，才看到我的慘狀。

「雲山浪子受傷了。」

「對不起，是……」瘦排骨和趙小珠低著頭要說話。

「呵，這沒關係，我會修理。」添福師輕撫著我說。

「那就把他們還給你了。」老師說。

哈！我們要回家了！柳映月，邪靈魁，我們要回家了！

「……」全班頓時變得好安靜，好安靜的看著我們。

「老師，我……我看還是把他們交給你們吧。」添福師竟然說這種話！

「你的意思……」老師也不明白了。我們更不明白，添福師又要把我們拋棄！

「我家裡還有整箱的木偶通通送給學校好了，難得這些小朋友還這麼喜歡。你是知道的，現在外面沒有人喜歡看了。」添福師說得好沈重。

「可是，我們都是亂演的啊！」小胖胖終於說實話了。

「每天只要我把紅茶賣完，就來教你們。」添福師說得好認真。

「那……我們就每天把你的紅茶快快買光光。」老師一說，學生都

「耶——」歡呼起來了。

啊？這是啥情形？我們真的要和這些小鬼混嗎？但是，想到可以和箱子裡那些老朋友團聚，我不禁期盼這日子快點到來。是呀！至少這裡有喜歡我們的人啊！

希望不要！不要再把我們壓在箱子裡，也不要再把我們丟到外面去了！

【導讀】

三尊布袋戲偶被丟在路上，被幾個小朋友撿到，從此，過去在布袋戲中赫赫有名的主角，變成小朋友拿來惡作劇、捉弄同學的道具。三尊布袋戲偶受盡折騰與委屈，卻叫天天不靈，叫地地不應。就在「身首異處」的時候，他的主人——添福師意外出現在教室。經過一番解釋，添福師不但不怪罪小朋友，還將戲偶贈送給他們，並答應以後來教小朋友演布袋戲。於是布袋戲偶又找到了他們新的舞台，不必再過流浪的日子。

作者讓布袋戲偶當主角，以第一人稱的方式來敘述整個故事，是一個很特別的取材和敘事方式。作者用他慣有的幽默、詼諧又帶著滄桑的語調，來描述戲偶的遭遇。原本是添福師的寶貝，無意間卻被添福嫂丟出去，成了流浪兒，被小朋友撿去當玩具戲弄。作者相當恰如其分的掌握布偶的流浪心情，有一種「虎落平陽被犬欺」的落魄。後來故事轉折，讓添福師找到他們，最後雖然沒再回去原本的地方，但在喜歡他們的孩子身邊繼續發光發熱，布偶也很知足，非常開心不必再流浪。這個故事也隱約透露了傳統戲劇經營不易的現象，更傳達了藝術傳承的精神。整個故事不拖泥帶水，曲折之間都可以看到明朗的步調，主題也非常的明確，很值得一讀。

【作品出處】

本文榮獲二〇〇三年南瀛文學獎兒童文學首獎。

【作者簡介】姜天陸（1962-）

臺南下營人。服務教育界三十年，退休校長。作品曾獲聯合報文學獎短篇小說類首獎等多項文學獎，出版有短篇小說集《火金姑來照路》、《瘡・人》，少兒小說《在地雷上漫舞》以及文史著作《南瀛白色恐怖誌》等書。

收驚阿媽

姜天陸 作

我的阿媽住在古厝裡，古厝的牆壁是竹筒糊泥土，三個房間「一」字型，中央是客廳，左右兩邊是臥室。

阿媽的古厝在一條四線道的大馬路旁，馬路上的車子常擠得互相咬到屁股，常有一些車子會彎進阿媽的家門前，他們是來找阿媽收驚的。

來收驚的人，會帶來一把米。阿媽把米放進碗裡，壓緊，碗外包著一塊大布，請過神後，抓著碗下方的布和點燃的香，就開始收驚了。阿媽收驚的聲音黏成一團，沒人聽得懂，偶而會聽到一句「觀世音菩薩」、「上帝爺公」或是「太子爺」。

怪的是，當阿媽收驚結束，把布拿開，讓客人看碗裡的米時，那米面會有一些奇怪的凹痕，阿媽就開始說明了，像是：

「你們這小孩，在東北方，被魔神仔嚇到了。」

有時是：

「你在西南方，被喪事沖到。」

或是：

「在北邊，被一台大卡車嚇到了。」

我還聽過：

「你們小孩在南方，被老師嚇到了。」

被老師嚇到？那一次我特別認真聽客人的反應，竟然真有那麼一回事，妙的是，學校真的就在那小孩家的南方。

「真準哦！」客人大都這麼說。

有一天，我終於忍不住，問阿媽說：「妳收那麼多『驚』，那些『驚』都收到那裡去了？」

阿媽露出慈祥的笑容，搖搖頭：「不要問，你會嚇到。」

她這麼一說，我的興趣更高了，我緊跟著問：「很神秘，對不對？但我不怕，我絕對不怕。」

阿媽看了我好久，才說：「好吧！說不定有一天你要學收驚呢！跟我來。」

我和阿媽進到她的臥室，裡面一片漆黑，僅有一道牆縫的光線射進來。阿媽手一揮，那光線轉到我們前面，剛好就照亮我前面三尺左右的地方。

「阿媽，是妳讓那光轉過來的嗎？」

阿媽笑著，沒答話。她帶我走到最裡面的牆角，原來牆上釘著一面小木板，上面有一個小花瓶，前頭插著一炷香。

「我要放『驚』出來給你看，別嚇到了。」阿媽唸了幾句咒語，喊了一聲：「出！」

暗處，忽然一隻大水牛向我狂奔而來，我來不及跑開，那水牛衝撞上我的胸膛，我慘叫一聲，可是，竟然不覺得痛，原來那一瞬間，大水牛消失了。

阿媽過來拍我的肩頭安慰我，說：「這是嚇到一個小孩子的水牛，現在很少有水牛了，所以那小孩子才會被嚇到，人被嚇到後，就會反覆的想來想去，收驚就是把客人的胡思亂想收來，你看到的牛是那個小孩子的幻想，不是真的水牛，你看下一個。」

說完，阿媽又唸起咒語，喊了一聲：「出！」

忽然一個高到屋頂的女人，手上拿著一根比扁擔還粗的棍子，兇巴巴的向我敲過來，我還不及慘叫，那女人就消失了。

「這是從一個被老師嚇到的女孩那兒收來的，沒嚇到你吧！要不要下一個？」

「好！」我越來越不怕了。

這次是一個沒頭的大怪物，牠披頭散髮，全身是毛，露出獠牙要咬我，我站著不動，牠就消失了。

「嗯！勇敢的孩子。」阿媽拍拍我的肩膀稱讚我。

其實，我很怕，但是我的心中一直反覆的唸著：「這是幻覺。」，就不怕了。

後來，我便常到阿媽那裡去看她收到的驚。

「阿媽，那是真的嗎？」幾乎每一次我都會問。

阿媽總是露出神秘的笑容，回答：「我已經說了幾十次了，這些都是幻覺，是假的，但是，那些幻覺是真的被我收來的。」

我被她搞糊塗了：「那是真的還是假的？」

阿媽大都是答：「雖是幻覺，但是真的有存在，那些是真的存在的幻覺，幻覺——我再說一遍，是真的幻覺。」

我還是很糊塗。

今年七月的某一天，爸媽到臺北去送貨，便要我到阿媽那裡過一夜。

那晚下起細雨，我和阿媽很早就上床睡覺了。

到了半夜，我和阿媽都被外面轟隆隆的聲音吵起來，打開窗戶一看，外面大馬路上，竟然停了上百輛的機車和三、四十部轎車，那些車子把整條馬路堵起來，輪流狂飆，引擎聲音像戰車一樣，有幾個警察在路上猛吹哨子，卻沒有人理他們。

「那是怎麼了？戰爭了嗎？」阿媽嚇得猛拍胸口。

我向阿媽說明飆車這回事。

阿媽聽完了，搖頭說：「哇！有這種事？這些人什麼都不怕嗎？」

「對，他們好像什麼都不怕。」

馬路上的飆車族這時齊按喇叭，然後開始騎車亂竄，幾乎要把整條路都掀起來了，那幾個警察這時被車團團圍住，只能一直打行動電話求救。

阿媽看得直唸「阿彌陀佛」，喃喃的說：「這些警察怎麼辦？這些年輕人什麼都不怕嗎？」

忽然，阿媽大叫：「有了，你快去拿小花瓶，我把收到的驚放出去嚇嚇他們。」

我跑步拿來花瓶，阿媽這時猛搔頭，問我：「放什麼驚？這不能傷到人。」

「阿媽，我擔心的是根本沒人會被嚇到。」

「他們真的什麼都不怕嗎？」

「先放火驚。」我建議說：「他們看到火一來，一定會散。」

「可是我怕傷到人，」阿媽猶豫了好一下子，才說：「好！」

阿媽馬上唸咒語。

不久，一把大火噴出去，飛騰到飆車族的頭頂，大家抱頭鼠竄，可是，不久有人發現這火不燙人，大家又聚過來了，甚至開始追火玩起來了。

「怎麼辦？火驚沒用。」阿媽趕緊把火收回來。

「用牛驚吧！」我回：「把所有的牛都放出來。」

阿媽急忙唸起咒語，很快的，馬路上空一群水牛、黃牛狂奔向飆車族，人們一陣喧鬧，騎機車的人都散開了，可是，開車的人卻一點也不怕，還加足馬力，向牛群撞去，結果，他們很快就發現這些牛只是幻覺，根本不會傷人。

「這些年輕人心腸太壞了，竟然要撞死牛。」阿媽收回牛群。

「放魔神仔驚和水驚！」我心急大喊：「這一次同時把兩種都放出來，可以嗎？」

「好，我放兩種。」阿媽連番唸了很長一段咒語，小花瓶都嗶嗶作響了，最後，終於把咒語唸完，還加上一句：「出！都出去。」

小花瓶裂開了。一時天上傾盆大雨，馬路上的年輕人反而更樂，忽然，有人大叫：「我看到魔神仔！」

果然，馬路上空飛竄著數十個千奇百怪的魔神仔，有的魔神仔是三樓高的巨人，有的有八隻長手臂，有的有十六隻大腳，有的有暴龍大頭，有的脖子長三公尺，有的扁成一片刀片，更恐怖的是不斷從頭顱上冒血的魔神仔，這些魔神仔在雨夜的上空飛竄。

馬路上的飆車族終於被嚇到了，有人大喊：「不要捉我。」，有人大叫：「不要追我！」

突然，有機車摔倒，同時絆倒兩輛機車，兩輛又絆倒四輛，像骨牌一樣，一下子上百輛機車倒了一地，把周圍的轎車卡得動彈不得，機車騎士都被倒地的機車壓住，無法起身，痛得大哭大喊，哭喊聲使場面更亂，一些爬起來的騎士嚇得棄車亂跑，許多轎車內的人想下車逃走，車門卻被周圍的機車卡住了，嚇得只能猛按喇叭。

就這樣混亂了二、三十分鐘，終於，二、三十位支援的警察來了，把那些飆車族一一逮捕，扶起那些倒地的機車，花了上個鐘頭，才恢復馬路順暢的交通。

阿媽又唸了一夜的咒語，把那些驚都收回來，這時，天都快亮了，阿媽哈欠連連，臨睡前，沉重的嘆了一口氣，唸了一句：「阿彌陀佛！」

【導讀】

你有收驚的經驗嗎？不論住在鄉下還是都市，很多人從出生到長大，或多或少都有去收驚的經驗。不管你信不信，如果你的媽媽和長輩相信這一回事，當小朋友和大人碰到不如意，不順遂，終究找不出原因的時候總說去收驚看看吧。

收驚的人大都是老人家，就像本文的阿嬤。作者描述阿嬤收驚的情形，肯定大家都不陌生。但是作者思維很敏銳，那個小孩子或許就是他自己吧！他心裡面想，「既然有收驚，那，那個驚收到那裡去了？」這很有意思的想法。驚，看得見嗎？收得起來嗎？可不可以再放出來？有沒有其他作用？這些思維讓作者突發奇想，發揮巧思，一一將想法透過小孩和阿嬤的對話呈現出來，並清楚說明。所謂收驚，就是把客人的胡思亂想收過來。你看到的牛是那個小孩子的幻想，不是真的水牛，這就是幻想，說服力很強。

作者還具象描述驚的模樣：有的魔神仔是三樓高的巨人，有的有八隻長手臂，有的有十六隻大腳，有的有暴龍大頭，有的脖子長三公尺，有的扁成一片刀片，更恐怖的是不斷從頭顱上冒血的魔神仔。這些魔神仔在雨夜的上空飛竄，實在太逼真了。

接著他用驚來解決社會問題——飆車事件。天不怕地不怕的飆車族，還是敵不過靈魔界的魔神仔。平時我們說，邪不勝正，那麼在這裡，誰是邪，誰是正呢？作者的鋪陳手法非常高明，先描述收驚的景象，接著描繪驚的長相，再發揮驚的作用，讓驚的存在不再那麼抽象而可怕，反而是協助打擊犯罪的得力助手。一路讀來，收驚的幻象似乎也沒那麼無法理喻了！

【作品出處】

本文榮獲二〇〇七年第十五屆南瀛文學獎兒童文學類首獎。

【作者簡介】李光福（1960-）

從小在臺南市楠西區長大（原臺南縣楠西鄉），出版兒童文學作品一百餘本，重要著作有《爸爸放暑假》、《我也是臺灣人》，作品曾獲好書大家讀、金鼎獎入圍、九歌文學獎等獎項。目前已自教育界退休，專職寫作。

兄弟一對寶

李光福 作

出了校門，我不由自主的停下腳步，看著眼前熙來攘往的景象：有的同學興高采烈的跨上媽媽的機車後座，有的同學嘰哩呱啦的擠進安親班交通車，還有的聚在一起討論待會兒要去打籃球……

對我來說，跨上媽媽的機車後座是妄想，擠進安親班交通車是奢望，連和同學去打個籃球都不太可能！想到這裡，我立刻回過神，把機車後座、安親班交通車和打籃球全拋開，加快腳步趕回家。

回到家，我連家門都沒進，就直接走向檳榔攤。

看到我，爸爸像錄音帶重播般的問：「阿德，你放學了？」

「嗯！」我邊放書包邊說：「爸，你回去休息吧！我來顧就好了。」

「好。」爸爸說完，兩手吃力的划著輪椅回去了。

我坐在檳榔攤裡，一面等著客人上門，一面看著來來往往的行人和車輛胡思亂想。

爸爸和媽媽原本都是建築工人，媽媽生病去世後，爸爸一個人工作撫養我和哥哥。去年，爸爸不小心從鷹架上掉下來，雖然保住了性命，下半身卻癱瘓了，行動不方便，當然沒辦法繼續蓋房子，為了維持父子三人的生活，他在門前擺了一個檳榔攤，賣起了檳榔。

說到檳榔，我總覺得很尷尬。上健康課，老師說吃檳榔容易得口腔癌，叫同學不要吃，還要勸家人別吃，可是我們家卻擺起檳榔攤，賣檳榔給客人；如果我們不賣檳榔的話，又難以維持生計……所以在學校裡，我只好儘量保持低調，儘量讓少一點的人知道家裡是擺檳榔攤的。

坐了好一陣子，都快打起瞌睡了，卻一直沒有客人上門。突然，一輛轎車停住了，接著，車窗搖了下來。我站起身子，想出去問駕駛要什麼，但才剛跨出一步，駕駛油門一踩，竟然開走了。

我有點生氣，一邊「耍我呀」的念著，一邊瞪著開走的車子。開了幾十公尺，車子停了，下一攤那個檳榔西施一會兒靠近車子，一會兒折回檳榔攤，一會兒又笑瞇瞇的靠近車子——看樣子，她成功做了一筆生意。

我很鄙視那個駕駛：原本他是要跟我買的，只因為看到我是個小學生，而且是男的，他就轉往有檳榔西施的那攤去買。檳榔西施包的比較香嗎？檳榔西施賣的比較好吃嗎？誰不知他是醉翁之意不在酒？哼！

剛哼完，讀國中的哥哥回來了，他一進檳榔攤就問：「生意好不好？」

「不好，從我回來，一包都沒賣出。」說完，我順便把剛才那個駕駛的事告訴哥哥。哥哥聽了，只抬頭朝下一攤檳榔攤望了望，什麼話也沒說。

「哥，我們跟爸爸商量商量，也請個西施來顧攤子，好不好？」我說。

「請一個西施要多付一份薪水，你出呀？」哥哥白我一眼。

「那……我們的生意都被有西施的搶走了，怎麼辦？」

「怎麼辦？想辦法呀！」

想辦法？哥哥說的比唱的好聽！如果有辦法的話，我們攤子就不會這麼冷冷清清的，剛才那個駕駛也不會跑到下一攤去了！想辦法……我等著看哥哥能想出什麼好辦法！

星期六上午，哥哥拉著我來到附近的一間回收廠，取得老闆同意後，叫我幫忙找服飾店用來當模特兒的那種大型人偶。

「找那個東西做什麼？」我丈二金剛，摸不著頭。

「你找就是了，到時你就知道。記得，要女的，不要男的喔！」哥哥神秘兮兮的說。

哥哥葫蘆裡到底賣什麼藥，他不說，我當然不知道，只能糊裡糊塗的幫忙找。好不容易找到一個沒有損壞、還算乾淨的，兄弟倆合作將「她」抬回家，在哥哥的指示下，又替「她」洗了個澡。

接著，哥哥拿出一套比基尼泳裝，叫我幫忙替「她」穿上。雖然「她」只是假人偶，但我是男生耶！男生幫「女生」穿比基尼泳裝，多尷尬呀！

「哥，你這樣做要幹麼啦？」我不好意思的問。

「你幫忙穿好。我再告訴你。」

「哥，你……這泳裝你從哪裡弄來的？」我害羞的問。

「向我們班的女生『樂捐』來的呀！」

向他們班女生樂捐的！他們班女生不也是國中生嗎？國中生就有人穿比基尼了？

不一會兒，泳裝穿好了，哥哥叫我幫忙把「她」抬到檳榔攤前，放置在一個較醒目的地方，他還特地左邊看看，右邊瞧瞧，然後得意的說：

「哈！從今天起，我們也有檳榔西施了！」

檳榔西施！原來哥哥是用假人偶當檳榔西施！他好聰明喔！這樣一來，我們不但有檳榔西施招攬客人，還不用多花一筆薪水，果然是好辦法！

看到這位嬌媚美麗的「檳榔西施」，連爸爸都忍不住笑了。

「請」了西施，生意果然稍有起色。好幾個駕駛路過時，都忍不住好奇的停下車子，弄清楚我們的西施是假人後，除了莞爾一笑，當然免不了「順便」買一、兩包檳榔，讓我們多了一些收入。

下午，我和哥哥在顧攤子時，一輛警車在攤子前停住，跟著下來兩個警察，我們較熟悉的那個指著「檳榔西施」問：「它是你們放的嗎？」

「是。」我和哥哥不約而同點點頭。

「我建議你們把它收起來。」

「為什麼？」我不解的問。

「你們讓它穿得這麼暴露站在這裡，不但有礙觀瞻，還可能會造成車禍，收起來吧！」

「它只是假的呀！那些真的檳榔西施你不管，光找假的麻煩……」哥哥說。

「我們有在管呀！再說，那些真的檳榔西施穿得都比它多。」警察指著攤前的「檳榔西施」說：「收起來吧！不然，別怪我不顧情面了喔！」

聽了警察的話，我和哥哥心不甘、情不願的把「檳榔西施」抬進屋裡。看到「檳榔西施」進屋了，兩個警察開車走了，然後在下一攤停了下來——他們果然去管了。

遠遠望著那兩個警察，我問：「哥，『檳榔西施』不能放了，怎麼辦？」

「怎麼辦？當然是想辦法呀！」哥哥一邊望著那兩個警察，一邊胸有成竹的說。

晚餐後，哥哥匆匆出門去，不久，就帶著一包東西回來，叫我過去幫忙。哥哥從袋子裡拿出一套警察制服，要我協助替人偶穿上。

我一邊幫忙穿，一邊問：「哥，這制服……你又從哪裡弄來的？」

哥哥說：「我有個同學的爸爸是警察，我去向他要的舊衣服。」

「你為什麼要讓它穿警察制服？」我指著人偶問。

「下午那個警察不是說『會造成車禍』嗎？我們放一個假警察，就可以幫忙嚇嚇駕駛減速慢行，減少車禍發生，這樣，警察應該不會叫我們收起來了！」哥哥答。

嗯！說的也對！哥哥真是厲害，我真是越來越佩服他了！

隔天一早，我和哥哥把「警察」抬出去，放在原先那個較醒目的地方，哥哥同樣左邊看看，右邊瞧瞧，得意的說：「從今天起，我們改有人民保母了！」

果然如哥哥說的，「人民保母」站出去後，經過的車輛紛紛放慢了速度；車輛放慢速度，我們攤子的生意也和昨天有「檳榔西施」時那樣了。

這時，警車又在攤子前停下來，昨天那兩個警察下來後，我們較熟悉的那個指著「人民保母」問：「它也是你們放的？」

「是。」我和哥哥口徑一致的答。

哥哥接著說：「因為你昨天說放『檳榔西施』會造成車禍，所以我們故意放個『警察』，就可以提醒駕駛減速慢行，減少車禍發生。這樣……你該不會又要我們收起來吧？」

「可是……你們讓它穿警察制服，會不會冒名，或是混淆……」

警察還沒說完，哥哥就指著「警察」說：「請放心！它身上穿的除了顏色是警察制服，其他像徽章等的東西我們都拿掉了。」

警察聽完後，和另一個對看了幾眼，說：「你們放了它，其實……也有幫忙維持交通秩序。這樣吧，我們就睜一隻眼、閉一隻眼通融一下，讓你們繼續放。但是你們也不要天天放，偶爾收起來一下，讓我們好向上級交差。」

和警察取得共識之後，我們光明正大的把「人民保母」放在檳榔攤前，一面幫忙維持交通秩序，一面賣檳榔賺錢維持生活。偶爾，我和哥哥還是會趁著警察沒來巡邏時，偷偷讓「檳榔西施」出去站一下下，畢竟，喜歡檳榔西施的人比較多，我們也才能賺得比較多……

說到喜歡檳榔西施的人比較多，我想起健康課老師說的：「嚼檳榔容易罹患口腔癌，所以請勿嚼食檳榔」……

【導讀】

兄弟真是一對寶。什麼寶？

第一寶，兄弟兩人處於青春少年期，但認清自己的家庭狀況並接受現實。放學沒有媽媽接，沒有安親班，沒有籃球打，很清楚知道要回家幫爸爸做生意，這種不逃避，不抱怨，坦然面對，認清現實的心態非常了不起，是一寶。

第二寶，生意被檳榔西施搶走，生意不如人時，不氣餒。哥哥想辦法來面對，懂得廢物利用，到回收廠找來模特兒，向朋友借來比基尼，創造出假的檳榔西施，來迎戰隔壁真正的檳榔西施，這種想辦法解決問題的精神是值得敬佩的，是二寶。

第三寶，當想法受到挑戰，警察前來取締，能夠虛心接受，另外再想辦法，這是山不轉人轉的態度。這個辦法不行，再想另一個辦法。把比基尼換成警察制服，讓警察沒話說，也算是妥協，但是也和警察達成共識，讓警察好做事，這樣是雙贏，年紀輕輕能夠掌握這個原則，是三寶。

第四寶，學校所學與家庭現實不符合，懂得用低調的方式來面對，不張揚也不自卑，樂觀積極面對生活。兄弟兩人同心協力，哥哥有想法，弟弟有同心，兄弟同心，其利斷金，團結就有力量，是四寶。

第五寶，最後，當他想到老師說：「說到喜歡檳榔西施的人比較多，我想起健康課老師說的：『嚼檳榔容易罹患口腔癌，所以請勿嚼食檳榔』……」其實弦外之音是，不只檳榔有害健康，連檳榔西施也有害健康喔！這是想要端正風俗的一種酸言吧。懂得如此調侃的莞爾心態，日子或許是比較輕鬆的，是五寶。

你還可以從這篇文章看到什麼寶呢？

【作品出處】

本文榮獲桃園縣兒童文學獎。

【作者簡介】陳榕笙（1979-）

臺南市佳里人。目前從事閱讀寫作教學，兼任臺灣文學創作者協會秘書長，策辦多項文學營隊及藝文講座。寫作文類主要以短篇小說、兒童文學為主。曾獲福報文學獎短篇小說首獎、南瀛文學獎短篇小說及兒童文學首獎、府城文學獎短篇小說首獎等三十餘項。著有《沒人出海捕魚》、《天哪！我們撿到一把槍》、《珊瑚潭大冒險》、《貓村開麥拉》、《如何拍攝靜止的閃電》、《孤狗少年》與《麻達快跑》等書。

小延的金銀島

陳榕笙　作

七股鄉三股村的村民都知道，住在村尾王家的小延是一個愛海的小孩。

海邊長大的孩子，對海洋都有一份特殊的情感，但是小延不祇是喜歡海的遼闊、變幻莫測，也對海裡的生命感到好奇。小延的爸爸是蚵農，從小就帶著他駕著竹筏穿梭在潟湖中，整理棚架或是收成蚵串，這使得小延對海洋的生命力感到無比的驚訝與敬佩：把十個一串的蚵殼掛在棚架上、浸在海水裡，蚵殼上有許多小得幾乎看不見的蚵苗，但是過了一段時間後就會長成一整串沉甸甸的蚵仔，小延要用兩手才能提得動……撬開蚵殼，裡面都是肥嫩飽滿的蚵仔，爸爸的臉就會笑開了，他常常對小延說：雖然養蚵的收入並不好，工作繁雜、一年就祇賺這麼一點點錢，可是這是大海訂下的規矩，教我們凡事都要付出才有收穫……有時候颱風來了，蚵棚全被海浪摧毀了，小延的爸爸也祇是搖搖頭，無奈地說這也是沒有辦法的事，因為大海總是變幻無常；也因為大海變幻無常，所以才能生生不息……

小延聽著爸爸的話，心裡似乎有一點了解爸爸所說的「大海的規矩」，所以他總是乖乖的跟著爸爸工作。如果在棚架上提起來的是一整串飽滿的蚵仔，他會和爸爸笑得合不攏嘴，如果提起來的是一條斷掉的細線，爸爸也會安慰他不要難過，下次綁緊一點就好了……任何事情盡力而為就可以了。就像釣魚一樣，祇要準備周全了，就不怕沒有收穫；就算沒有釣到魚，也可能是自己運氣不好，而運氣是不能事先準備的。

這天小延和爸爸來到了他們的蚵棚巡察，看看蚵仔生長的情況。小延伸手拉起一串蚵殼，感覺比平常重了一些，一看之下發現蚵串的尾端勾住一顆拳頭大小的像是個冰淇淋甜筒一樣貝殼，殼面上有黑色細線條紋和白色斑點，當小延覺得很好看、正要伸手去拿時，爸爸很緊張地喊住他。

「小延！不要碰那個貝殼！」爸爸從竹筏的那一端跑過來，小延嚇了一跳，差點鬆手放掉整串蚵蚌。

「這種貝殼叫做芋螺，很毒的！如果被螫到就麻煩了……」小延的爸爸把蚵串接過來，提高讓小延看個清楚。果然，離開水面後的織錦芋螺感覺到環境的變化，伸出一根像是水管的東西左右試探……

「那就是牠的毒針，」爸爸用夾子夾住毒針，前端的部分滲出一點點紫色的液體……「不要小看牠喔，這可是會讓人致命的！」

小延嚇了一大跳，一想到剛才還差點用手去碰牠，就嚇得頭皮發麻，連忙叫爸爸趕快把那顆芋螺丟進海裡。

「其實呀……下次你衹要小心一點就好了，看到不知道的魚類或是貝殼，最好不要輕易的去觸碰它，」爸爸把芋螺在小延面前又晃了晃，「記住了沒？下次看到要小心一點……」然後把芋螺放回海裡。

回來之後小延一直無法忘記這件事，他體會到海洋的神秘與危險，但是最令他印象深刻的是織錦芋螺美麗的外殼與揮動的毒針……小延把這件事寫在作文簿上，班上的導師傅老師看過之後，到圖書室去借了一本《臺灣常見貝類圖鑑》給小延看。從此之後小延就迷上了貝殼。他發現原來貝殼有那麼多種類……各種形狀、顏色都有，連我們平常吃的蚵仔和文蛤都衹是貝類的一種。

小延整天抱著那本書一直讀，他發現原來貝殼的世界這麼有趣。下課之後小延會到頂頭額沙洲去撿貝殼，每次找到一種圖鑑上有的貝殼，回家後就興奮的圍在爸爸身邊說個不停……他開始收集貝殼，把它們分門別類的放在有隔板的紙盒裡、下面還鋪上棉花，防止滾動受損；小延聽從爸爸的建議，祇採集沒有活體的空殼、而且同一種類最多撿拾兩個，這樣子海灘上的寄居蟹就不怕找不到房子了，另外還有要注意自己的安全，不要到危險的地方、記得要帶帽子和水壺……這些小延都能倒背如流了，但是愛操心的爸爸總是免不了每天要提醒他一次。

即使如此，小延對於貝殼的熱情依舊沒有減少。他把收集來的貝殼帶到學校，請傅老師幫他一起分類、裝進盒子裡、再貼上標籤，上面寫著貝殼的名字、採集地點、和傅老師加註的學名，就成了全校自然科學教學的教材之一。小延成為國小裡的小小風雲人物，老師們看到他都會豎起大拇指稱讚，這也使得小延的爸爸為他感到驕傲。

但是小延卻沒有滿足於這小小的成就，他更加勤快的收集貝殼。每天下午放學後，他就會帶著班上對貝殼也有興趣的同學一起去撿拾貝殼；有時候就像是一起去玩一樣，邊走邊注意沙灘上的小亮點……走累了就坐下來休息；有時候運氣很好，會遇到比較深海的貝殼，像是千手螺或是骨螺之類的，造型特異的空殼，隨著海浪被沖上岸，大家就會高興得像打了勝仗一樣，因為學校裡的收藏又多了一個。而不管是遇上哪一種貝殼，小延總是大家的「顧問」，他對於這裡的貝類已經瞭若指掌，所以到了最後，他能撿的貝殼已經很少了……雖然如此，帶著大家一起到海邊撿貝殼還是一件很愉快的事情；夏天時可以在淺灘戲水、或是到紅樹林裡抓螃蟹；冬天的時候如果有人帶了望遠鏡，大家就能夠輪流觀看潟湖裡黑面琵鷺的樣子，這樣一來在美勞課時就能更生動地畫出牠們的模樣了。

小延遵守著和爸爸的約定，已經擁有的貝殼就不再收集，可是他卻發現海邊的貝殼越來越少……聽爸爸說是因為近年來污染越來越嚴重的關係，而且他在書上看過，大部分的貝類都生活在淺海的泥沙裡，祇有少數死去的空殼會被海浪沖到岸上，而且通常都已經不完整了。小延覺得有點失望，有時候整個下午都找不到一個自己想要的貝殼……

後來因為頂頭額沙洲北邊進行了挖掘竹筏出入的河道工程，常常有怪手進出紅樹林旁邊的小徑，所以爸爸也就暫時禁止小延再去海邊了。

等到小延升上了五年級，學校開始放暑假之後，小延又去了沙洲上。這次小延發現：久違多時的頂頭額沙洲竟然整個都變了模樣！在靠近海釣場的附近挖了新河道，裡面有個小避風港可以停泊竹筏；而挖土機挖出來的海砂，堆在河道兩旁，形成兩座隔著水道的小山丘。小延爬到其中一座山丘上瞧瞧，突然發現這些曬乾的海砂上面夾雜著好多好多貝殼！

小延又驚又喜，到處巡視，不一會兒就撿了滿懷的貝殼，全部都是他夢寐以求的寶貝：有完整無缺像梳子一樣的維納斯骨螺、像水管一樣細細長長的圓象牙貝、還有殼內有珍珠色澤的銀口蠑螺……太多太多美麗的貝殼了！小延簡直不敢相信自己的眼睛，原來很多貝殼都埋在泥沙底下啊！漸漸的天色已晚，加上小延並沒有帶裝貝殼的容器出來，所以他就帶著滿懷的貝殼踏上回家的路，並下定決心明天還要再來。

隔天他帶著班上的同學博文和阿茂，下課後拿著水桶小鏟子就直奔他的秘密金銀島……遠遠的就看見小延所說的那座小山丘，在陽光的照耀之下閃閃發光，原來是那些散落在表面的貝殼、以及一顆顆五顏六色、祇有紐扣大小的彩虹昌螺，博文一看高興的抓了一大把放進篩子裡篩掉沙子……國小裡的小朋友都知道，小巧可愛又色彩多變的彩虹昌螺，裝在玻璃瓶裡真是美麗極了。

而阿茂也沒閒著，跟在小延後面繞來繞去，隨著小延的驚呼，阿茂的心情也跟著越來越興奮。小延雖然被滿地炫目的貝殼弄得眼花撩亂，但還是不放過任何一個可能找到寶物的機會，兩眼直盯著地面，搜尋稀有貝殼的形影……過了一段時間後，博文跑來找小延與阿茂，指著對岸的土丘說：

「你們看那邊……上面一閃一閃的，好像也有很多貝殼耶……」

小延和阿茂抬頭一看，這才發現對面的土丘好像更高、面積更廣，祇是兩邊隔著一條新開的河道，不知道有多深……

「這樣好了，我先游過去看看……」三人之中比較會游泳的阿茂說。

小延與博文兩人站在河邊擔心地望著他，不過阿茂游到河道中間時就停了下來，回頭對他們大喊：「喂……不會很深哪……我的腳還踩得到地呀……」

的確，阿茂站在河中央，海水祇到他的胸口而已。兩人一看也就鼓起勇氣，把衣服脫了放在水桶裡，兩手高舉著水桶慢慢走向對岸……

到了那裡，又是一連串的驚呼，原來這裡的貝殼更多……而且體型更大！原來這裡是挖港時挖出來的海砂，往外堆就成了這座小島，另外一邊還有一條河道通往外海，這的確是一座金銀島！剛才他們流連忘返的小土丘祇不過是挖河道時清出的海砂，所以裡面的貝殼比較小、也比較常見；這裡有一些看起來已經年代久遠的大型貝類：有一大塊抱都抱不動的牡蠣化石、還有大的像橄欖球一樣的法螺、而收穫最驚人的就是小延了，眼尖的他居然找到一顆半埋在沙中，外殼有點褪色的鸚鵡螺！

他簡直不敢相信自己的好運氣！鸚鵡螺是一種有「活化石」之稱的古老貝類，原產於南太平洋斐濟至菲律賓一帶的深海中，但是鸚鵡螺死去之後的殼會隨著黑潮漂到臺灣南部……這種機會很少，但還是讓小延遇上了！望著手中夢寐以求的貝殼，小延感動的說不出話……以前小延祇在書上看過它，知道它的殼面下富有珍珠層，可做工藝裝飾品；現在他看著被海砂磨去外層的鸚鵡螺，在夕陽的斜射下閃爍著銀色金屬的光芒……能更認識貝殼這麼美麗的事物，小延真是太高興了。

但是等到天色已黑、他們才想要打道回府時，卻發現麻煩大了：原本祇到胸口的水位因為潮汐的關係，很明顯的漲高了，而且水流變得比較急，連深諳水性的阿茂都不敢貿然嘗試游回去，三個人焦急的在島上繞來繞去，尋找和陸地接近的淺灘……但是徒勞無功，島與陸地交會之處都挖成了水道，四下無人，他們被困在這座金銀島上了！

在天色越來越暗的情況下，焦急害怕的三個人祇好決定強行渡河。首先是阿茂打頭陣，然後小延右手挽著阿茂的胳臂、左手緊抓住博文的手臂……他們就這樣緊靠在一起、一步一步小心地往對岸走。身材較矮的博文把水桶倒扣在水裡，當成浮板來使用，可是當走到一半時，博文手上的水桶抓不穩被水沖走了，他也差點站不穩，還好有小延拖住他的手臂不放……祇不過這個小狀況，讓三人都嚇了一跳，驚慌之間，小延手上緊握的鸚鵡螺就在湍急的海浪中滑掉了……

「糟糕！」小延心裡暗自叫著，「我的鸚鵡螺……」可是這種情況下祇能硬著頭皮繼續往前走……等到他們好不容易到達對岸時，焦急地趕來找尋他們的傅老師和小延的爸爸也來了。另外還有整個村子的漁民們，出動了所有橡膠筏正往附近的海域搜尋著……

全身狼狽不堪的三個小孩被接回村子裡，所幸大家都平安無事，因此大人們就當他們是太愛收集貝殼了，所以才會忘了回家的時間……罰他們禁足一個禮拜，當然也免不了長輩的一番責罵，從此之後村裡的小孩要到海邊撿貝殼一定要結伴同行，並且一定要在黃昏之前就回家，而且無論如何，都不能再涉水到那個「金銀島」上了……

經過這件事情，小延終於明白爸爸所說的「大海的規矩」。雖然鸚鵡螺掉到海裡讓他覺得很惋惜，可是幸好當時他沒有慌張、也沒有放開博文的手臂，否則失去的可能就不祇是一個貝殼而已了；凡事都要付出才有收穫，所以小延對貝殼的熱愛並不會消失，祇是今後他會更加小心、準備周全，因為大海總是變幻無常，而且隨時都會有危險！

【導讀】

曾任臺東大學兒童文學研究所所長的張子樟教授提過，閱讀的三大功用是：提供樂趣、增進了解與獲得資訊。

看完短篇少年小說〈小延的金銀島〉，各位有沒有發現，我們增進了對於海邊生活的了解。對於海的規矩，海的神秘與危險，都有了進一步的體認。更獲得了貝殼方面的資訊。對貝殼有興趣的讀者，看完這篇小說，或多或少對貝類的種類和特徵。像法螺、鸚鵡螺、芋螺、維納斯、骨螺、象牙貝、蠑螺、寄居蟹等，都得到了進一步的資訊與了解。當然我們得到的最大樂趣，就是欣賞一個小孩子和爸爸的生活，靠海吃海，以海為中心的生活樂趣。住在海邊，海就是海的一切，居民要學會看天氣，要學會和海之間的默契，要遵守海的規定。海底生物繽紛多彩，進行海的遊戲自然成了孩子的生活中心，也是生活最大的樂趣來源。

環境會滋養我們的生命，因為我們的生命會在生活環境中點滴累積能量。小延跟著爸爸工作，或許有人看了覺得辛苦，但如果樂在其中，從中找尋樂趣，建立事業，提供服務，自有不同的天空。小延常常接觸貝類，因而產生興趣，進而收集貝類，透過圖鑑整理，成為學校教學的教材，得到老師的欣賞和同學的肯定，這都是生活中學習過程的成就。而這成就是從生活當中，透過行動一步一腳印所累積起來的。他是生命背景，也是一個人成長不可或缺的經歷。

【作品出處】

本文榮獲二〇〇二年南瀛文學獎創作獎兒童文學首獎。

消失的樂園

陳榕笙 作

一

夜晚在子彈飛舞的每個街角等待著瞬間變成白晝，這城市中所有瘋狂的一切我都了然於心。不論是穿著清涼的檳榔西施、或是逞兇鬥狠的飆車少年，都被阻隔在這幽暗陰森的城堡之外，如果我是個警察，那麼這城市鐵定少不了我的熱情，祇是現在的我卻得坐在這個荒廢多時的百貨公司裡，與惡劣的蚊蟲以及漫漫長夜搏鬥，外面街道上的熙來攘往與我並沒有太大的交集。

東帝士是個結束營業的舊百貨大樓，位於逐漸沒落的小北商圈，這裡曾是臺南市民的重要回憶之一；這是我第五天上班的地方，已經沒有任何商業活動的一個大空屋，業主尚未決定如何處理之前就先請我們保全公司來守著，一守就是五六年。

工作的內容很輕鬆：祇要定時巡邏每個樓層、防止遊民侵入或是破壞、以及做一些日常性的維護工作就可以了。雖然如此，一個大學畢業的學生來做這種工作實在是有些不適應。自從我退伍之後就一直處於失業狀態，好不容易應徵到的保全公司卻告訴我居安防護與戒送運鈔車的缺都已經額滿了，衹剩下工廠守衛和駐守百貨公司這兩種缺，我寧可站在百貨公司樓下指揮交通，也不要到工廠的守衛室去讓人看笑話，沒想到卻是到這種已經結束營業、等待拆除的地方來餵蚊子。剛接到通知時我差點瞬間崩潰，公司的主管連忙安慰我說這衹是暫時性的，等這邊的工作告一段落就要安排我做運鈔車戒送，雖然比較危險，但是那至少不會讓人瞧不起。

所以我寧願待在這裡，過著彷彿與世隔絕的生活，雖然這麼說有點誇張，但是除了和我一起值夜班的同事老吳之外，工作的時間裡並沒有機會接觸到外面的人群。我們在一樓大廳裡原本是服務台的地方設立一個巡邏哨，平常大夜班沒事就坐在那裡泡茶聊天，軍職退休後的老吳將這裡幾乎改裝成他的第二個家，把電鍋冰箱收音機通通搬過來了。他是個脾氣古怪的老頭，共事那麼多天從沒給我好臉色看過，巡邏樓層也總是倚老偷懶差遣我一個人去，平時卻老愛抓著我講他當年在軍中有多風光，猛灌我那些苦澀不堪的劣等茶。他老人家最愛將普洱茶和烏龍茶混在一起喝，再配上幾顆外殼看來已經發霉的落花生，嘴裡嘖嘖作響，每次我看見這幅光景，想到接下來的日子，就會覺得腦袋發癢，想拿把椅子砸碎落地窗、逃得越遠越好。

糟糕的還不止這些：在每兩個小時一次的定時巡邏途中，會遇見一群不知從哪裡跑進來的野貓，牠們不怕我只怕老吳，衹要有他在就絕對不會出現。那些野貓看到我就尾隨在後，有的可憐兮兮，有的語帶威脅口氣地喵喵叫個不停，一次我受不了那哀求，特地從外面的便利商店買貓罐頭回來，從此牠們看到我就像看到老鼠一樣窮追不捨。每天半夜看著牠們狼吞虎嚥的模樣，還有迴盪在整個中庭，啪嚓啪嚓的巨大進食聲，我就會覺得自己一定有點問題，把頭皮抓得火辣辣的，還絕望地祈求不要就這麼瘋掉了……

我想我的壓力大部分是來自於回憶，空無一人的商店街，曾經陪伴著我的成長：小時候最期待的事情，莫過於週末時全家一起來逛這間百貨公司，那時候每樣東西都很新奇、美食街的簡餐特別好吃；學生時代常常來買唱片、和朋友一起翹課到頂樓打電動；好幾次帶女朋友來看電影，散場後在頂樓手牽手散步……這裡到處充滿回憶，如今卻要面對她殘破老舊的模樣，我太念舊、懷念過去的人潮，所以才會無法適應現在的蕭索冷清。

二

過了兩個禮拜，一切開始變得不正常。我漸漸習慣一個人巡邏、每天固定餵一次貓群，也因此和便利商店的櫃檯小姐混得很熟，她看我每天都買貓食，以為我一定家裡養了一群貓。

放假的日子，我成天泡在網路咖啡店裡，幾乎什麼也不做，祇是觀看。觀看著十來歲的少年以連線的戰爭遊戲殺死了隔壁座位的同班同學，血腥畫面餵飽了這群少年的好鬥天性。就在那裡，同一個位置上，稍早之前來了一個疲倦的中年人，看得出來是被生活中一切大小事情磨損的很嚴重的那一型：從老婆的吵鬧到醫生的忠告、從汽車的公里數到公寓的管理費，所有的事情都持續地將他磨損殆盡。所以他來了，並且在螢幕上敲出一行一行熱切問候的文字，抓住每一個機會對聊天室裡疑似女性的網友不斷地獻殷勤、或者故作憂鬱……我知道他在想什麼，不久他就會興奮地抓起車鑰匙、連皺巴巴的西裝都差點忘記拿就衝了出去，為他的不幸生活找尋一點刺激。在他對面隱密座位的胖胖大學生似乎更飢渴，一雙眼直盯的螢幕上的裸女，眼角餘光不時飄來飄去、深怕別人發現他的小快樂，祇是他還是遺漏背後站了個小學生，從放學後就背著書包溜到這裡，提早接受科技進步的洗禮……我預估十分鐘後他的媽媽就要找上門來了。

這就是我們現代社會中的網咖眾生象，這樣的畫面或許有些人很熟悉，或許覺得沒什麼……我卻認為這是個消磨時間的好地方，人多的地方到處都是，但在百貨公司或是街上，卻很少有機會能清楚地看見每個人臉上的喜怒哀樂、慾望和兇殘本性……我可以一整天都坐在這裡，觀察別人、同時也讓別人觀察我。

我想有人也和我一樣，偷偷地在觀察別人。今天當我坐在電腦前假裝上網時，有人使用區域通信的功能傳了一封短訊到我的機器上，大意是問我有沒有空、要不要出去吃點東西之類的話。在我常來的這家網咖裡，設有區域網路連線的功能，也就是說祇要知道對方桌號，就能在電腦的主選單畫面中傳送文字訊息給對方，這項方便的程式使得這裡成為網友初次見面、秘密約會以及網路援交的勝地，我推測目前所遇到的狀況大概是屬於後者，聽店員說常常有一些翹課的學生妹來這裡，以這種方式將男人約出去，到賓館之後趁著對方洗澡的時候捲款潛逃。我很好奇對方是什麼樣的人，居然會看上我，所以就答應對方，十分鐘後在隔街的肯德基門口碰面。

當我在肯德基前面，像肯德基爺爺一樣站了大約二十分鐘後，我很確定是被耍了，正要轉身離開時，有個女孩子勾住了我的手臂、二話不說低頭拉著我就往前走……

「對不起，」女孩子說「最近奇怪的人很多，不得不小心一點……」

我們就這樣走了兩條街，這段期間我低頭看著她胸口前的塑膠項鍊筆不停地甩來甩去，那種搖頭店裡分發給客人、筆蓋是高音哨子的那一種。她身上穿著碎花連身洋裝，沒有化妝，看起來也不像會去網路援交的女孩子。我對於自己目前被拖著走的窘境，不曉得為什麼一點擔心的心情都沒有。

「妳所說的奇怪的人，是指警察嗎？」最後我們停在一家日本料理前面，我突然想起來我身上祇有幾百塊。「等一下，我們要吃這個嗎？我身上……」她轉過來盯著我瞧，然後笑了起來，「別擔心……」她笑得有點賊，「我確定你不是奇怪的人，頂多是個大樓警衛罷了……」然後一邊笑一邊走進店裡。

我第一次害怕了眼前的女孩子。

三

雖然百般不願，但是那天晚上我還是準時回到工作崗位上，喝完了老吳的普洱烏龍茶、聽完了十二點整的即時新聞廣播，準備要去巡視樓層時，那個邪惡的老頭子叫住了我。

「喂！年輕人，我問你：你有沒有餵那些該死的野貓吃東西啊？最近看牠們好像越來越囂張似的？」

「沒有啊。」我懶得跟他囉唆，既然他討厭野貓，也就不必讓他知道這件事情。我拿起手電筒，往一樓西側樓梯方向走去。

「最好不是，養那些畜生有啥用？我告訴你……」他又把我叫住，

「最近我懷疑有流浪漢偷跑進來，你注意聽啊……我發現有些可疑的保利龍碗留在三樓的北側逃生門那裡，搞不好是那些傢伙弄的。」

「知道了，我會注意的。」我心裡笑他的愚蠢，那些碗明明是我餵貓用的，怎麼會讓他突發奇想？他老人家膽小也就算了，一定是白天巡邏時看到那幾個碗，才想到要用這些小事來嚇嚇我罷了。那黑心變態老吳就愛在我夜間巡樓之前故作神秘、或是講一些鬼故事來嚇我，有種怎麼不敢跟我一起去巡邏呢？我不太搭理他，摸了摸腰際的伸縮警棍就逕自上樓。

上樓後我拐到寄物櫃前，拿出我早就藏在那裡的貓食和小罐的伏特加，往三樓走。一開始還會害怕夜間巡邏時，曾經想藉酒壯膽而買了伏特加，祇喝幾口的話老吳也聞不出來；沒想到最近我發現忙裡偷閒是一件好事，找個沒人的地方喝個微醺，也比較能夠忍受這座寂靜荒蕪的城堡。

我一邊走邊就著瓶口灌酒，心裡還在想著白天的事，但是卻想不出有什麼合理的解釋：她不是想找援交的對象嗎？不管她是為了錢還是純粹想打發無聊的時間，都沒有理由找上我，更奇怪的是她還知道我的工作？也許那是瞎猜的吧？不過也太巧了……不管是什麼樣的目的，陌生的女孩接近男孩有一種危險的味道，想到這裡就覺得有點可怕，還好今天沒有發生什麼事。

我特地把貓群引到四樓，換個地方餵食。老吳恐怕已經知道我餵貓的事，還是小心一點好……四樓有個原來是咖啡廳的空間，玻璃門關上以後聲音就比較不會傳出去。而且在這裡可以眺望整個城市的夜景。被貓群圍繞、獨酌片刻、沉澱心情，可以暫時忘掉工作的卑微。正當我陶醉在自己的秘密花園、心思天馬行空之際，有一個聲音毫無預警地出現在我的左後方。

「原來你上班時間偷喝酒呀？」女孩子的聲音。

我全身寒毛豎立、腎上腺素急劇分泌、胃抽筋、腦袋充血……我立刻跳起來「誰！出來！」轉身握住警棍，那該死的扣環扣得太緊，想拔卻拔不出來。「不要裝神弄鬼！趕快出來！」我的雙腿發軟、我的聲音在發抖、我的大腦告訴我的身體：快跑！可是我連根手指都動不了……

「怎麼了？才下午剛見過面就忘了我了？」女孩子從黑暗中走到手電筒的光圈中。除了這個房間之外，夜晚在每個子彈飛舞的街道等待著瞬間變成白晝，而周圍的空氣凝固，我第二次害怕了眼前的女孩子。

「是妳！？」我揉揉眼睛，「妳到底是誰？」我差點問她是人是鬼。

「……」

「妳到底是誰？有什麼目的？」我再問了一次，「妳為什麼要跟著我？」

女孩子以極度緩慢而毫無攻擊性的慢動作往我靠近，展示了她沒有任何武器的雙手拿走我的伏特加酒瓶，打開來喝了一口。

「你不用緊張……」她把瓶子遞還給我「我是你的朋友。」

「朋友？我祇看過妳一次而已，更何況那是……」

「是我安排好的？沒錯！我們注意你很久了。」

「你們？」

女孩轉身蹲下來撫摸貓群，我彷彿墜入濃霧迷宮之中，感覺麻煩的藤蔓已經漸漸將我纏繞綑綁，突然發現我全身都在流汗。

「你還真好心，每天餵這群小傢伙。」女孩子說。

「等一下，妳還沒有回答我的問題……『你們』到底是什麼人？為什麼會注意我？還有，妳到底是怎麼進來的？」

她站起來看著我，然後看著我背後的夜景好一會兒，害我也跟著轉過頭去看看有沒有什麼東西……

「我們需要你的幫助……因為我觀察你很久了，所以我覺得你是個可以信賴的人。如果你答應幫助我們，並能夠保守秘密的話，我就回答你所有的疑問。」女孩冷不防冒出這一串話，我把眼神從外面的世界拉回。

看來好像沒什麼討價還價的餘地了。

「祇要不是做壞事。」姑且問問。

「不算壞事。」她語帶保留。

「好吧，除了錢之外的事情，我要做些什麼？」

「不要你的錢……」女孩子似乎很高興，「走，跟我來！我帶你去見幾個朋友，路上再告訴你詳細情形。」她像下午一樣，挽著我的胳臂就拖著走。

「等一下，我還在值勤啊……」

「沒關係，就在這棟大樓裡！」女孩賊賊地笑著。

她把大部分的情況跟我說了一遍，可是我還是難以置信：在這個廢棄的百貨公司裡，除了我和老吳、野貓之外，還住著幾個遊民，也就是流浪漢。我壓根就不相信，但是她很認真、看起來也不像神經病，女孩說他們住在裡面已經有一段時間了，平時躲在鐵門緊閉的商家裡，無聲無息地過日子，祇求個遮風避雨的地方。「他們」一共有四個人，都來自不同的地方：分別是一個老人、一個五十幾歲的中年人還有個年輕小夥子，加上女孩子，「就像一家人一樣互相幫忙哦……」女孩這樣說，但是我根本無法想像那種情況，就算真的有人躲在這裡的某個角落不被警衛發現好了，他們要如何生活呢？除了巡邏哨的一樓大廳有電源供應之外，其他地方幾乎是漆黑一片啊！

「你自己看了就知道……」女孩帶我穿過一些堆滿雜物的通道、打開一些看起來已上鎖的商家、甚至拐進一兩個我完全不知道的暗門裡，來到了位於五樓西側的一個廢棄餐廳廚房門外。

「進去吧……」她摸出一把鑰匙，打開門、一陣怪味迎面而來。

四

我握住警棍走了進去，映入眼簾的是一盞小小的燈，買一條萬寶路淡菸就會贈送的那種，使用四顆乾電池的野營燈。透過昏暗的燈光，我看見兩個人躺在地上的厚紙板，似乎正在睡覺，房間裡有一大堆吃剩的空罐頭、便當盒和幾個礦泉水瓶。我聞到的怪味道也許就是從那堆垃圾裡散發的，女孩走到窗戶旁邊打開一條縫讓空氣稍微流進來。窗戶整片用報紙貼的密不透光。

「不好意思，這裡很亂……」女孩很抱歉地說。

這時候躺在地上的其中之一醒來，發出微弱的聲音說：「小璐……妳帶妳說的那個人來啦……？」女孩趕緊過去將他扶起，讓那老人靠著牆壁坐著。「李伯……你今天覺得怎麼樣？」「還好……」李伯坐起身之後，用一雙混濁的眼神打量著我，但是我卻沒有不自在的感覺，也許根本就不必要感到不自在，非法入侵別人的私有土地的是他們。

「喂！這太離譜了吧？你們把這裡搞成這個樣子，要是讓上面的人知道的話，我可是要被革職的呀！」我耐住性子，想要衡量一下目前的處境，但是除了意識到腋下流了不少汗之外，什麼也沒辦法想。李伯和小璐對看了一眼，接著慢條斯理的對我說：「年輕人，我了解你的感受……相信我，我老李不會害你的……或許……也可以說是幫助你自己……也說不定……」

「幫助我自己？怎麼幫？我看這次保全工作出了這麼大的紕漏，我以後一定很難在這一行混飯吃了……」

「我老李看不出來你喜歡這份工作……」

「喂……阿伯，你的意思是叫我乾脆不用幹了，和你們一起流落街頭是不是？」我動了肝火，等我發現自己說錯話時，馬上發覺女孩在旁邊怒目瞪視我。

「你以為我們喜歡這樣子嗎？」雖然壓低聲音，但還是感覺得到她的憤怒。

「好了……小璐，妳到外面去守著……我擔心另一個跑來找人，就危險了……」

「哼！我真是看錯你了……」女孩說著，氣呼呼地走出門外。

「對不起呀……小璐這孩子不壞……就是個性衝了點……」李伯賠不是，我反而覺得過意不去，「沒什麼，我說錯話了。」

「你沒有說錯話……但是我們也不是真的願意這樣躲躲藏藏過日子；唉，想一想還真是悲哀……這世界那麼大……要找個容身之處還真不容易……」

「難道你們沒有家人嗎？」

「本來是有的，但不見得有家人……就保證回得了家啊……」李伯說完，旁邊躺著的中年人突然坐起身來，嚇了我一跳，原來他剛才都是裝睡。

「小夥子！你還年輕，所以不見得了解這個社會的黑暗。」他拿出一包壓扁的白長壽，自己點了一根「誰會願意窩在這種鬼地方……我以前大陸東南亞到處跑，賺的錢多到自己沒時間花，這樣拼死拼活的還不都是為了家庭？好啦！等到我被人騙了，公司被併吞、老婆帶著小孩跑了、我回到臺灣時，連停在機場的車子都給法院吊走查封了！誰管你以前多風光……李伯以前也是，國營事業幹了四十幾年，退休之後原本該享清福啦……可他那幾個不孝的兒子就爭著要分家產，搞了半天便宜都佔淨了，卻沒人要奉養李伯，把他送到個破養老院去。有天一把火燒了個精光，李伯自己逃了出來……這事恐怕他們還不知道，搞了個省錢的告別式就這樣算了呢！」他說完，又點了一根香菸，深深吸一口，然後像是要把所有不滿通通吐出來一樣，向空中重重地噴了一堆煙。

五

我開始幫助他們：首先是觀察老吳的行動，打探消息。我每天提早一個小時上班，下班後還特地留下來和他攀交情……很簡單，我祇要買瓶蔘茸酒請他喝，他就會開心地咧嘴大笑、硬是拖著我講他當年帶部隊的事。

這對我而言是一種苦刑，但還是有幾次我套出他白天「追查敵軍」的情況：他先到管理室去，找出結束營業後部分商家繳回的鐵門鑰匙，一間一間開始清查。遇到沒有鑰匙的就先跳過，打算日後請他的鎖匠老同袍來幫忙……這樣下去早晚會被發現，因此我幾乎每天將老吳灌得醉醺醺的、讓他幾乎沒有餘力去搜索整棟大樓。

我實在搞不懂自己，為什麼要這麼熱心去淌這灘渾水，就好像我根本不知道為什麼要餵那群野貓一樣，難道祇是純粹同情嗎？當我到便利商店買酒和罐頭，掏出皮夾要付帳時，看到了皮夾裡的身分證，我想我大概懂了一些。我把這個社會給我的身分證放進皮夾裡，微笑地度過每一天，卻沒有想過在這個社會允許的範圍之外還有一些人，他們躲在陰暗的角落、在夾縫中掙扎著要活下去；我曾經期許自己擔任警職，是因為可以去幫助許多人，但如果今天我真的是個警察，到底能夠為他們做些什麼？

我帶著一種有點失落的情緒，回到工作崗位上。老吳躺在折椅上睡覺，也許昨天喝太多了……在確定他不是裝睡之後，我上樓找李伯，和他說了我和正邦見面的事。他似乎一點也不意外，整個廚房祇有李伯一個人，他看起來似乎沒什麼精神，講話的聲音很微弱。

「其他人都到哪裡去了？」

「阿盛去找工作了……小璐……大概又跑出去玩了吧……這孩子在想什麼……沒有人知道。」

「這樣啊？」我不敢告訴他小璐可能有援助交際的事，最近我聽網咖裡的人說：常常看見那女孩約男人出去。

「小璐離家出走，好像是因為家庭問題吧……」李伯嘆了一口氣，「她真是個堅強的孩子……雖然她剛來時渾身是傷，但沒多久就看她又打起精神了……可能是因為這裡都是男人吧？所以後來她就很少回來睡了，應該是有回家去看過，要不然就是住朋友那裡了……」

我實在無法想像一個女孩子在外面過生活的情形……小璐是讓我覺得和『遊民』這個詞最格格不入的人，再怎麼說，這個年紀的女孩子應該是要在大學裡面盡情歡笑、讀書或是交男朋友的時候，為什麼會……？

「李伯，我心裡有個疑問：因為我從沒遇過像你們這樣悲慘的人，所以我實在不知道要怎麼樣幫助你們……我的家庭很平凡、長這麼大也沒有遇過什麼挫折、更沒有嚐過流落街頭的滋味。即使如此，為什麼我的心裡還是充滿苦惱？」我把心裡的話說出來。

「孩子，如果你回到過去，不論是什麼時代，就會發現今日的社會比過去任何一個時代都要來的野蠻。我指的是人的心哪，在這個我們以文明自居的時代裡，處處可見野獸般的行為。就算是沒什麼大罪大惡的市井小民，在面對別人的痛苦時也都非常冷漠……可是啊，如果你能保有一顆善良的心，就算不是警察……也時時都能幫助別人啊……我老李說的沒錯吧？你是不是覺得現在的工作微不足道呢？」

李伯凝視著我的眼睛，「如果你祇是想幫助這個社會……那，你祇要認真的當個好人就可以了……一個好的社會，不就是由一群好人所組成的嗎？」

六

走道上遇見小璐，她似乎在等我。

「樓下來了一個奇怪的人，和你同事在討論什麼……你最好趕快下去看看。」小璐一見面就告訴我。

「我知道了……我會下去看看，妳進去看看李伯，他好像不太舒服。」

「李伯他是輕度中風、加上年歲已高，所以……」

「什麼？」

「你趕快下去，我會照顧他的……」小璐催我走。

「對了，妳這幾天跑哪去了？」我本來想問個清楚，「不是你想的那樣子……」她別過頭去。

我從小璐她平時出入的祕道繞到建築外，再從上班的門口跑進去，大廳的巡邏哨除了老吳之外還有另一個穿西裝男子。我裝作很喘的樣子：「對不起……老吳……路上塞車……所以遲到了。」

老吳和西裝男同時轉過來看我，我發現他看我的眼神有點不一樣，而且也不像宿醉的樣子……該不會？

「來，小兄弟，我跟你介紹：這位先生是T集團的開發部經理，葉先生。」老吳讓我搬了張椅子坐下。西裝男和我握手，他身材微胖頭頂微禿、年約四十。無法讓人產生好感的生意人類型，我覺得。

「我這次來是給兩位傳達一個訊息。你們也知道，這裡的業主，也就是本集團，一直想要重新利用這塊閒置的土地，你們也知道，在這麼高檔的路段，放了個這麼大的建築養蚊子，實在是說不過去。過去我一直向公司建議，這裡可以拆除重建、重新規劃、讓市民有更好的消費場所……但是礙於資金以及企劃的缺乏，公司的意思是暫時留置，並請你們保全公司負責看管……你們也知道，集團最近資金調度……」

這時老吳插嘴了：「葉先生的意思是，這裡最近就要拆掉重建啦！我們就可以不必在這裡餵蚊子，你也可以調回運鈔車戒送那裡了……」

這下可糟了！拆除重建？那小璐他們……「怎麼這麼突然？不是說短期之內沒有計畫拆除嗎？」

「原本是這樣子沒錯……」葉先生說，「但是最近由於我聽吳先生說，這裡在管理以及治安上都有些維護上的困難，吳先生說他發現有疑似流浪漢入侵的痕跡，如果再放任不管的話，恐怕會成為一個犯罪的溫床……於是我就趁機對上面的人呈報上去啦……結果上面的人也很擔心這樣的情況發生，正乾著急呢！正好，我的朋友是K集團的專案企劃，他手上正好有一個購物中心的案子……於是我就也順便報上去，看看上頭意思怎麼樣……」

「什麼時候要拆？」我心裡急了起來。

「最快下個月，不過……」西裝男頓了一下，老吳接下去說：「不過要等我們先會同管區，把整棟建築清查過了才開始。」說完老吳轉過頭來盯著我，「小兄弟啊，你最近……有沒有發現什麼異常之處呀？」

該死！他知道了！「沒……沒什麼異常啊。」

「喔……我這邊倒是有些線索……一到四樓我都查過了，但是五樓……好像有點怪怪的……」

葉先生急忙問道：「吳先生，你是說真的有流浪漢躲在五樓？」

「有沒有等一下我們就知道了，我已經通知管區，待會他們會來和我們會合，一起上樓揪出那些寄生蟲！等一下你也要和我們一起上去，這是警衛的職責所在！」

可惡！這下該怎麼辦？

七

半個小時後，正好是晚上十二點左右，轄區警力封鎖了一樓的四個出口，另外有三名荷槍實彈的警員和我們三人來到五樓，我的臉色發青，但不是害怕處分或是革職，而是真的擔心李伯他們的遭遇。

然而當警察破門而入之後，卻發現此地空無一人，祇剩下滿地垃圾與煙蒂。老吳與葉先生面面相覷，警察更是來回踱步，忙著拍照搜證；原本不敢進去的我，此時鬆了一口氣，卻怎麼也想不透……

「我知道了！」老吳大叫，「他們一定逃到頂樓去了，祇剩下那裡可以躲……」

「頂樓？頂樓是做什麼的？」警察問。

「頂樓是一個小型的遊樂園，有海盜船、摩天輪還有旋轉木馬等……」葉先生忙著回答，「但是往頂樓的通道早就封死了啊！」

所有的人都亂成一團，此時是個大好機會，我站在門外往後退了幾步，拔腿就跑，一直跑到通往頂樓唯一的樓梯口時，看見小璐站在那裡。

「快……跟我來！」她推開一個紙箱，挽著我的手往頂樓跑。

到了頂樓，李伯與阿盛都在那裡。李伯的情況很不好，靠在椅子上不停喘氣；阿盛的腳邊已經丟了五、六根煙蒂，全都抽不到一半。

「現在怎麼辦？他們很快就會追上來了……」我急得像熱鍋上的螞蟻，這時頂樓突然發出巨大的嗡嗡聲響，電源與燈光啪一下子全部打開。旋轉木馬開始運作，摩天輪也發出一閃一閃的霓虹燈光……

「糟了！他們把電源打開，這樣子真的無處可躲了！」我說。

「唉……沒想到我辛苦的找工作，卻還是來不及帶你們逃出去……」

阿盛看起來很自責，從口袋裡又掏出香菸。

「阿盛……這不是你的錯，」李伯用盡力氣地說「要怪就怪……我這沒用的老頭，如果不是我……拖累你們……」

「夠了！你們不要再責怪自己了！既然事情都已經到了這個地步……」小璐轉過頭來牽著我的手，「謝謝你為我們做的一切……」她牽著我，緩緩走向老舊的摩天輪。

「喂！都什麼時候了，妳還要去哪裡？」阿盛在背後叫著。

「我有話要和他說……」她的眼睛噙滿淚水，「與其悲哀地被抓，我寧願在被抓之前，還能擁有個快樂回憶……」說完她牽著我的手登上了摩天輪……

我和小璐按了啟動紐，然後跑步跳上老舊生鏽的摩天輪。我不知打哪來的勇氣，居然敢把性命交給這個多年沒啟動沒保養的破玩意，聽著它發出嘎嘎的聲響搖搖晃晃地上昇，我緊緊握住小璐的手。

「害怕嗎？」

「有一點……」

她把頭靠在我的肩膀上，「如果我們就這樣子掉下去了……你會不會怪我？」

「你不怪我害你捲進這些麻煩裡嗎？」

「我不知道……」我真的不知道，到底是被捲進麻煩裡，還是我自己跳進去的……我祇知道小璐現在靠在我身上，讓我覺得溫暖幸福，而忘記了危險……

「以前我爸爸常常打我，」她緩緩地說著，聲調就像一首哀傷的曲子「後來還對我性侵害……我真的受不了那種生活了，所以就逃出來，」

「然後遇見了李伯和阿盛，那一段時……我們真的好像一家人一樣！真正的一家人……」她沉默了一會，「我從不知道這城市的夜景這麼美……」

「我常常在網咖裡釣男人……說出來你會介意嗎？」

「不知道該不該介意……」我說。

「一開始是純粹騙那些蠢蛋，開了房間，等他們洗澡時拿了錢包就跑……可是後來，也遇過幾個不錯的好人，有的甚至要包養我，但是我都拒絕了。」

我抱著小璐、聽她說話，她所訴說的事情我不但不介意，反而有種得到證實的放心感覺。因為夜晚正在子彈飛舞的每個街角、等待著瞬間變成白晝，這城市中所有瘋狂的一切……我都了然於心，在這個小小而搖搖欲墜的摩天輪裡，恐懼與悲傷正等待著瞬間變成寬容與愛情。

然後我聽見摩天輪下面一陣騷動，我和小璐相視而笑。沒什麼，人生總得有一些風風雨雨，才會活得精采……

當我們緩慢地轉回起點時，李伯和阿盛被警察押住，葉先生與老吳站在前面瞪著我先走下去。

「臭小子！我就知道你和那些人渣是一國的！你居然幫著他們違法入侵、破壞私人物品，還敢在這裡泡妞？你是不是不想幹啦!?」老吳氣急敗壞開口罵人。

「沒錯！我就是不想幹了！」我說完，看著李伯。

如果一個夢想擱置得太久，而從未去實現的話，那麼那個夢想總有一天……會以惡夢的姿態出現。我還沒找到自己的夢想，或許永遠也找不到，祇是此刻我很確定我的夢想不在這裡。

「王先生，我真是想不到你是這種人，」葉先生冷嘲熱諷，「貴保全公司的職員，好像不是每個都像吳先生這麼敬業啊？我想……這些遊民的入侵以及破壞物品的刑責……你大概也脫不了責任吧……」

我們僵在那裡，但是當小璐從摩天輪裡出來後，事情有了戲劇化的轉折……

首先是趾高氣昂的葉先生……他一看到小璐就失聲尖叫：

「啊！！！怎麼是妳？妳這個賤人！快把我的東西還來！」

我丈二金剛摸不著腦袋，回頭望著小璐……

「真巧呀！『藍色男孩』……怎麼會在這裡遇見你呢？」

「妳還裝蒜！妳那天在飯店裡落跑，還偷了我的公事包！那裡面有重要的企劃案呢！警察先生，把這女的抓起來！她是小偷！小偷！！！」

「等一下！你這個老不修！色胚！在網路上誘拐未成年少女從事性交

易！你以為你會沒事嗎？」

「哼……妳根本就跑掉了！哪來的性交易？」

「我可不這麼認為喲……我收了你的錢呀！還有，有沒有開房間，去調飯店的監視錄影帶就知道了……」

西裝男葉先生陡然一驚，「簡……簡直是胡說八道！警察先生，趕快把她抓起來……」但是小璐又乘勝追擊：

「還有你那份企劃案，我早就看完了……裡面的『附件三』的資料……好像是你朋友和你談好的回扣部份……是不是？看你相貌堂堂，沒想到居然吃裡扒外、幫著別的公司來拆自己公司的大樓……如果我把這份資料交給警方、或是貴集團的主管，再加上誘拐未成年少女的罪名……我看你敢不敢和我們玉石俱焚？」

葉先生整個人癱在地上，顯然是被小璐的氣勢給將了一軍，過了一會才回過神來，向她說：「算了算了……如果妳肯把公事包還我，我就不對你們提什麼告訴了……警察先生，我想私下和解……」

「等一下！葉先生！你不可以向這些人渣低頭啊……」老吳很生氣，

跑上前指著小璐的鼻子說：「妳這個小鬼，居然敢這樣跟大人說話！跑到別人的地盤上，還敢這麼囂張！？」

「你也不是什麼好東西，把工作的地方改裝成自己家也就算了，別以為沒人知道你最近偷搬了多少商家沒帶走的貨品出去變賣！」小璐劈哩啪啦又是一串，「說好聽一點是清查樓層，但是我好幾次看見你把別人不要的樣品鞋打包、拿到跳蚤市場去賣，有一次我還看見你大白天摟著一個光溜溜的假人跳舞……」

「夠啦夠啦！！不要再說啦！算老子怕了妳了……我告訴妳，祇要你們在拆除前趕快搬走，這次的事情就算啦……這樣可以嗎，小姑娘？」老吳面紅耳赤……看來『假人』對他而言是致命傷。

「這還差不多……」小璐高興地轉過頭來看著我，我啞口無言，已經不曉得第幾次……我害怕起眼前的這個女孩子了……

八

一年後我和小璐經過這棟大樓，外觀看起來一點也沒有要拆除的感覺。雖然景物沒變，人物的改變卻蠻多的：小璐現在是我的女朋友，我們各自找了一份穩定的工作，安分知足地生活著。

李伯走了……也許流浪的折磨更加重了他病情，唯一欣慰的是他的子女也改變了不少，知道李伯流浪的事，個個痛哭失聲、帶著悔恨的心替他辦了第二次喪事，雖然改變得太晚，但總比沒有好……

阿盛找到工作了，在連鎖餐廳當廚師，從零開始。他說要為自己好好活下去，總有一天，要成為另一家連鎖餐廳的老闆。

雖然我還沒有找到我的夢想、雖然在現實社會中，可能根本不允許夢想的存在，但是我會一邊尋找、一邊堅持著活下去，而且一定要做個「好人」，因為如果你想幫助一個社會，就非得從自己做起……一個好的社會，不就是由一群好人所組成的嗎？

作者讓最後結局是圓滿的，美好的。因為我們都希望社會是光明的，幸福的，但事實上，整體社會裡必定藏有陰暗的，醜陋的。〈消失的樂園〉故事中，東帝士百貨公司已是廢墟，按照一般正常程序，業主會派人守衛，等待重建或拆除。但是流浪漢沒有棲身之處，廢棄的空屋就成了他們遮風避雨的最好地方，偏偏這個選擇是業主所不能容忍的，所以衝突與對立自然產生。

一個大學畢業，有愛心的，念舊的失業年輕人，是這個故事的主角。他自己不順心，但是面對比他更落魄的流浪漢，他的憐憫之心油然而生。李伯的故事，阿盛的故事，小璐的故事，都遠遠比他悲慘許多，有時候想要幫助別人是不需要理由的，因為對方就是需要幫助。不需要去考量自己的利益為何，也先別急著衡量自己要面對多少困難，或許做了就對了。當這顆憐憫之心和他的職責產生衝突的時候，最後還是選擇幫助需要幫助的人。所以他得面對問題，面對困難，一一解決，形成這個故事的主軸。

這個社會裡有西裝筆挺的惡人，有不經事的正義之士，有不起眼的平凡人。當這些人在某個時空發生交會，往往不經事的正義之士會有讓人佩服的義舉，不起眼的平凡人會有讓你掬一把同情之淚的感人故事，更會讓你看到披著西裝卻是狼般的惡人。這些都讓故事有了張力，有了渲染力，因為對比強烈。

社會由人組成，而這個社會充斥著各式各樣的人。雖然「好」的界定可能會因人、因事而異，不過至少我們心中的價值必須告訴自己要當好人。從當個好人開始，就是幫助這個社會變好的起點。讓社會變好，有人用職位展現影響力，有人用專業付出心力，但最簡單的方法，最根本的方法，就是從當好人開始。就像故事中的這位大學生，畢了業還找不到滿意的工作，找不到夢想，但還是堅持做好人，就是一個最好的示範。

【作品出處】

本文榮獲二〇〇八年第十四屆府城文學獎短篇小說正獎。

【作者簡介】周梅春（1950-）

生於臺南佳里。曾任出版社編輯、書店負責人。曾獲吳濁流文學獎、國軍文藝金像獎、省新聞處最優作品甄選獎、高雄市文藝獎、南瀛文學傑出獎等。著作有長篇小說《轉燭》、《看天田》、《暗夜的臉》。短篇小說集《純淨的世界》、《夜遊的魚》、《天窗》、《黃昏的追逐》、《蝸牛角上的戰爭》，散文集《歡喜》，兒童叢書《奇妙的果樹園》、《仙女的彩衣》等數十本。

清菊

周梅春 作

鐘響那一刻，結束冗長的一天，課堂上每張困乏的臉無不張開嘴巴打哈欠，伸懶腰，慢吞吞將課本筆記胡亂丟進書包，拖著沉重的身影走出教室，等在電梯口，一批批下樓。

清菊夾在人群裡腦子不斷重複媽媽的叮嚀——下樓後右轉，第一個十字路口到對街坐四十二路公車。

爸爸出差，媽媽身體不好，清菊不得不單獨坐車回家。坐她右側的雪芬露出誇張的表情笑說：妳把坐公車當飛機啊？笑死人了，我國小一年級就搭公車上學。

沒辦法，清菊自小在爸媽呵護下長大，從未單獨出過門；剛上小學，媽媽在教室外面清菊看得到的地方站了好幾個禮拜，直到她適應為止。長得清瘦有點憂鬱的清菊，看起來就像需要特別照顧的女孩；偏偏——大學連著兩年落榜，已經第三年，第二度在補習班上課。從早上八點到晚上十點，清菊在補習班手不離卷的啃讀。這次再落榜就死定了。

周梅春

下樓，右轉，經過十字路口時，清菊穿越馬路到對面尋找四十二路站牌。一切相當順利，不到五分鐘，清菊已經在站牌下等車。這麼簡單的事，媽媽卻一再叮嚀，爸爸還畫一張地圖，彷彿不這樣，他們家小小清菊會消失在都市叢林，從此覓不到蹤影。

街道有點冷清，附近商家打烊拉鐵門的聲音此起彼落，站牌下候車的人不多，清菊揹著書包遠遠站著，仰望潑墨似的夜空，無論白天黑夜清菊都在密閉室內苦讀，白色牆壁就像失血的冷面孔。曾經她將月曆上的偶像明星大張彩照張貼在臥房牆壁，隔天就被媽媽撕下來，說是因為這樣，不專心，才會考不上。

媽媽跟清菊一個模樣，清瘦蒼白，只臉上多了許多皺紋。不孕帶給她的打擊很大。清菊曾經看她抓緊報紙微微顫抖，只因上面刊載試管嬰兒成功的消息。為什麼別人輕易就能獲得她卻一而再的失敗？如果，媽媽有個自己生的孩子，我會在甚麼地方？

清菊知道自己不是爸媽親生，卻從不敢提及這件事。從小，她能感受那股壓力。反正在爸媽庇護下生活過得舒適又安全，從未出過錯。媽媽最忌諱的一句話是「為什麼」。她若不小心說出來，媽就很痛心地告訴她：不為什麼，妳只要照我們說的去做就對。

「喂，車子來了。」

肩膀突然被人拍了一下。清菊回過神，四十二路公車早已停在那，清菊忙著上車也忙著看一眼拍她肩膀的人。那個人揹一把吉他走到車門前，側過身放慢腳步讓她先上。

媽媽數過站牌，要她在第五站下車。爸爸也畫出離家不遠處一塊響亮招牌——妳只要看到炸雞店的招牌就按鈴下車。

如此詳細指示，終於讓清菊平安回到家。一進門媽就追著問。「怎麼樣？沒搭錯車吧？人多不多？擠不擠？」一臉焦慮和不安。

「很簡單，早知道就自己通車，不用爸爸每天載來載去。」

風雨無阻的接送，不僅爸媽勞心勞力，清菊那因愧疚累積下來沉重的負擔也壓得她透不過氣。她總是怕，怕再落榜，怕無臉面對如此辛苦殷切期盼的爸媽。所以——

「今後我自己搭車上補習班好了。」

「少笨了，光等車就要耗掉不少時間，一天一個鐘頭，一年可以累積多少時間？能念多少書妳知不知道？沒腦筋，連這個也想不透。」

從冰箱取出點心，媽媽又說：「補習班寄成績單來了，妳怎麼老是退步？」

「沒有啊，沒退，最近試題較難，全班分數都退了。」

「我不管別人怎樣，妳比人家多念一年，只能進不能退。」

清菊快速喝下牛奶，面對甜膩的蛋糕有點食不下嚥，卻又不敢不吃，只好一小塊一小塊塞進嘴裡。

「妳爸要一個禮拜才回來，這幾天坐車小心，萬一有人找麻煩，趕快找個人多的地方求救。」

「好啦，我洗澡去了。」

「我的話妳到底記住了沒？」

「記住了。」

「我才不信，妳要是記性這麼好，怎麼連考兩年都考不上？我這麼辛苦為的是甚麼？不求回報，只求妳爭口氣，妳堂姊是醫生，好歹妳也考個醫學系給他們看。」

更年期症候群。媽媽常在電話中和姨媽聊天，說著說著就哭出來，爸爸指著她生氣罵說：別人更年期害病也沒妳厲害。清菊和雪芬談起，兩人還在電腦輸入更年期症狀。哇！還真難纏，好像每個上了年紀的女人都會有，都要勇敢面對；現在可好，爸不在，清菊連個擋箭牌都無。

隔天晚上清菊又在候車站遇到那個揹吉他的男孩，深夜裡揹一把大吉他站在街頭等車，給人非常突兀的感覺，清菊不由多看他一眼。

「嗨，」對方竟打起招呼。「剛下課？」

清菊哼了聲，趕緊望望馬路那端，看車子來了沒。

「很不巧，車子剛開走。」難怪站牌下就他們兩個人。

等車時間相當無聊，男孩突然拉開吉他袋子撩撥琴弦，暗夜裡跳動的音符就像精靈般，滑出曼妙的旋律，清菊聽著聽著，似乎有點沉醉了，突然聽見公車駛過的聲音，兩人同時跳起來，拼命揮手喊叫和追趕，公車仍舊絕塵而去。

「糟了！」清菊跺腳。

「完了！不知又要等多久。」男孩也嘆氣，「妳趕時間嗎？」

「還好，」清菊退回站牌站立，心想媽媽等急了，不知會做出甚麼事？報警？或者衝到補習班找人？

入秋後的夜有點涼，清菊仰望逐漸圓潤的月亮，想著中秋，耳邊聽到他說：「中秋節快到了。」

「是啊，」清菊正眼瞧他，寬寬的臉上一抹堅毅的笑，跟補習班上戴著厚厚鏡片的男生截然不同。「你學吉他？」

「我彈吉他。」

「你是吉他老師？」

「不是，」他說：「我和朋友在街角有一間工作室，我們組團練習合唱。」

「真好。」

「妳會嗎？」

「甚麼？」

「彈吉他。」

「不會。」

「很簡單，我教妳。」

好像真的很簡單，尤其清菊小時候學過鋼琴，對音符有一種莫名的喜愛；男孩左手按住琴弦，右手一撩撥，琴音流水般叮叮咚咚響起來。

車子來了，這一次總算沒錯過。

回到家，媽媽嚴厲的嗓音緊追不放。「我打電話到補習班，準時十點下課，為什麼現在才回來？到哪裡鬼混？說！」

「爸爸不在妳就搞鬼，從補習班回到家要這麼久？騙鬼，騙我沒坐過公車？明天起我就到補習班門口等妳，跟妳一起回家，看妳還能玩甚麼花樣？書不好好讀，錢大把大把花出去，妳到底還想怎樣！」

清菊洗完澡出來，聽見媽媽又在跟姨媽哭訴，電話裡大聲嚷嚷——我好日子不過，偏去領養人家孩子，連生個病都不能休息，她在外面鬼混，我在家裡乾著急，坐也不是站也不是，幾次跑到巷子口吹冷風，吹得頭都疼了，快裂開來。這麼辛苦為誰啊！她偏不肯好好讀書，早知道……。

清菊坐在書桌前發呆，媽媽規定十二點以前不准上床睡覺。她現在清醒得很，睏意早被叫罵聲磨光。此刻，她像夜貓子，厚厚參考書排的滿桌都是，腦子裡卻不斷響起深夜街頭吉他的聲音。

十二點已過，媽媽捧了一杯冰牛奶一塊起士蛋糕進來。

「可以睡了，妳每天都這麼用功，不怕考不上。媽罵妳是為妳好，怕妳鬆散懶惰，妳不要放心上，知道嗎？」

「嗯。」

「乖，妳是乖女兒，我相信妳一定會考上，不會輸給堂姊。」媽站起來又說：「明天妳還是自己回來，媽頭痛，不舒服，沒辦法去接妳。」

燈熄了。黑暗中，清菊站在窗前看月亮，第一次想到親生母親，不知她長什麼樣子？是誰？還在人世嗎？

一連幾天清菊都在暗黑街頭和男孩聊吉他，也許五分鐘，也許十分鐘，公車就來了。

「妳有音樂天分，以後可以走這條路。」

「學音樂能做甚麼？」

「只要有興趣，就可以當努力的目標；我們工作室有很多年輕人為了興趣，白天工作，晚上才到工作室玩樂器。」

「可以這樣嗎？」話剛出口，清菊就察覺問得很幼稚。一向她都由父母安排學習的方向和目標，習慣了也不覺得有甚麼不妥。可是，這一次訂下的目標太難太難，只因為堂姊是醫生，媽媽說輸人不輸陣，非要她跟著學醫不可。

「明天周末，要不要到我工作室看看？」

「我明天照常上全天課。」

「翹半天課沒關係吧？只要一、二個鐘頭，不會影響妳功課的，明天下午兩點，我在這等妳。」

「可是——」

「好啦，就這樣說定。」

翹課！清菊從未有過，雪芬卻是家常便飯。

雪芬常要清菊一塊去看電影，清菊從未答應。有一回雪芬玩到差五分十點，才匆匆跑到樓下等接送的父親。「我跟朋友連看三場電影，好過癮。」「被抓到怎麼辦？」「就這麼辦。」雪芬一副無所謂的樣子。

清菊晚半個小時回家就會被罵個半死，更別說翹課啦。可是，周末一過，爸就回來了，他回來連搭公車的機會都沒了。所以……。

周末下午兩點，清菊準時在站牌下出現，男孩騎一輛黑色摩托車早就等在那裏。

第一次坐摩托車，第一次和年輕男孩如此接近。風吹來，屬於另一個人的體味是如此逼近，躲也無處躲。

工作室就在街角一棟大樓的地下室，進入窄梯隱隱聽見樂器合奏的聲音，門一打開，音樂潮水般湧出，彷彿穿透陰暗，被隱藏多年的情緒突然暴開來，清菊有一種說不出來的興奮。

置身在巨幅搖滾歌手彩色照片張貼四壁的房間，幾個年輕人熱情有勁的敲打樂器，男孩順手取過吉他加入演奏；清菊靜靜靠著牆壁，靜靜傾聽；男孩額前髮絲飄來覆蓋眼睛，清菊真想伸手幫他梳理；一個彈奏電子琴清秀的女孩不時靠近跟他咬耳朵，咕嚕咕嚕笑著。

陸續有人進來，有人出去，來去都不曾引起他人注意；在這裡，只有自己，自己的感覺。男孩曾說，他們全靠白天工作賺來的錢支付工作室的開銷。也就是說，這裡每個人都是為興趣而努力工作，努力活著。

總有一天，這群人將走出自己的路，擁有自己的天空。而我呢？清菊不由細細思量，我究竟為什麼而苦讀？真是荒謬透了，清菊已經念三年高中，一年半補習班，這一切只因為堂姊是醫生，她就必須考醫學院，考那個很可能一輩子都考不上的科系。

清菊緩緩挪動身子，慢慢離開音樂工作室，回到補習班，雪芬詭異的盯著她看。「說，上哪兒去？」「去看一個朋友。」「男朋友？」「胡扯啦。」

盯著黑板，清菊因為翹課而感到有些不安。

爸爸出差回來，清菊不再搭公車。媽媽說：「現在知道爸爸的重要了吧？有人接送多舒服啊！」

每晚十點，爸爸的車準時在補習班門口等候。經過四十二號公車站牌，清菊從車窗玻璃看見男孩孤獨的身影，內心不由飄過一絲酸楚。後來，她乾脆不去窺伺，直到有一天，站牌下再也遍尋不著他的影子。

清菊腦海常常浮現鬧哄哄的搖滾樂，呆怔著又忙著將自己埋進厚重的參考書。清菊就像一隻籠中鳥，不小心飛到外面的世界，繞一圈又回到籠子裡，每天固定在餐盒與木條之間來回跳躍。窗外藍天，不過是幅固定不變的圖像罷了。

【導讀】

清菊是上一代所謂「乖孩子」的縮影。過去成長的過程，父母怎麼安排，孩子怎麼遵循，似乎不會懷疑，不敢懷疑。父母總說是為了你好，所以才這樣安排，為了孝順，不拂逆，所以縱使不喜歡，也得遵照父母的意思往前走。生活，交朋友，考試，升學，都是這樣。

這一代的孩子已非如此，當然這是因為這一代的父母也不像以前那樣了。像清菊這樣完全被父母安排的生活，從中可以看到三種親情暴力：

1.操縱

利用示弱來引發他人的愧疚感，進而操縱他人，清菊的媽媽正是如此。當媽媽說：「你這麼不聽話，爸媽的心都傷透了。」這時媽媽把自己置於劣勢，讓清菊覺得：「是我的行為導致了父母難過，我應該對所有事情負責」。通過情感上的操縱，強迫孩子按照自己的期待生活。

2.比較心態

「你看看別人家的孩子」這種說詞，可能在每個人的童年中都聽過：「你看看誰家孩子行，你為什麼不行！」清菊被媽媽拿來和表姊比較，她讀醫學院，所以清菊媽媽也希望她讀醫學院，縱使已經落榜兩次，第三年還是要繼續拚到這個目標。暴力不見得只是打罵，讓孩子一直身處於比較之下的自卑中也是一種暴力。

3.強制

強制是指對於別人的要求暗含著威脅的意味，如果不配合，將可能受到懲罰。這是關係中的強者常用的手段。清菊爸媽就是強者角色，展現一種使命感/責任感：我是你爸/媽，我的職責就是管教你。豎立一個威嚴的形象，許多規定，許多約束，許多期待，都強制清菊去達成，讓清菊失去自己自由的意志。

文中顯現出清菊對於讀醫學院並沒有多大興趣，對音樂倒是潛伏著一股熱誠，但最愛的無法接觸，不喜歡的卻要去達成，這是生活的無奈，也是生命的悲劇。清菊從小被安排好，被規定好，被期待著，已經失去自己的個性，失去追求自我的勇氣。這與她是個養女是否有關？抑或父母的親情暴力讓她無力反抗？

現代親子之間的溝通或許不會如此僵硬霸道了！年輕一代的青少年也比較會表達個人看法！但如果你依然遇到像清菊這樣的處境，你會如何面對與因應呢？身為父母者，千萬不要再讓孩子背負過大的壓力，導致讓他們喘不過氣來！就是希望不要再有家庭悲劇發生！讀書、成績固然很重要，但是人際關係、親情的愛、童年時光等等，都是無法再重來的。

【作品出處】

本文收錄於短篇小說集《黃昏的追逐》。

【作者簡介】林佛兒（1941-2017）

臺南佳里人。林白出版社、推理雜誌社創辦人，曾任《鹽分地帶文學》雙月刊雜誌總編輯。曾獲第一屆葡萄園詩獎、一九七〇年第十一屆中國文藝協會散文獎章、二〇〇七年第十四屆全球中華文化薪傳獎文學類獎、二〇〇八年第十四屆府城文學特殊貢獻獎。移民加拿大時創辦加拿大華文作家協會，並任創會會長。著有詩集《臺灣的心》、《鹽分地帶詩抄》等，散文集《南方的果樹園》、《腳印》等，長篇小說《島嶼謀殺案》、《美人捲珠簾》、《北回歸線》等。其他尚有短篇小說集《夜晚的鹽水鎮》、《阿榮嬸的壞事》等十餘種。

獻給母親的全壘打

林佛兒 作

或許下了幾場雨的關係，在夏天開始沒好久的長滿楓林和矮樹叢的丘陵上，已經有了幾分蕭蕭秋涼的氣氛，像山一樣神秘和寧靜的早晨，四面環山的紅葉村口，被一層輕霧籠罩著，連接著山脈的天空，停著幾朵薄雲，動都不動的，整個世界都靜止了，甚且為我們所呼吸的空氣，也凝著像一種固體，只是看不到它的形像。夜色雖然逐漸消退，可是，清晨的氤氳還很朦朧，在遠處流動著河水的聲音，潺潺地把黑夜唱走了，斑鳩和什麼鳥的啼聲，卻把可愛清潔的早晨啄來了。山坡口一些簡陋的房屋；在樹林裏或濃霧裏的，燈光也都熄了。

早晨像一個小孩的腳步，躡手躡腳的，無聲無息地來了。因此我們便看到，通向更高的山的村路上，走動著一些孤單的人影，有男的也有女的，男的背上扛著舊式的獵槍，腰際紮著一把大刀，插在皮革或木板做的刀鞘裏，走動起來便很神氣地幌著，他們打獵去了；而婦女們的肩上吊著一只竹籮筐，另一個肩上扛著把鋤頭，臉上洋溢著滿足快樂的笑臉，她們朝山上的小米田耕作去了。

就在這個時候，在一間低矮的木頭房屋裏，胡勇輝在堅硬的床上翻了幾下，終於被某種聲音吵醒了，他睜開眼睛的時候，搜尋那種吵醒他的聲音來源，起初他以為是母親叫醒他，要不然就是壁間鐵籠的小松鼠，可是他傾聽了一下，母親正在廚房裏忙煮食，小松鼠也還很甜很熟地睡著，那麼，吵醒他的是什麼聲音呢？胡勇輝覺得很奇怪，他從床上下來，清脆的，彷彿鐘聲的嘀嘀嗒嗒又傳來了，他尋聲走到窗戶旁邊，看到屋簷霧水，一滴一滴地掉在窗前一塊紅色的磚頭上，吵醒他的聲音竟然就是這個呀，他不免覺得失笑，心裏想，昨夜的霧好濃呀。

操場上一定被露水沾濕了，那麼，等下打棒球的時候，要不要穿鞋子呢？胡勇輝想起昨天邱老師說的話，第二十屆的全省兒童棒球賽馬上又要到了，從今天起每個選手在早晨五點半前一定到校，參加集訓。胡勇輝馬上連想到現在到底幾點鐘，他有些緊張，怕時間已經過頭了。

「媽，媽，」他朝廚房那面叫著，「現在幾點了？」

胡勇輝的家沒有鐘也沒有錶，看時間完全以他父母親的經驗從天色得來。他父親一直罵他笨，他父親說，他小時候像他那種年紀，不要說從天色看時間，風和雨他都能預測出來了。

母親的聲音從廚房傳來，「不早了，不早了，你趕快洗臉，我剛才看到有學生到學校去了。」

「哎唷，怎麼不早喊醒我呢？」胡勇輝抱怨著，在牆上抓起一條毛巾，匆匆地跑到屋外面的水缸旁，用瓜瓢掬起一泡泉水，朝臉上一沖，毛巾往臉上一抹，又往屋裏跑，當他揹起書包時，他母親從廚房裏端了碗東西出來。

「嗯，吃了再走！」

胡勇輝知道那又是雞蛋泡在小米裏的稀飯，她知道母親特別疼他，當他被選上棒球選手時，家裏母雞所下的蛋，幾乎都給他一人吃。母親說怕他體力不支。而他也一向非常喜歡吃蛋。他很垂涎去看了一眼母親手中的那碗東西，但最後還是把書包一捽，要走了。

「怎麼，不吃就要走了？」

「哼，誰叫你不早點把我叫起來，現在到校一定遲到了，怎麼有空吃。」胡勇輝有些生氣地。

「好了，吃這個又不需要幾分鐘？」

「不要。」

說著就走了，母親沒有攔住。

「阿勇，阿勇，」

胡勇輝已走到屋外，在一棵楓樹下站住。

「叫你吃了再走，你不是說今天就要開始訓練了嗎？怎麼可以空著肚子……」

「我不吃了……」

他說著不理母親地跑了，母親追到楓樹下。

「不吃就不吃，但慢慢走呀，不要用跑的，……你中午要回來照顧弟妹呀，我和你阿爸，中午都不回來了，阿勇……」

看著胡勇輝矯健的身手消失在濃霧中的小徑。做為母親的她，微微地嘆口氣，同時，臉上流露出一種驕傲而滿足的微笑。

夏天的早晨是美好的，因為有了霧，要不然山上的綠色當能更吸引人。胡勇輝在小徑上很快地跑著，下著坡，一路上露水和鳳尾草，沾滿了他的小腿。他走過一個轉彎，在一處黑暗的樹叢邊，有一片長著蘚苔的岩壁，流著一柱清泉，胡勇輝把頭探去那條清泉下面，仰起臉，張開嘴巴，一股清冽的冷泉流進他的口腔，他喝了幾口到肚子裏，因為太冷冽了，他不由得打了一個寒顫。然後他又跑了，學校就在山坡下，而東方的山稜上，正露出一片魚肚白，唉呀，胡勇輝暗叫著，太陽要升起來了。

他到達學校的時候，已跑得氣喘如牛，但他一口氣都不敢休息，因為他看到，操場上邱老師已經帶著同學們在打棒球了。他走近操場時，他的好朋友胡福隆正打出一支漂亮的全壘打，球強勁有力地在天空中穿過守在右翼的余宏開的頭上，余宏開追都來不及。這時站在投手位置指導的邱老師看到遲到的胡勇輝，板起臉孔，大聲地朝胡勇輝吼著：

「運動場跑三圈！」

胡勇輝哼都不敢哼，放下書包，乖乖地繞著運動場跑起來了。

邱老師就不管胡勇輝了，他叫過來已經回到本壘的胡福隆，當面給他幾個糖菓，做為打了一支全壘打的獎勵，然後他對著投手胡武漢，做了幾下投球姿態。

「你知道嗎？你投給胡福隆的那個全壘打的球，就是沒有扭腕，所以，球雖然強勁有力，但沒有墜，沒有彎曲，這種球，遇到打擊準確的打擊手，可以每一個都造成全壘打，知道嗎？來——看看我的姿態。」

斜斜地偏著身體，慢慢地縮起左腳尖，然後右臂迅速地像狂風般地投出一球，球路垂直，直到接近打擊者約五公尺時才忽然墜下去。是一個好球，捕手很俐落地接住球，但打擊手卻撲了個空。

邱老師有點得意地笑著，對著投手胡武漢說：

「怎麼樣，體會得出來嗎？記得用腕力。」

投手點點頭，表示領會。他便抓起球，邱老師叉著腰站在旁邊注視著。邱老師是一個個子矮小的人。黝黑的皮膚，兩個膀子下垂，手掌粗糙得不像個抓粉筆的老師，要不是他臉上所表現的堅毅的神情，他臉上風霜所留下的痕跡，人們會以為他是在人生旅程上倒下過的人，他的炯炯有神的眼光，可以證明一點，那就是：人的堅強是從磨鍊中鍛鍊出來的。

邱老師很威風地站立著。這時氣喘如牛、又怯生生的胡勇輝已跑完三圈運動場，他立正直挺挺地站在邱老師的面前。

「報告老師……」

「為什麼遲到？」

「……」

「這樣沒有團體秩序和榮譽觀念的人打什麼棒球！以我們的環境，我們組成了這個球隊，在外面打了幾次勝仗，我們憑的是什麼？胡勇輝，你說我們憑的是什麼，你說說我們的信條！」

聲色俱厲的邱老師幾乎把胡勇輝嚇軟了，他看著邱老師威嚴的臉，發了狠，終於一鼓作氣地：

「紀律、勇氣和百折不撓的精神！」

「好，你沒有忘記，」邱老師的口氣緩和了，變得像一個兄長對著親愛的小弟說話：「那麼，你早上無緣無故地遲到，對我們的紀律，我們的榮譽的球隊是一種不好的紀錄，你知道嗎？你錯了……」

「是的，老師，我錯了……」胡勇輝感動的要哭。

「好了，好了，回到你的位置，我們繼續練習！」

這個早上，他們一直練球練到金碧輝煌的太陽升起來，光亮亮地照在草坪上，剛好到了朝會的時候，他們滿身汗水地去站在升旗台前。今天輪到胡勇輝和古進財升旗，他倆跑到旗杆旁，胡勇輝披開一面國旗，學生們就唱起國歌……。

升旗典禮完畢後，胡校長上台把一些有關紅葉村的重要消息說了一遍，然後就提到關於球隊參加二十屆全省棒球賽的事：

「我們的紅葉球隊，在邱慶成老師的領導下，已躍為全省棒壇一支優秀隊伍，十八屆我們就得冠軍，上一屆雖然屈居亞軍，但今年春天在臺南舉行的秋茂杯，我們又把這個榮譽得回來，這完全是紅葉隊的教練和每一個球員的功勞，我本人非常感謝你們，為我們這個偏僻而又貧困的鄉里，爭取了這麼高的榮譽……現在，二十屆的全省棒球賽又將來臨，雖然比賽的地點在遙遠的臺北，我們的經費可能有點困難，但校長請各位球員放心，校長一定盡力爭取，一定讓你們到從未到過的我國的一個院轄市，去告訴他們，我們的學校雖然只有四個班，學生只有一百幾十個人，我們鄉里貧窮，經費無著，但我們還是來了，克服了無數困難和挫折，我們來把那個冠軍拿回去，讓生活在富裕的環境裏的人知道，我們打了勝仗，雖然憑了優異的球技，但最重要的，還是我們對自己的信心……校長今天很高興站在這裏跟各位講話，各位紅葉隊的隊員們，加緊練習，磨勵球技，以期再拿個更大的榮譽回來，不要使桑梓的父老們，你們的父母，你們的兄長和同學失望，校長對你們的期望很大……」

下午放學以後，邱老師又帶著球員到操場練球了，操場有微風，太陽還掛得很高，有一片灰雲遮了它一半，所以在操場下面一片開闊的玉蜀黍田裏，停了一片巨大的陰影。廁所那方的草地，大概又有些可憐的小昆蟲棲留在那裏，樂壞了許多鳥隻，歡躍地往下飛撲，吱吱喳喳地啄食。

球場由邱老師分成兩隊，做比賽式的練習，他並且規定，每個球員打擊三次，如果沒有一支安打，便要跑運動場。

胡勇輝被分配在和投手胡武漢、一壘手古進財、三壘手胡仙洲、游擊手王志仁、中堅手余宏開一隊裏，其餘的隊員組成另一隊，比賽起來實力伯仲，但有很多伙伴沒有達到邱老師的要求而跑了運動場，而胡勇輝，他的打擊是最為邱老師欣賞的，他的打擊率在隊裏可以說是最高的。

一直練習下去，投手胡武漢的手到最後幾乎抬不起來，其他隊員們由於打擊搶壘也都累得精疲力盡，但邱老師還是不放鬆。

「邱春光，邱春光，你的奪壘簡直像在開玩笑，臥倒，撲壘要急要猛要快，不要像小娃兒怕摔傷。」

投手胡武漢接連地投了三個壞球，邱老師火大了，他的臉容被夕陽浴得一片緋紅，他氣兇兇地衝到胡武漢面前：

「你再投一個壞球看看！」

胡武漢被老師一嚇，手臂上的痠痛，心理上的倦怠，一下子跑光了，他又聚精會神地使出全力地投出一球，那球是一個好的曲球，打擊者摸不著，球結結實實地落入捕手的手裏。

邱老師又氣兇兇地跑過去了。

「哈，我說過多少次，邱錦忠，打擊時右手使力，左手輔助，如果遇到狡猾的投手，就像胡武漢剛才那個曲球，你擊出的水平線一定要跟腰平，知道嗎？你剛才打得過高了，還有記住，左手只是輔助，平衡右手出力的準確性，左手不要太用力……來，胡勇輝，你來打一個讓邱錦忠看看……」

胡勇輝從二壘處被召下來，他已經很累，從下午三時開始練習到現在，太陽都要下山了，他覺得腳步很沉重，濕透的衣服黏在皮膚上，很不舒服，但老師一叫，有些緊張地下來，又是表演性質，他要額外小心。

站在打擊位置，球棒微微下垂放在背後，他看到胡武漢慢慢地舉起兩手，左腳尖也逐漸提高一剎那間，胡武漢的右臂像打過來一記巴掌似地橫過來，球勁直，胡勇輝看出那是一個墜球，他用力，球棒自腰際飛出，「ㄎㄧㄤ」一聲，球和球棒兩種衝力相擊的清脆的聲音；球從打擊位置，劃一個弧形，掠過投手、二壘手、中堅一直飛到全壘打的線外，落進一堆草叢裏。

歡呼聲雷動起來，邱老師高興而驕傲地拍拍胡勇輝的肩膀。然後捕手和投手過來抱住他，好像電影裏的鏡頭一樣，焦點漸漸拉遠了，我們在高高的地方，看到擁在一起的三個小孩，站在旁邊的邱老師，以及從右翼外野及各壘奔回的選手們，他們歡呼……。

而這時，夕陽落了，夜色已逐漸在這寧靜的山村製造一層黑的帷幕，村頭有狗叫，暗黑的柏樹棲著鳥，也棲著一枚上升的月亮，村落上的燈光，更像天上的星，一朵一朵地亮了。好多可愛的光暈和眼睛啊！

胡勇輝帶著疲倦的身體回到家裏，到田裏耕作的母親和打獵去的父親都還沒有回來，兩個幼小的弟妹正坐在門口玩，一見到哥哥，就嚷著肚子餓。

他掬了一面盆水，把兩個弟妹粗略擦洗乾淨，妹妹已經七歲了，很懂事地跑到廚房裏，掏了一筒小米要燒飯吃，胡勇輝帶她做著這些事。並且，把房間裏的燈燃亮。

飯煮熟了，他盛了一些餵了年幼的弟弟，後來又把他哄上床睡，他實在也很疲倦、肚子也餓，但是父母親就是還沒有回來。

他坐在門口等著，月亮從楓葉間漏進來，是一片牛乳色的溫柔，胡勇輝想，就是因為有月亮，母親他們才回來晚吧！

松鼠的叫聲清晰可聞，寄生在楓樹上的蝴蝶蘭吐露的芬芳也嗅覺的到，山間的夜真美好，有時候，葉子落下來，在月光中輕緩地飄落下來，那意境真美啊。

胡勇輝正在胡思亂想的時候，月光下有兩個人影從黑道走過，他一看，發現就是父母親，他連忙站起來，朝父母奔去。

母親的背上揹著一捆捆枯乾的玉蜀黍麥桿，父親手上提著一只獵物。

「打到了什麼啦？」胡勇輝很高興地問。

「兩隻灰兔和一隻山雞，山雞就燉給你吃。」

「今天開始練球了吧！」母親在一旁問。

胡勇輝經母親一問，才想到應該去幫母親扛那捆玉蜀黍桿。

「媽，我替你揹……」

他要去接時，母親拒絕了他。

「算了，到家了嘛，你煮飯了嗎？」

「煮了。」

「吃飯了嗎？」

「沒有。」

母親回頭看他一眼。黑暗中看不出母親的表情，但我們可以想，胡勇輝很孝順，她一定流露著驕傲的神情。

他們一家人在吃晚飯的時候。

簡陋的一張木板釘成的桌子，桌面上擺了一盤鹹白帶魚，就惟有那樣一盤菜，他們就喝起小米煮起來的稀飯。

母親說：

「阿勇，你少吃一點，等一下那隻燉山雞是你的。」

「媽和爸就不能吃嗎？那隻山雞是爸爸打的，是媽媽燒的，應該您們吃才對呀！」

「小孩子，」父親說：「我們從年輕的時候就一直吃這個，吃都吃厭了。」

「是啊，而且你最近打棒球，很勞力，特別需要營養，要保重身體呀！」

胡勇輝心裏很感動，他覺得父母親對他真好，父母親說他們吃膩了山雞，他才不相信，在山地裏，大家過得很貧窮，窮得有些時候只能吃兩餐，不要說那乾燥無味的小米不會吃厭，山雞是一種很滋補的飛禽，就是在山裏賣起來也是很貴的。父母親要讓他獨吃，無非愛惜他的身體，疼他的一種具體表現。他很感激他有這樣好的一對雙親。

「爸爸和媽媽這樣疼我，……」他說不下去了，低下頭。

「傻孩子，倒越來越懂事了，」媽媽說著站起來，走到他的旁邊，扶著他的肩膀：「你爸爸和我都很愛你，你爸爸沒有唸書，不識字是一件很糟糕的事，所以我們要你好好用功唸書，尤其最近一兩年來，你入選棒球選手，到西部去參加比賽，勝利回來的時候，你知道我們多高興多驕傲！那個時候，我覺得所有的辛勞都是值得和應該的，阿勇，只要你好好打棒球，多替家裏爭點光彩，你要什麼，只要我和你爸爸做得到，我們都給你的，知道嗎？阿勇。」

「媽媽……」胡勇輝只覺得胸腔鼓騰一股上升的東西，幾乎要窒息他，他好不容易呼吸了一口氣，竟然一泡眼淚，不由然地淌下來。

他儘情地哭了。

母親把他一把抱入懷中，母親也很激動，他叫著：

「孩子，孩子……」

坐在對面的父親，看到他們母子這樣一回事，鼻子嗡動幾下，也感覺眼角有點發麻，他打個哈哈，逕自走進臥房。

那天晚上，胡勇輝一直睡不著覺，月光照在窗邊，樹枝打在屋簷上，有一種聲音，使他額外清醒。半夜裏，裝著松鼠的鐵籠一直轉動著，松鼠也跟著他興奮難眠嗎？胡勇輝看著頭頂上明滅的一盞燈，他立了一個願望。他決心這次出外參加比賽，一定要盡最大的力量，得個最高的榮譽回來，讓父母親高興，報答他們疼愛和養育之恩。

就這樣，天很快就亮了，亮的很光明。紅葉球隊又日日繼續他們的練球。

可是有一天早晨，朝會的時候，校長站在講台上，沉默了一兩分鐘，然後才緩慢深沉地說：

「這些日子，紅葉棒球隊的隊員們，很辛勞認真地練球，我非常感謝各位，現在，距比賽的日期日子無多了，校長覺得很慚愧，校長曾經答應你們，說無論如何要湊出一筆經費來，讓你們參加比賽，但近日來，我到處奔波的結果，很是失望，教育科以及一些私人的幫助。我們湊的僅是幾千元，所以，昨天在臺東的時候，校長已經對外宣布，由於經費關係，紅葉棒球隊決定退出第二十屆全省學童棒球賽……」

操場上一百幾十個學生，個個驚愕，紅葉球隊的隊員們，聽到校長的這一宣佈，有如晴天霹靂，起初他們愣住了，後來，三三兩兩地抱起來痛哭。

顫巍巍地站在講台的胡校長，也流下了眼淚，他沙啞著嗓子繼續說下去：

「我們的退出是無可奈何的，校長不能拿那麼少的幾千元，讓你們到臺北去挨餓，……我知道大家都有雄心，但是，我們太窮，只有放棄一途，原諒校長以前的承諾，校長對不起你們……」

起了風的早晨，把校長送下講台了。台下的學生們，秩序大亂，球員立即跑到邱老師的面前，問他是不是真的不去臺北參加比賽。

紅葉隊很少有電線桿，因此球員看到的邱老師，彷彿是冬天裏一棵落光了葉子的楓樹，光禿禿的瘦小的身體無奈而又惘然地站著，好像一切生命都和他無關似的，如果人們在這個時候，硬要從邱老師的身上找到一點綠意，那麼僅有的就是面頰上那一行無聲的眼淚。

紅葉棒球隊，甚至連紅葉村這個山村的每一個人，心灰意冷，死氣沉沉地過了三天。

這天中午，校長室忽然騷動起來，原來校長室接到從臺北一家叫王子雜誌社寄來的信。信裏大意這樣說，從報上得悉紅葉隊由於經費不能北上參加比賽，甚表同情紅葉棒球隊的處境，同時，紅葉棒球隊的奮鬥精神值得鼓勵，所以王子雜誌社站在愛護孩子的立場，願意幫助紅葉隊來臺北參加比賽，看需費若干，王子雜誌社願意負擔。信的內容大概這樣。校長室裏校長和邱慶成等老師在熱烈地商討這件事。他們的心又興奮起來，覺得參加比賽可能有望了。當時校長一面囑咐邱老師，不要放棄練球的機會，一面寫信到臺北的王子雜誌社，只要能讓孩子到臺北參加比賽，有吃的地方，住的地方就行了。

校長發出信的第三天，一封喜氣洋洋的限時信又降臨這個風景美麗的山村了。信是王子雜誌社總經理蔡維岳寫的，他如上開條件，王子願意負擔一切，並且在比賽前三天，他要派一部社裏的交通車，親自到紅葉村裏來接他們到臺北遠征。

這是個好消息，立即傳遍了紅葉村，球員們快樂得幾乎要瘋狂起來，他們帶著壓倒一切的心情，痛快地玩著，打著，練習著棒球。

比賽的日期漸漸接近……

有一天早上，天氣很好，山腳下的公路上，忽然出現了一部罕見的車子，像一隻蝸牛，緩慢地往上爬起來。不知是誰先說的，那就是從臺北來接他們的王子雜誌社的專車呀。

「王子雜誌社的車子來了，王子雜誌社的車子來了，……」

四處爭相奔告的村民們面露笑容；而紅葉棒球隊在邱老師帶領下，高高興興地跑到山下迎接了。當王子雜誌社的專車和紅葉棒球隊的孩子們在山腰碰頭時，大家都有一種相見恨晚的感覺，蔡維岳總經理很親切地招待他們上車，然後大家談笑風生地，一路唱著歌，朝美麗的紅葉村開去。

下午他們就要乘著專車離開故鄉到臺北去遠征了，中午他們吃過飯，邱老師就帶著孩子們到山谷中的一處很著名的天然溫泉池，大洗溫泉，孩子們在此下了決心，向他們的父老們保證，此次遠征一定凱旋歸來。

他們上車的時候，孩子們的父母在車邊一直叮嚀。胡勇輝的母親手中抱著幼小的弟弟，一直不離開車子的左右，她叮嚀著她的孩子。

「記得好好打球，保重身體。……」

後來車子開了，帶著紅葉棒球隊漸漸離開紅葉村，父老們，跟在車子的後面，胡勇輝的母親，攀住車窗，叫著阿勇，直到眼淚流出來才停止。

胡勇輝不停在車窗外向他的母親揮手，車子一轉彎，便什麼都看不見了。除了綠色，除了心的跳動、血的循環，他茫然的把一隻手沉重地靠在車窗上，車子就漸漸遠去了……

車子在歡笑中馳過廣闊平坦的西部平原，在夕暮，逐漸接近臺北。當紅葉棒球隊在燈光輝煌的夜間，進入臺北市時，選手們對繁華熱鬧的這個夢想中的城市，個個目瞪口呆了。胡勇輝簡直不敢相信這種景像，夜晚九點多，街上仍然車水馬龍，人潮洶湧，他想，在他們的紅葉村鄉間，一入夜，一切事物就進入睡眠狀態了，想不到臺北竟然這樣熱鬧，燈光映照著建築物，彷彿白晝一樣。他太驚奇了，心裏就竊喜和計劃著，決定將來回家，一定要把臺北的繁華告訴家鄉的父母親和同學們。

那晚上他們宿在一家叫西門的旅社裏，有許多同學向邱老師建議，帶他們到外面玩，可是邱老師沒有答應他們，原因是棒球賽後天就要開始了，明天還有一天要忙，要養精蓄銳，另外一個原因是，邱老師對臺北的街頭不熟，他不敢冒然帶他們出去逛街。胡勇輝和同學們都有點失望；睡覺的時候，他的情緒還很高亢，幾乎每個人都興奮難眠。胡勇輝躺在榻榻米的床上，兩隻眼睛空洞地對著天花板瞧，一顆心卻飄到遙遠的故鄉，他想著家裏母親和父親和弟妹們，現在可能睡得很熟了，母親的睡眠中，是否也夢著他……母親的影像在他意識漸漸模糊之際，明顯清晰起來……

第二天他們起了個大早，王子雜誌社一部專車，已在旅社門口等候他們，他們換上威風漂亮的比賽穿的服裝，個個神氣奕奕，迎著臺北一顆蛋黃的晨陽，王子的車首先把他們帶到雜誌社裏去參觀。

胡校長在車子中對他們說，這次我們能成行來臺北參加比賽，完全是王子雜誌社資助，等下到雜誌社時，一定表現得有禮貌，好好向蔡總經理道謝。

王子雜誌社在臺北市近郊的三重埔，是一幢三樓建築，他們到達時，門口放起一串長長的鞭炮，劈劈啪啪，把他們的耳朵幾乎要震聾了，王子雜誌社的部份同仁們，都在樓下迎接他們，胡勇輝看到校長和邱老師臉上湧起一陣紅潮，胡勇輝心裏感到很溫暖，他知道他們一定也受著同樣的感動。

『邱老師……』胡勇輝叫了一聲，準備告訴老師他內心的感覺，那股濃郁的人情味，幾乎使他想哭，可是一下子，他被人羣湧到樓上去。

紅葉棒球隊在王子雜誌社玩了一個早上，雜誌社的蔡總經理送了他們許多東西，包括他們一看就迷上的王子雜誌。中午總經理請他們吃飯，飯後他們還是留連忘返，要不是邱老師一再催促要回去練球，他們真不想走，王子雜誌社的一些編輯和記者們，和他們玩得很快樂，他們一起拍了許多照片，並且答應他們，明天紅葉隊的第一場比賽，雜誌社的全體同仁，一定去做他們的啦啦隊，看他們以優美的球技，打勝了第一仗。

五月十五日，天氣雖然陰沉，但還沒有下雨，市立棒球場的看台上坐滿了人，紅葉棒球隊的第一仗是對臺中市的大同國小。比賽七局，紅葉隊輕鬆地以五比〇過了第一關。

五月十七日，紅葉對臺北市的永樂國小，賽前邱老師直諄諄訓示，永樂國小在臺北是一支勁旅，千萬不能掉以大意，他特別交待胡勇輝，一定要把平常的打擊率表現出來。胡勇輝果然不負眾望，他在第五局時打了一支漂亮的全壘打，給紅葉隊又帶來了一次勝利，結果六比一打敗永樂國小。

五月十八日，紅葉隊對來自同一縣境的臺東隊，臺東隊在縣裏一直是紅葉隊的敗將，但這次是全省賽，臺東隊勢必奮力一博，邱老師對臺東隊的球路很熟，諸小將經過教練的指示後，也輕易地以七比〇打垮臺東隊。

五月二十日，紅葉對博愛，博愛也是來自臺東縣，在臺東，他是一支最威脅紅葉的球隊，而且兩隊均已進入決賽，哪一隊在這比賽敗了下來，就屈居季軍，勝利的那一隊就有問鼎冠軍的希望。因此，在這種情況下，兩隊勢必火拼。邱老師要他的小將們，拿出他們的信條以信心來擊敗博愛。在下著雨而且場地泥濘的艱苦作戰裏，紅葉隊以一比〇險勝博愛隊。

五月二十一日，這是一場冠亞軍的爭奪戰，紅葉隊的對手是來自嘉義的垂楊隊。今天雨下得很大，八點鐘開賽時雨仍然落著，但看台的觀眾坐滿了八成，看球的人打著傘穿著雨衣，這種熱誠和盛況，比起隔鄰足球場中菲足球賽的冷冷清清，成了強烈的對比。

昨天晚上，胡校長和邱老師在旅社裏集合他們說話。校長和邱老師都說，沉著，信心應戰，務必要打垮垂楊隊，這個冠軍得來有兩重意義，從不能參加比賽而得著王子雜誌社的資助，以及比賽期間包括報界各方面的器重，絕對不能讓期望的人失望；要特別記住，故鄉紅葉村的父老們，正等著我們凱旋歸來。

上午八時四十分揭開戰幕，由垂楊先攻，紅葉隊投手胡武漢，以他神奇的投球術壓制垂楊隊的凌厲攻勢，至三局，兩隊均無斬獲。第四局垂楊隊第四棒黃金和左翼安打，五棒湯振榮三振出局，六棒黃左信得四壞球上壘，七棒洪振昌出擊時，黃金和趁隙順利盜入三壘。這時候洪振昌在教練指示下，橫棒觸擊，球落在捕手前水窪邊緣，紅葉隊捕手因場地潮濕，搶救不及，卒被黃金和奔回本壘一分，洪振昌也順利奔上一壘，黃佐信從二壘盜入三壘，紅葉隊投手胡武漢立即傳球給三壘手胡仙洲因離壘太遠，一時刺殺不及，但狡猾的胡仙洲做了一個投球狀，但未將球擲出，黃左信果然上了胡仙洲的圈套，離壘時，即被胡仙洲刺殺。八棒周文俊高球出局，垂楊以一分領先。

四局半紅葉無收獲，五局雙方又掛零。六局時，紅葉隊軍心有些動搖，胡勇漢急得差點要哭。這時，雨已經下小了，紅葉隊的投手發奮圖強，投出的球不是曲球就是墜球，兩下子就把垂楊解決掉了，六局半，紅葉九棒余宏開首先迎擊，但三振出局，一棒邱春光也以內野球出局，二棒胡福隆得到一支安打，三棒胡勇輝出擊——

胡勇輝的內心緊張得很，他覺得這一棒如果打得不好，那麼紅葉隊可能沒有希望了，假如這次出征，不能拿個冠軍回去，怎麼對的起故鄉的父母呢？尤其他的母親一直要他打好球，把一些比較有營養的東西都給他吃，這樣偉大的母愛，怎能讓她的期待落空呢？

胡勇輝全神貫注，抓緊球棒，眼睛盯著對方投手周文俊的投球手勢，對方連續投來了兩個好球，但胡勇輝均未打擊，這時原先佔一壘的胡福隆迅速盜入二壘，旋即又奔上三壘。已經兩人出局，胡勇輝又有兩個好球沒有打擊，對於紅葉隊來說，得分的希望已等於零，這時胡勇輝忽然起了兩個念頭，他不知道是打一支橫擊滾地球讓胡福隆回壘得一分好，抑是拼命一次，好好打一支全壘；但時間不容許他多考慮，投手又投來一個直而勁的好球，胡勇輝對準猛力一揮，球在細雨中，朝著左外野，像一隻輕快的燕子，遠遠地飛去。

這時全場爆出一陣長久的憾人心弦的掌聲，胡福隆和胡勇輝就在歡呼聲中輕鬆地跑回本壘，得了兩分。

當胡勇輝奔回本壘時，雨中的五千餘觀眾，英雄式地報以熱烈的掌聲歡迎他，有些熱情的觀眾，情緒激昂地跑到紅葉隊處，給胡勇輝許多的獎品，甚且在細細的雨中，花花綠綠的鈔票，隨風隨雨而飄下，以獎勵胡勇輝這支漂亮的全壘打。

紅葉隊終於以二比一打敗了垂楊隊，榮登冠軍寶座。胡校長、邱老師，在人羣的包圍中，蓄著滿眶的熱淚，以顫抖的手接過包含著多少溫情和鼓勵的鈔票，選手們則高高地把胡勇輝抬起，歡呼，歡呼——

紅葉隊奪得二十屆學童棒賽冠軍掀起一陣狂潮，臺北各大報均以頭條新聞報導此一消息。紅葉隊出了名，臺北有很多學校請他們去做友誼賽，尤以基隆的安樂國小，歡迎他們的情形，盛況空前。爾後在回去臺東的途中，也一路在各地學校做表演賽。紅葉隊的選手得到這種殊榮，當然感到非常驕傲，但因為他們離家足足有半個月了，非常想家，尤其拿了個冠軍，他們希望早點回去讓故鄉的父老兄長們分享這一份光榮。

胡勇輝的心情更是迫切，這次比賽，他個人獲得打擊獎和功勞獎，他要把這兩個最高的榮譽，獻給愛他育他的父母親，他真是歸心似箭。

五月二十六日，寧靜的黃昏，他們終於回到他們久別的故鄉，當他們在紅葉山麓換了鐵牛三輪車，路上已跟隨著歡迎著他們的小孩，進入村莊時，抱著小孩的婦孺們已迎接出來，村口上的鞭炮聲，以及火藥的硝煙，瀰漫了整個村莊。

胡勇輝在喧鬧的聲浪中，視線一直在人羣中尋找著母親，他手中抱著功勞獎的銀盾。鐵牛三輪車上了一個坡，前面出現一間雜貨店。胡勇輝的父母親，一人手中抱著一個小孩子，站在公賣局專賣煙酒的牌子下，胡勇輝一看到，馬上跳下車，急急地向母親跑過去，母親看到他的兒子，放下手中的女兒，攤開雙臂，讓胡勇輝興奮若狂地撲入母親的懷中。

「媽，這個給你……」

胡勇輝把功勞獎的銀盾遞給他母親，他母親才一觸摸到那閃光的玻璃框，一泡喜悅的眼淚晶瑩得像一顆珍珠，掉下來落在胡勇輝的肩上，溶了。

「乖孩子，孩子……」

旁邊的人都給這幕感人的場面感動得唏噓不已，人們感到一種強烈的愛和同情，就好像紅葉這個球隊，紅葉村這個部落，到處充滿著信心、愛鄉土、愛親朋的像山一樣崇高的精神，使人尊敬。

而胡勇輝必定是一個好孩子，孝順的，榮譽的，堅強的……我們已經看到。

【導讀】

這是一篇真人真事寫成的少年小說，很振奮人心，也很溫馨感人。小說裡面的人物都是真有其人，小說裡面的情節都曾真實發生。棒球是臺灣的國球，其實臺灣就是在六〇年代開始瘋棒球的。棒球原本是日本人的體育活動，但是一九六八年由臺東紅葉國小組成的紅葉少棒隊，竟以7比0的懸殊比數擊敗日本少棒明星隊，為臺灣棒球發展史留下傳奇故事。次年又組成金龍少棒隊，進軍美國賓州威廉波特的世界少棒大賽，從此開啓了臺灣棒球史上的三級棒球時代。

故事中提及的部落生活和學校生活都很寫實，當時的社會物質貧乏，更何況是在山區。「紅葉棒球隊」的誕生，是基於校長胡學禮的一個意念。胡學禮是一位熱心的山區學童教育工作者，他出身紅葉村，在平地受教育，然後又回山上默默的工作。這段期間，他發現山區的原住民青年有的羨慕城市的生活，紛紛離去，置家園於不顧；有的因為長期鬱悶，漸漸失去自信心，處處總覺得不如平地青年。這位山地出身的教育工作者，即想到要組成一個很重團體合作，又適於小孩的運動，後來就和邱教練組成棒球隊，開始訓練牠們的團結合作，勇氣與信心，積極追求勝利的鬥志。父母更希望孩子透過打球比賽這件事出人頭地，所以像胡勇輝的父母一樣，總是對孩子寄於厚望，給予最大支持。這些孩子總算沒有讓族人、親人失望，成功凱旋而歸。

近年魏德聖導演拍了《KANO》（嘉農），追憶一九三一年臺灣的棒球光榮時刻，但是臺灣是一直到一九六八年紅葉少棒隊之後，全國才真正陷入棒球的風靡之中。這段歷史是必須被記住，被歌頌的，作者把這風光的一頁寫成這樣的寫實小說，就是一種很好的紀念。

【作品出處】

本文發表於一九六九年十月《王子雜誌》。

國家圖書館出版品預行編目（CIP）資料

臺南青少年文學讀本 兒童文學卷 / 許玉蘭主編 .
-- 初版 . -- 臺北市 : 蔚藍文化 , 2018.07
面； 公分
ISBN 978-986-96569-0-0（平裝）

863.59 107008237

臺南青少年文學讀本 兒童文學卷

主　　編／許玉蘭
顧　　問／陳益源
召 集 人／陳昌明
社　　長／林宜澐
總　　監／葉澤山
行政編輯／何宜芳、申國艷
總 編 輯／廖志墭
編輯協力／林月先、潘翰德、林韋聿
書籍設計／黃子欽
內文排版／藍天圖物宣字社

出　　版／臺南市政府文化局
地址：永華市政中心：70801臺南市安平區永華路2段6號13樓
民治市政中心：73049臺南市新營區中正路23號
電話：（06）6324453
網址：http：// culture.tainan.gov.tw

蔚藍文化出版股份有限公司
地址：10667臺北市大安區復興南路二段237號13樓
電話：02-7710-7864　傳真：02-7710-7868
臉書：https://www.facebook.com/AZUREPUBLISH/
讀者服務信箱：azurebks@gmail.com

總 經 銷／大和書報圖書股份有限公司
地址：24890新北市新莊市五工五路2號
電話：02-8990-2588

法律顧問／眾律國際法律事務所　著作權律師／范國華律師
電話：02-2759-5585　網站：www.zoomlaw.net

印　　刷／世和印製企業有限公司
定　　價／新台幣400元

初版一刷／2018年7月
ISBN 978-986-96569-0-0

GPN 1010700904
臺南文學叢書L105 2018-434